DE MAN DIE GEEN LIEFDE HEEFT

ZIELLOOS #3

VICTORIA QUINN

HARTWICK PUBLISHING

Hartwick Publishing

De man die geen liefde heeft

CONTENTS

1

CLEO

Ze had ingestemd met een verhuis.

Maar ten koste van een prijs - een hoge prijs.

Ik hing op, legde de telefoon op de salontafel en dacht na over het uitdagende gesprek dat ik zojuist had gehad met de moeilijkste vrouw ter wereld. Ik wilde haar op geen enkele manier helpen, omdat ze zo respectloos en onbeschoft was. Sommige van mijn klanten hadden wat ruwe kantjes, maar ze waren altijd bijgedraaid van zodra ze hadden beseft hoe behulpzaam ik was. Maar zij zou altijd een snob blijven.

Wat op zich ironisch was ... omdat ze niet eens zelf geld verdiende.

Ze had het van iemand afgepakt.

Haar arrogantie was volkomen ongegrond.

En Deacon zou ook nog eens in hetzelfde gebouw als zij moeten wonen. Dat was een beetje dubbel. Enerzijds zou Derek altijd in de buurt zijn en zich altijd op maar een paar minuten loopafstand verwijderd bevinden. Maar anderzijds ... zou ook Valerie altijd vlakbij zijn.

We zouden onze relatie onmogelijk geheim kunnen houden.

En eens ze ervan afwist, zou ze me waarschijnlijk verraden.

Het gebeurde niet vaak dat ik iemand haatte. Ik wist dat er meestal een reden was voor iemands gedrag, en besefte dat soms gewoon wat liefde en genegenheid volstond voordat mensen hun ware aard toonden. Maar in dit geval ... was het pure haat.

Ik verliet de woonkamer en liep de slaapkamer in.

Deacon was klaar om naar bed te gaan en had zijn tanden gepoetst en zijn gezicht gewassen. Hij lag al in bed. Hij ging rechtop zitten met zijn rug tegen het hoofdeinde, en de lichten van de stad schenen op zijn harde borstkas. Hij zat te scrollen op zijn telefoon, met een hand achter zijn hoofd. Zijn armspieren bolden op en stonden strak.

Ik bleef in de deuropening staan, vergat meteen het telefoonge-sprek en concentreerde me op deze prachtige man.

Toen hij me opmerkte, legde hij zijn telefoon op het nacht-kastje en richtte zijn starende blik op mij.

Ik liep naar het bed en trapte mijn hoge hakken uit toen ik ernaast stond.

Hij bleef naar me kijken en wachtte op een antwoord zonder me echt een vraag te stellen. Hij was de geduldigste man ter wereld en hij zou zelfs een leven lang kunnen wachten op een reactie.

Ik wilde niet met mijn kleren aan in zijn bed kruipen, niet nadat ik de hele dag aan mijn bureau had gezeten en heen en weer had gerend door het gebouw om alles voor mijn klanten te regelen. Dus ritste ik mijn rok open, liet hem op de grond vallen en deed toen mijn blouse uit.

Zijn ogen bleven de hele tijd op mij gericht.

Ik stapte in mijn ondergoed in bed en ging naast hem zitten, met mijn rug tegen het hoofdeinde aan.

Hij legde zijn ene arm achter mijn schouders, sloeg zijn andere arm om me heen en trok me dichterbij, bijna op zijn schoot.

Ik kroop dichter tegen hem aan en sloeg mijn armen om zijn perfect gebeeldhouwde torso heen. Het was alsof ik een rots omhelsde, die warm was van het wachten in de zon. Ik vergat het telefoongesprek bijna, want hij verjoeg al mijn gedachten en deed me denken aan groene berghellingen, een rustig meer en een vuur dat brandde in de open haard.

Hij keek omlaag naar mijn gezicht en keek me aan terwijl ik uit het raam staarde. "Schat?"

Ik verstijfde bij het horen van die koosnaam, niet zeker of ik het echt had gehoord of me het had ingebeeld, zoals een fantasie die ik door mijn eigen verlangen tot leven had gewekt. Ik sloeg mijn blik naar hem op en mijn ogen werden zachter. Ik was al eerder zo genoemd, maar tot nu toe had dat nooit veel waarde gehad. Op dit moment paste het me als een tweede huid, als een warme deken in een koude nacht. "Je hebt me nog nooit zo genoemd ... " Ik streek met mijn vingertoppen over zijn strakke buik en genoot van de glooiende beweging die mijn vingers maakten over zijn buikspieren.

Hij bleef me onverstoorbaar aanstaren.

"Het klinkt leuk." Ik drukte een kus op zijn borst en voelde hoe zijn heerlijke huid mijn lippen verschroeiden.

3

Hij leunde naar me toe, drukte een kus op mijn haarlijn en stak tegelijkertijd zijn hand in mijn haar.

Het was ongelooflijk makkelijk verlopen om van vrienden naar geliefden te gaan. We hadden meteen alle grenzen laten varen en waren in een gebied terechtgekomen dat we nooit meer zouden verlaten. En het voelde met elke week die voorbijging beter, alsof de periode waarin we alleen maar vrienden waren geweest helemaal nooit had bestaan. Het had heel beperkend en onnatuurlijk gevoeld om samen met hem aan tafel te zitten en te doen alsof er niets tussen ons gaande was. We waren samen, hadden een prachtige relatie, en het was een schande dat we de schijn moesten ophouden.

Ik wist dat Deacon zich helemaal in deze relatie had gestort zonder een enkele beschermende muur om zich heen op te trekken. Hij vertrouwde me onvoorwaardelijk, gaf zich volledig en vergeleek niet langer onze relatie met wat hij in zijn huwelijk had ervaren. Hij ging er volledig voor, leefde samen met mij in het nu en gaf de relatie de kans om vanzelf te groeien zonder op de rem te trappen.

En hij was voor mij gevallen ... net zoals ik al voor hem gevallen was.

Er gingen een paar minuten van stilte voorbij waarin we gewoon genoten van het samenzijn. En toen zijn diepe stem plots de stilte verbrak, was het alsof een glas in stukken barstte. "Wat is er gebeurd?"

Ik was zodanig in hem opgegaan dat ik het telefoongesprek vergeten was. Niets anders leek ertoe te doen wanneer we samen waren. "Valerie zei dat ze wel wat voelt voor het idee."

Hij fronste zijn wenkbrauw lichtjes, alsof hij die reactie niet had verwacht.

"Maar ze heeft een voorwaarde gesteld ... "

"Natuurlijk."

"Ze zei dat ze alleen naar New York wil verhuizen als ik haar hier in dit gebouw een appartement kan bezorgen."

Hij sloeg zijn ogen neer en zuchtte.

"Ja ... "

"Is er überhaupt een appartement beschikbaar?"

"Er komt er eigenlijk binnenkort een vrij."

"Maar er is een wachtlijst."

"Ja, maar daar vind ik wel een oplossing voor."

Hij wendde zich af en keek uit het raam. De energie was veranderd.

"Ik probeerde haar om te praten, maar ze had daar geen oren naar. Ze zei dat ze wil dat ik haar op haar wenken bedien, net zoals ik dat doe met jou en de andere bewoners."

Hij schudde zijn hoofd.

"Maar het fijne is dat Derek dan heel dichtbij zal zijn."

Dat leek hem niet enthousiast te maken. "Als ik naar LA zou verhuizen, zou je dan met me meegaan?" Hij draaide zich weer naar mij toe en keek me pal aan.

Hij zette me voor het blok, en ik had geen idee wat ik moest zeggen. "Mijn werk is hier ... "

"Je hebt geen baan nodig als je mij hebt."

"Maar ik werk graag." Ik zou echt ongelukkig zijn als ik de hele dag in huis zou blijven wachten tot hij thuis zou komen. Ik haatte yoga, en ik vond het leuk om overdag met mensen te kunnen praten. Dat gaf me veel voldoening en een gevoel van eigenwaarde.

"Zou je daar niet je eigen bedrijf kunnen beginnen?"

"Ja, maar er zijn al zoveel van dat soort bedrijven in LA. En dan moet je werken met klanten die verspreid wonen over de hele stad. Onze dienstverlening hier is uniek in zijn soort omdat alle klanten in één gebouw wonen."

In zijn blik werd teleurstelling zichtbaar.

"Maar ja, ik zou met je meeverhuizen." Ik zou zonder ook maar te twijfelen alles opofferen voor deze man. Omdat ik nooit meer gelukkig zou zijn als hij zou weggaan en ik hier zou achterblijven. Geen enkele andere man zou me ooit dit gevoel kunnen bezorgen.

Hij keek me een paar seconden lang aan met een stoïcijnse gezichtsuitdrukking, maar streelde toen met zijn hand door mijn haar ... alsof mijn antwoord veel voor hem betekende. "Ze kan in het gebouw komen wonen." In plaats van mij te vragen om een offer te brengen en ongelukkig te worden, besloot hij zelf een offer te brengen. "We zullen alleen wat regels opstellen."

"Goed."

"En ik moet sowieso verhuizen, dus het maakt niet echt iets uit."

Ik wilde helemaal niet dat hij zou verhuizen. Ik vond het fijn om overdag langs te gaan in zijn appartement om hem te zien en te kunnen staren naar zijn mooie kont wanneer hij uit de lift stapte en naar buiten liep via de uitgang. Dat zou ik elke dag moeten missen.

"Denk je dat je een woning voor me kunt vinden?", vroeg hij. "Want als ze hier eenmaal is, zal het waarschijnlijk een stuk moeilijker zijn om dit geheim te houden."

Was er maar een andere oplossing. Ik wilde niet dat hij zijn appartement opgaf voor mij. "Ze zal denken dat je verhuist vanwege haar."

"Laat haar dat maar denken. Het kan me geen reet schelen."

Ik ging langzaam met mijn hand omhoog over zijn borst. "Wil je dat echt voor mij doen?"

Hij veegde met zijn vingers mijn haar uit mijn gezicht, alsof hij van mijn aanblik wilde genieten zonder dat er een haartje in de weg hing. "Ik zou alles voor je doen."

Mijn ogen werden zachter.

"Schat." Hij glimlachte.

Ik glimlachte terug. "We hebben altijd nog het chalet ... "

"Ja. Dat is onze stek."

"Heb je daarom gelogen over de fumigatie?"

Hij knikte. "Ik laat haar de plek waar wij gelukkig zijn niet bezoedelen."

Het was geen probleem om een nieuw appartement voor Deacon te vinden.

De juiste assistent voor hem vinden, was dat wel.

Deacon had zeer specifieke behoeften, en niet alleen wat betreft het boodschappen doen, maar ook wat zijn relatie betrof met de persoon die hem zou helpen. Hij had iemand nodig die niet van keuvelen hield, iemand die wist wat hij nodig had zonder een miljoen vragen te moeten stellen, iemand die als vanzelf zijn behoeften wist te doorgronden.

Maar niemand was geschikt voor de baan.

Ik was de enige die hem aankon.

Ik voelde me schuldig omdat hij zijn grootste aanwinst kwijtraakte en er een slechte vervanger voor in de plaats zou krijgen. Ik kon niet eens aanwijzingen geven, omdat dat in strijd zou zijn met mijn arbeidsovereenkomst. Manhattan was een grote stad, maar het milieu van de groten en rijken was nogal beperkt en mensen kletsten graag.

Ik kon dat risico niet lopen.

Nadat ik het laatste sollicitatiegesprek van de dag had gehad, gaf ik het op en besloot om in plaats daarvan wat tv te kijken.

Nu Deacon soms onverwachts langskwam, probeerde ik om altijd een paar voedingswaren van een van de beste, biologische supermarkten van zijn keuze in de koelkast te hebben — ook al ging daar een aanzienlijk deel van mijn salaris aan op. Hij had er nog nooit iets over gezegd, maar hij had weinig waardering voor mijn dieet, kon de burritoverpakkingen die hij in mijn appartement vond niet appreciëren en was niet van plan mijn afschuwelijke eetgedrag over te nemen. Dus zorgde ik dat ik een paar dingen voorradig had, zodat hij geen honger zou lijden.

Hij kookte al zo vaak voor mij — dus was dat het minste wat ik kon doen.

Hij sms'te me. *Heb je al gegeten?*

Ik was te moe om te eten. Van zodra ik thuis was gekomen, was ik neergeploft op de bank in mijn slipje en blouse. *Nee. Sta jij op het menu?*

Hij snapte mijn grap, zelfs via de sms. *Niet op het menu voor het diner. Alleen als dessert.*

Ik glimlachte. *Kom je langs?*

Ik ga uit eten met mijn moeder. Ik wil dat je meegaat.

Ik had haar al ontmoet, maar werd toch meteen nerveus. *We zouden beter niet samen uitgaan.*

Het is een grote stad, Cleo. Als iemand vragen stelt, zal ik liegen.

We waren al eerder samen uit eten geweest, maar ik had me daar toen geen zorgen over gemaakt. Als iemand me ernaar had gevraagd, kon ik gewoon de waarheid vertellen … en dat volstond. Maar ik was een heel slechte leugenaar, dus als iemand nu vragen zou stellen, zou ik niet weten wat ik moest zeggen.

Ik wil dat ze van ons afweet.

Mijn hart ging nog steeds als een razende tekeer. *Wat als ze het aan iemand vertelt?*

Aan wie?

Haar assistente?

Ik zal haar vragen om dat niet te doen. Probleem opgelost.

Ik was nog steeds nerveus — en niet om het feit dat ons geheim bekend zou worden.

Schat?

Ja?

Ik heb het gevoel dat je me iets niet vertelt.

Ik staarde naar zijn woorden op het scherm en voelde me schuldig omdat ik niet eerlijk was geweest. Ik schreef een paar reacties, verwijderde ze en begon daarna weer opnieuw.

Hij was blijkbaar ongeduldig geworden omdat hij me belde.

Ik zuchtte en beantwoordde toen de oproep.

Hij was stil en vroeg helemaal niets, aangezien het volkomen duidelijk was wat hij wilde.

"Ik ben alleen nerveus om je moeder te ontmoeten ... "

"Je hebt haar al ontmoet."

"Ja, maar dit is anders."

"Schat, ze zal blij voor ons zijn. En als ze dat niet is, kan me dat niets schelen. Jij bent de vrouw die ik wil, en als ze me daarin niet kan steunen, kan het me echt geen reet schelen."

"Iedereen wil graag de goedkeuring van zijn ouders krijgen."

"Ja. Ik wil dat mijn moeder je aardig vindt. Maar het zal mijn manier van denken over jou niet veranderen als ze dat niet doet."

Ik zuchtte in de telefoon.

"Je bent altijd zelfverzekerd. Het is een van de dingen die me het eerst zijn opgevallen. Maar je bent nu niet zelfverzekerd. Waarom niet?"

Ik zweeg.

"Ik heb je een vraag gesteld." Hij was directer dan normaal en voelde zich duidelijk genoeg op zijn gemak om openlijk te zeggen wat hij dacht.

Ik vond het fijn omdat het me opwond. Maar nu, op dit eigenste moment, werkte het tegen mij. "Deacon, je bent een briljante miljardair ... "

Hij zweeg, alsof hij me niet begreep.

"En ik ben ... je weet wel ... een bediende."

"Je bent *geen* bediende."

"Ik ben niet dom. Ik weet dat ik niet goed genoeg voor je ben."

Hij zuchtte luid in de telefoon.

"En ik ben gewoon bang dat ze dat ook zal denken, dat ze zal veronderstellen dat ik achter je geld aan zit of zo. Of dat ik gebruik heb gemaakt van mijn positie om dichter bij je te komen en zo de kans te grijpen om in je bed te belanden."

"Ik wil je niet beledigen, maar ik heb je nog nooit zoiets stoms horen zeggen."

Ik werd stil.

"De waarde van een persoon wordt niet bepaald door zijn rijkdom. Neem me mijn geld af en dan ben ik degene die niet goed genoeg is voor jou, Cleo. Jij bent vriendelijk, meelevend, gepassioneerd ... Je hebt een hart van goud, iets dat ik nooit zal hebben. Je hebt je uiterste best voor me gedaan toen ik totaal niet aardig tegen je deed. Dus ga nou niet beweren dat ik beter ben dan jij. Je bent beter dan dat."

Mijn hart smolt voor de zoveelste keer.

"Ik weet niet zeker wat voor indruk je hebt van mijn moeder, maar ze is helemaal niet zo. Ze zou dat soort dingen nooit denken, Cleo."

"Ik denk dat eerlijk gezegd ook niet. Maar jij bent haar zoon, en je hebt in het verleden je vingers gebrand. Ze zal je beschermen, want dat is precies wat ze hoort te doen."

Hij zweeg gedurende lange tijd.

"Het spijt me ... "

"Of ze je nu leuk vindt of niet, dit etentje is gepland. Als je het vanavond niet wilt doen, kunnen we een andere keer uit eten gaan. Maar ik hou dit niet geheim voor haar. Ik ga niet doen alsof ik geen serieuze relatie met je heb. Ik moest tegen Valerie liegen omdat dat nodig was, maar dat zal ik bij niemand anders doen."

Deze man had mijn hart zo strak in zijn greep ... en hij had daar totaal geen notie van. "Goed, ik ga mee."

"Dus je gaat stoppen met al die onzin over dat je niet goed genoeg voor me bent?"

Ik glimlachte. "Nou, mijn mening zal niet veranderen, maar ik ga dat niet tegen je moeder zeggen." Misschien begreep hij niet hoe speciaal hij was en vond hij dat vanzelfsprekend. De meeste mensen op deze aardbol wilden niets liever dan rijk zijn. Maar dat vond hij niet belangrijk. Hij wijdde zijn leven aan een betere plek maken van deze wereld. Hij was helemaal te hoog gegrepen ... en niet alleen door zijn knappe uiterlijk.

"Wees gewoon jezelf."

"Oké."

"Ik kom je ophalen en dan ontmoeten we haar daar."

"Goed. En Deacon?"

"Ja, schat?" Hij was nog steeds een beetje geïrriteerd door het gesprek, maar gedroeg zich net zo attent als altijd.

"Dank je."

"Waarvoor?"

"Dat je me niet ziet zoals ieder ander dat doet."

We zaten samen op de achterbank van de auto, met zijn hand op mijn dij. Hij keek uit het raam - zijn kaak was glad omdat hij zich had geschoren voordat hij me had opgehaald. Hij was gekleed in een overhemd en nette broek en zag er verdomd sexy uit met die krachtige schouders en sterke borstkas. Hij draaide zich naar mij toe, alsof hij wist dat ik naar hem zat te staren.

Ik wilde niet dat hij zijn appartement zou verlaten, maar ik keek er ook naar uit om samen met hem te kunnen zijn, zonder terughoudendheid; om hem op de achterbank van zijn auto te kunnen zoenen zonder er wat om te geven dat de bestuurder ons zou kunnen zien. Ik wilde zijn dij onder de tafel kunnen vastpakken als we uit gingen eten, en ik zou iedereen in mijn leven kunnen vertellen dat er een speciale man in mijn bed was ... en in mijn hart.

Ik voelde me de gelukkigste vrouw ter wereld omdat hij van mij was.

Hij gleed langzaam met zijn vingers omhoog onder mijn jurk, alsof hij mijn gedachten en energie kon voelen. Hij ging verder omhoog, totdat hij het kant van mijn slipje voelde. Zijn grote eeltige hand bedekte mijn dij nu helemaal.

Ik spreidde bijna mijn knieën uit elkaar zodat hij de jurk wat hoger zou kunnen optillen.

De auto stopte voor het restaurant.

Deacon wierp me nog een laatste blik toe, trok toen zijn hand weg en stapte uit de auto.

Ik herkende het restaurant omdat we hier al eerder naartoe waren gekomen, toen hij me had bedankt voor het feit dat ik Derek hier had gekregen voor zijn verjaardag. Het eten was heerlijk geweest, en Deacon had het blijkbaar ook lekker gevonden als hij besloot zijn moeder hier uit te nodigen.

Nadat we uit de auto waren gestapt, sloeg hij zijn arm om mijn middel.

Ik wist dat ik die eigenlijk zou moeten wegduwen, maar ik kon het niet. Het voelde te goed.

Hij deed de deur voor me open en we liepen naar binnen.

Zijn moeder zat alleen aan een tafeltje, genietend van een glas witte wijn.

Toen we de tafel naderden en ze haar zoon zag, begon ze te stralen en stond ze op, met uitgestoken armen. "Mijn jongen." Ze omhelsde hem stevig en kuste hem op de wang. "Je ziet er zo knap uit in dat overhemd." Ze kneep lichtjes in zijn armen. "Zo sterk." Ze liet haar genegenheid voor wat het was en wendde zich tot mij. "Hoi, Cleo. Wat leuk om je terug te zien." Ze gaf me een eenarmige knuffel die weliswaar aanhankelijk was, maar niet in de buurt kwam van de liefdevolle omhelzing die ze Deacon had gegeven. "Je ziet er prachtig uit."

"Dank je, Margo."

Deacon trok de stoel voor me naar achter.

Ik ging zitten en voelde dat hij mijn stoel onder de tafel schoof.

Toen kwam hij naast me zitten, recht tegenover zijn moeder.

"Ik wist niet dat je mee zou komen", zei Margo. "Wat een leuke verrassing."

Deacon pakte de wijnkaart en wendde zich tot mij. "Een fles?"

"Graag", antwoordde ik.

De serveerster kwam naar onze tafel — en ik herkende haar meteen.

Het was Tess.

Haar blik viel op Deacon en ze leek hem niet te zijn vergeten. "Leuk om je terug te zien."

Hij staarde haar wezenloos aan, alsof hij geen idee had waar ze elkaar van kenden.

Ze wendde zich tot Margo. "Is dit je moeder?"

"Ja", antwoordde Deacon. "Ik dacht dat ze het eten hier wel lekker zou vinden."

"Dat is lief", zei ze. "Een moederskindje ... dat bevalt me wel."

Ik probeerde haar niet kwaad aan te kijken. Haar gedrag had me de vorige keer geïrriteerd, maar nu Deacon mijn vriendje was, stoorde het me nog meer. Ze had haar telefoonnummer achtergelaten, maar hij had haar niet gebeld —ze moest de hint toch wel doorhebben.

"Wat kan ik voor jullie halen?", vroeg ze.

"Een fles wijn voor de tafel", zei Deacon. "Witte. Wat je ons aanbeveelt." Hij gaf haar het menu.

"Ik denk dat ik een voorgerecht neem", zei Margo, terwijl ze naar Deacon keek.

"Ga je gang", zei hij.

"Laten we de gnocchi nemen", zei Margo.

"Dat heb ik de vorige keer dat we hier waren genomen", zei ik. "En het is heel lekker.

"Perfect", zei Margo. "We hebben dezelfde goede smaak."

Tess liep weg om de fles te halen.

Terwijl ze wegliep keek ik naar haar kont, die mooi en pront was, maar Deacon was behoorlijk enthousiast over de mijne, dus had ze geen schijn van kans.

"Komen jullie twee hier vaak?", vroeg Margo voordat ze een slok nam.

"We waren hier een paar maanden geleden", zei Deacon. "Ik had dit ... ding voor mijn werk gehad ... en ik wilde Cleo mee uit nemen als bedankje."

"Wow", zei ze. "Dat is lief, Deacon."

Ze had geen idee hoe lief deze man kon zijn.

"Maar ik heb haar vanavond meegebracht om een andere reden", zei Deacon.

"Oh?", vroeg Margo, terwijl haar blik heen en weer schoot tussen ons. "Nou, houd me niet langer in spanning ... "

Deacon hield haar blik vast en laste een pauze in. "We gaan al een tijdje met elkaar om ... en het is vrij serieus."

Ik vond het leuk om hem onze relatie op die manier te horen beschrijven, alsof het geen korte termijn affaire was die delicaat en fragiel was. Onze band was sterk en onoverwinnelijk.

Haar mond viel open. "Oh mijn god ... "

Ik glimlachte, maar voelde dat ik erg begon te blozen, en ik had nog niet eens een glas wijn gedronken.

"Oh, wat geweldig." Ze vouwde haar handen samen voor haar borst en viel zo ongeveer in zwijm. "Ik dacht al gezien te hebben dat er iets gaande was tussen jullie twee ... " Ze tikte met haar vinger tegen een kant van haar neus. "Een moeder weet dat soort zaken altijd."

Deacon was bij haar een beetje gespannen, net zoals hij dat bij iedereen was. Wanneer we met zijn tweetjes achter gesloten deuren waren, was hij compleet transparant. Hij droeg dan het hart op de tong, sprak zijn gedachten uit en glimlachte zelfs af en toe. Maar zelfs bij zijn eigen familie voelde hij zich een beetje ongemakkelijk.

Het was voor mij een groot compliment.

"Ik ben echt blij voor je, schat." Ze reikte over de tafel heen en kneep zachtjes in zijn hand.

"Dank je, mama." Hij kneep terug in de hare en als om een punt te maken, keek hij me aan alsof hij zei: "Ik heb het je toch gezegd."

"Na al dat gedoe met Valerie, was ik bang dat je de liefde zou opgeven. Gelukkig heb je een heel lief meisje gevonden." Ze keek me aan en glimlachte.

"Bedankt, Margo", zei ik stilletjes.

"Nou, hoe lang is dit al gaande?", vroeg ze.

Deacon zweeg terwijl hij nadacht over de vraag. "Het werd zo'n zes weken geleden een romantische relatie. Maar eigenlijk begon alles echt ... al zes maanden geleden."

Margo's ogen werden zachter. "Jullie waren eerst vrienden. Dat worden altijd de beste relaties."

Tess keerde terug met de wijn en het voorgerecht. "Hebben jullie al een keuze gemaakt?"

"Oh, we hebben niet eens de kans gehad om naar het menu te kijken", zei Margo. "Mijn zoon vertelde me net dat hij en deze mooie vrouw naast hem een stel zijn." Ze glimlachte naar ons beiden en was zich niet bewust van Tess' hatelijke reactie.

Ze focuste haar blik op mijn gezicht en leek me te gewoontjes te vinden voor een man als hij.

Mijn uiterlijk was misschien wel gewoontjes vergeleken met het hare, maar mijn hart was dat zeker niet. En dat was voor Deacon het belangrijkste.

"Ik kom binnen een paar minuten terug." Haar houding was niet langer vriendelijk. Ze was plots ijskoud. Ze draaide zich om en liep weg.

Ik zou waarschijnlijk iets smerigs in mijn eten krijgen, maar het was het waard.

Deacons hand gleed onder de tafel naar mijn dij. "Ik denk dat ik weer voor de biefstuk ga."

"Goede keuze. Dan neem ik hetzelfde." Ik legde mijn menu bovenop het zijne.

Margo bekeek het menu en drukte haar lippen strak op elkaar. "Hmm ... ik zou eigenlijk de salade moeten nemen, maar we hebben iets te vieren, dus neem ik de kreeft."

"Ik betaal, dus neem wat je maar wilt", zei Deacon.

"Oh, mijn zoon is een echte heer." Ze legde het menu neer. "Is hij goed voor je, Cleo?"

Ik begon bijna te lachen. "Ik heb nog nooit zo'n goede man gehad", riep ik uit, recht vanuit mijn hart.

Ze glimlachte. "Echt wel, hè?"

Tess kwam terug en was nog steeds geïrriteerd. "Wat willen jullie eten?"

Deacon bestelde voor iedereen aan tafel. "Kun je ook nog wat meer brood brengen? Mijn vriendin vindt dat lekker."

Mijn vriendin. Ach.

"Ja, als je het zo vraagt." Ze liep weg van bij de tafel.

Margo merkte de vijandigheid op en keek Tess na terwijl die wegliep. "Het lijkt erop dat je weer een hart hebt gebroken."

Deacon negeerde haar opmerking.

"Ze was de vorige keer ook onze serveerster", legde ik uit. "Ze gaf haar telefoonnummer aan Deacon, maar hij was niet geïnteresseerd."

"Oh." Ze grinnikte. "Nou, ze komt er wel overheen."

Nadat ze in mijn eten had gespuugd.

"Jij bent sowieso veel mooier dan zij." Ze pakte haar glas op en nam een slokje.

Dat was niet waar, maar ik waardeerde de manier waarop ze me aanvaardde en me duidelijk maakte dat ik goed genoeg was voor Deacon. "Dank je."

Van zodra we het hoofdgerecht op hadden, bekeek Margo de dessertkaart. "Ik weet niet goed waarom Deacon zoetigheid zo haat, want dat heeft hij niet van zijn vader of mij." Ze droeg een groenblauwe blouse en een witte spijkerbroek, en haar haren waren in krullen gedaan. Ze was altijd stijlvol gekleed, en haar uiterlijk verried dat ze in haar hoogdagen een heel mooie vrouw was geweest. Wat niet verwonderlijk was gezien hoe immens knap Deacon was. "Zou ik de ijscoupe durven nemen?"

"Ik heb die de vorige keer gekozen", zei ik. "Die was heerlijk."

"Dan staat dat vast." Ze legde het menu op tafel. "Als die hysterische serveerster terugkomt, nemen we er alle twee een."

Ik vond het leuk dat ze aan mijn kant stond, alsof ze mijn moeder of tante was of zoiets.

Deacon zei niets slechts over Tess en nam eigenlijk helemaal niet deel aan het gesprek.

"Nou, heb je nog meer nieuws?", vroeg Margo. "Wanneer komt Derek weer op bezoek?"

Tess kwam naar de tafel met de rekening, wat de indruk wekte dat ze ons hier zo snel mogelijk weg wilde krijgen.

Deacon opende het mapje niet, alsof hij bang was om erin te kijken. "We gaan een toetje bestellen."

"Zeker." Ze vouwde haar handen samen, maar zag er geïrriteerd uit. "Welk?"

Margo schudde haar hoofd. "Het is niet erg welgemanierd om die toon aan te slaan."

"Mama." Deacon legde haar het zwijgen op voordat het uit de hand zou lopen. "Twee ijscoupes. En neem de rekening mee terug." Hij gaf die aan haar terug.

Ze griste het mapje uit zijn hand en liep weg.

"Wauw, wat een slechte verliezer", zei Margo lachend.

Deacon had een geïrriteerde gezichtsuitdrukking, alsof hij wenste dat dit probleem gewoon vanzelf zou verdwijnen.

"Nou, waarover hadden we het ook alweer?", vroeg Margo.

Deacon zweeg en leek een paar seconden nodig te hebben om van gespreksonderwerp te wisselen. " Derek zal hier eigenlijk binnenkort komen wonen — "

"Oh, dat is geweldig", zei ze. "Ik hou van mijn kleinzoon, en niet alleen omdat hij de beste kleinzoon ter wereld is. Het is alsof ik terug een kleine Deacon heb, zoveel lijken ze op elkaar."

Ik glimlachte, omdat mij hetzelfde was opgevallen.

Deacon leek niet ontroerd. "Hij en Valerie gaan hierheen verhuizen ... voorgoed."

"Echt?" Ze drukte haar hand tegen haar borst en keek me aan, alsof ze wilde dat ik dat zou bevestigen.

Ik knikte.

"Oh mijn god, dat is geweldig", zei Margo. "Dan kan ik mijn kleine jongen eender wanneer zien?"

"Ja", zei Deacon. "Toch heel vaak."

"Ik ben wel niet blij met de komst van Valerie, maar ik neem dat voor lief." Ze klapte opgewonden in haar handen. "Wauw, dan zullen we hier allemaal zijn, in de mooiste stad op aarde. Betekent dit dat Derek hier over een paar weken zal starten met school?"

"Ja", antwoordde Deacon. "Cleo heeft geregeld dat hij naar de beste school van de staat kan gaan."

"Fantastisch", zei ze. "Dat is echt geweldig. En zijn vader zal in de buurt zijn om hem te helpen met leren en opgroeien ... Wat een zegen."

Deacon knikte lichtjes.

"Ik ben blij dat Valerie juist zal handelen", zei ze. "Ik haat haar er een beetje minder door."

Deacon sprak haar er niet op aan.

"Waar gaat ze wonen?", vroeg Margo. "Manhattan? Brooklyn?"

"In mijn gebouw, eerlijk gezegd." Deacon kon zijn irritatie niet verbergen toen hij dat stukje informatie deelde. Tot hij kon verhuizen, zou hij met haar om moeten gaan. Hij zou haar in de lift tegenkomen, of af en toe in de lobby, en haar kennende zou ze onaangekondigd voor zijn deur staan voor nachtelijke bezoekjes.

"Wat?", riep Margo uit. "Dat kan niet kloppen, want toen ik daar wilde gaan wonen, was het niet mogelijk."

"Er is net een appartement vrijgekomen", zei ik.

"En de wachtlijst dan?", vroeg ze.

Ik haalde mijn schouders op. "We konden iets te regelen."

Ze keek boos naar Deacon en begon toen te glimlachen. "Ik maak een grapje, schat. Ik ben echt dol op mijn appartement, en Lily is geweldig. Ik hoef me nooit meer ergens zorgen over te maken. Ik kan gewoon met mijn eigen auto uit winkelen gaan. Het is wel een bijzonder leven. Maar toelaten dat Valerie in hetzelfde gebouw haar intrek neemt? Volgens mij zijn er grenzen."

"Het was een harde voorwaarde", zei ik in naam van Deacon. "Ze wilde alleen maar hierheen verhuizen als we haar een appartement in het gebouw konden bezorgen."

"Oh ... " Ze pakte haar glas op en nam een slok. "Dus dit ging helemaal niet over Derek?"

Deacon schudde zijn hoofd.

"Dan is ze nog steeds een teef", zei Margo. "Een grote teef."

"Mama." Hoewel Deacon haar meer dan eender wie haatte, verdedigde hij haar omdat ze de moeder van zijn zoon was.

"Ach, kom nou", zei Margo. "Je weet dat het waar is."

Tess bracht de desserts en gooide ze zo ongeveer op tafel voordat ze terug wegliep.

Margo keek haar na en toen wendde ze zich tot mij. "Misschien niet zo'n grote teef als die daar ... "

Deacon bracht me terug naar mijn appartement. Toen de chauffeur ons afzette, zei hij tegen hem dat hij wel naar huis zou wandelen." Hij gaf hem een fooi en begeleidde me daarna naar binnen.

Ik zette mijn handtas op de tafel in de gang en deed snel mijn hoge hakken uit omdat mijn voeten pijn deden. De schoenen waren prachtig en hadden me een heel maandsalaris gekost, maar ik kreeg er constant complimentjes over, dus onderging ik met plezier het ongemak. En mijn kont heupwiegde altijd enorm met die schoenen.

Deacon bleef staan met zijn handen in de zakken van zijn broek.

Ik draaide me naar hem toe in het besef dat hij iets te zeggen had, tóch te oordelen naar zijn energieke houding.

Hij staarde me een tijdje aan en bleef rechtop staan, zijn lichaam sterk en sexy. Of hij nu boos, gelukkig of helemaal onbewogen was, hij was altijd heel sexy. Ik wist niet zeker hoe iemand met hem kon samenwerken zonder de hele tijd afgeleid te zijn. "Ik zei toch dat ze je leuk zou vinden."

"Ja, het ging beter dan ik had verwacht."

"Je angst was vanaf het begin ongegrond." Hij ging op de bank zitten en trok zijn nette schoenen en sokken uit.

Ik kruiste mijn armen voor mijn borst. "Ben je daar nou echt kregelig over?"

Zijn armen rusten op zijn dijen en zijn hoofd was gebogen terwijl hij even nadacht over zijn antwoord. "Ik wil gewoon dat je jezelf ziet zoals ik je zie." Hij stond op. "Dat is alles."

"Nou, als ik mezelf zou zien zoals jij me ziet, zou ik de slaapkamer nooit meer verlaten."

Er verscheen langzaam een glimlach op zijn gezicht. "Dat zou ik wel eens willen zien."

Ik stapte dichter naar hem toe en ging op mijn tenen staan om hem een zachte kus op de lippen te geven. "Goed, ik verontschuldig me voor het feit dat ik zo dramatisch heb gedaan."

Hij legde zijn hand op mijn achterhoofd. "Ik wil iets beters dan een verontschuldiging."

Ik keek hem pal aan, opende elke knoopje van zijn overhemd en trok dat daarna open zodat ik zijn warme borst onder mijn vingers kon voelen. Mijn handen gleden naar zijn broek en ik maakte die ook los en duwde die over zijn smalle heupen en strakke kont naar beneden, zodat zijn pik vrij kon komen. "Heb je iets specifieks in gedachten?"

"Ja." Hij drukte zijn lippen tegen de mijne en kuste me, wreef met zijn lippen zacht over de mijne en raakte me teder aan met zijn tong, voordat hij zich terugtrok en zich op de bank liet zakken, met zijn knieën uit elkaar gespreid en zijn broek op zijn enkels. Hij zat daar, met zijn armen gespreid over de rugleuning van de bank en zijn lul tegen zijn buik, en zag eruit als de koning van mijn appartement, mijn gebouw en van de hele verdomde straat. "Op je knieën."

Ik was dol op deze bazige kant van hem die precies zei wat hij wilde. Hij gedroeg zich niet op de lullige manier van in het begin. Of misschien wel, maar nu wilde ik ook echt doen wat hij me opdroeg.

Ik trok mijn jurk en beha uit, en stond nu alleen in mijn zwarte string. Toen ging ik op mijn knieën op de vloer zitten, tussen zijn knieën in, en schoof wat dichterbij totdat mijn tieten zich voor zijn ballen bevonden. Ik legde mijn handen op zijn knieën en bewoog langzaam omhoog over zijn gespierde dijen, met stijve tepels en stevige tieten.

Zijn ogen bleven de hele tijd op mij gericht en er was een geilheid in zijn blik, alsof hij me niet alleen zag als de vrouw waar hij om gaf, maar ook als de vrouw die hij zou oppikken in een bar om vervolgens als een bezetene te neuken. Ik was het onderwerp van zijn fantasie, de vrouw die hij elke nacht in zijn bed wilde. Ik spookte door zijn hoofd wanneer hij een stijve kreeg, en ik was de reden dat zijn lul stijf werd. Zijn diepe stem verjoeg de stilte in mijn appartement. "Laat me zien hoe erg het je spijt."

2

DEACON

Ik zat aan mijn bureau toen mijn telefoon overging.

Het was Valerie.

We hadden een beetje vooruitgang geboekt, maar de onderliggende afkeer zou nooit vervagen. Het zou nog heel lang duren voordat ik die pijn uit mijn systeem zou krijgen en ik me niet elke keer klote zou voelen wanneer ik haar naam of haar gezicht zag. Verdween dat soort woede eigenlijk ooit? Kon je daar echt overheen stappen wanneer iemand je zo lang ongelukkig had gemaakt?

Ik beantwoordde de oproep. "Hoi Valerie."

"Hoi Deacon", zei ze zuchtend. "Nou, gaan we hier nog over praten?"

Ik had gehoopt dat Cleo dat voor me zou kunnen afhandelen. Maar ik was natuurlijk met haar getrouwd geweest ... helaas. "Ja, Cleo vertelde me dat je in mijn gebouw wilt komen wonen."

"En ik heb nog geen antwoord gekregen."

"Het is geregeld, Valerie." Ik probeerde me te concentreren op de positieve kant van deze situatie, namelijk het feit dat Derek zich gewoon een liftritje verderop zou bevinden, dat ik hem soms naar school zou kunnen brengen en hem zelfs zou kunnen ophalen op weg naar huis. Mocht hij ooit iets nodig hebben, dan zou Cleo gemakkelijk kunnen langs gaan om hem bijvoorbeeld het notitieboekje dat hij bij mij had achtergelaten te brengen. Het leek de perfecte manier voor ons om allebei een ouder te zijn voor Derek en om hem zoveel mogelijk te zien. Misschien konden Valerie en ik zelfs vrienden worden en soms uit eten gaan, zodat Derek zou beseffen dat we nog steeds een gezin waren ook al woonden we niet meer samen. Maar mijn sceptische kant fluisterde me in om niet te optimistisch te zijn.

"Goed?", vroeg ze. "Is dat alles wat je erover te zeggen hebt?"

Zou dit nu weer beginnen? "Ik heb liever mijn eigen ruimte, maar als jij dit wilt, dan leg ik me daar bij neer. Het lijkt me fijn om Derek zo vlakbij te hebben."

"En het zal leuk zijn dat er een hele hoop personeel voor me zorgt. Het zal fijn zijn om me nergens zorgen over te hoeven maken."

Alsof ze zich nu ergens zorgen over hoefde te maken.

"Je moet me een reden geven om helemaal daarnaartoe te verhuizen, en dat is wat ik wil."

En Derek had daar helemaal niets mee te maken? "Het is dus goed, Valerie."

"Stop met dat te zeggen."

"Wat?"

"Goed. Je zegt het constant, en dat is irritant."

Cleo had daar geen probleem mee. "Wat wil je dan dat ik zeg, Valerie? Ik zei dat je in mijn gebouw kunt komen wonen. Ik ben heel blij dat ik onze zoon constant zal zien, dat hij naar een van de beste scholen van het land zal gaan en dat hij zal opgroeien in de mooiste stad op aarde."

"Kijk je ernaar uit dat wij twee onze relatie kunnen laten groeien als we zo dicht bij elkaar zullen zijn?"

Zij was wel de allerlaatste aan wie ik dacht. "Als vrienden ... ja." Cleo en ik zouden stiekem moeten blijven doen en liegen, omdat Valerie waarschijnlijk een scene zou maken als ze erachter zou komen. Dus ergerde ik me nog meer aan haar nakende aanwezigheid. Maar we zouden er uiteindelijk voor uit moeten komen, en het kon me eigenlijk niets schelen dat Valerie dan razend zou zijn. Ik was nog nooit eerder zo toegewijd geweest aan een vrouw. Derek was mijn eerste prioriteit en mijn werk was altijd de tweede geweest, maar Cleo had snel de tweede plaats ingepalmd en mijn onderzoek naar de derde plek geduwd ... alsof ze familie was. Hoe moest ik mijn leven leiden als ik niet tegen iedereen eerlijk kon zijn over mijn relatie? Ik wilde dat Derek wist wat ze voor me betekende, omdat ik niet tegen hem wilde liegen.

Valerie was duidelijk teleurgesteld over dat antwoord, maar sprak dat niet uit. "Ik ga het verhuisproces opstarten en mijn spullen van tevoren verzenden. Daarna vliegen we daarheen."

"Laat het me weten als ik iets kan doen om te helpen." Ik voelde een schok van opwinding in mijn borst toen ik besefte dat Derek echt hierheen zou verhuizen. Er zouden geen maanden meer liggen tussen zijn bezoeken in, niet langer slechts nu en dan een paar weken van quality time samen. Ik zou het leven van mijn zoon niet meer hoeven te volgen via foto's die Valerie me stuurde. Ik zou mijn kleine jongen zien opgroeien tot een man ... een man waar ik erg trots op zou zijn.

"Goed. Tot gauw, Deacon.

"Wacht."

"Hmm?"

"Mag ik met Derek praten?" Ik had hem het nieuws nog niet meegedeeld.

"Wacht even." Ze hield de telefoon weg van tegen haar oor en schreeuwde in de verte. "Derek! Je vader wil met je praten."

Dereks onsamenhangende schreeuw klonk van ergens op de achtergrond.

Ik grinnikte.

Hij kwam even later aan de telefoon. "Papa!"

Ik werd die aanspreektitel nooit beu en vond het altijd heerlijk om hem dat te horen zeggen op zo'n opgewonden toon. Voor ik het goed en wel besefte, zou hij een diepe stem hebben en mijn roepnaam op een andere manier uitspreken, op een saaie manier, dezelfde manier waarop ik mijn moeder aansprak en ook mijn vader had aangesproken voordat hij gestorven was. "Hallo kleine man." Ik wenste dat ik hem kon zien, maar zijn stem was voorlopig genoeg.

"Mam vertelde me dat we bij jou komen wonen!"

Ik grinnikte. "Dat is niet helemaal accuraat. Jullie komen in mijn gebouw wonen."

"Dat is echt gaaf. Ik zal je de hele tijd zien?"

"Ja. Je zult gek van me worden."

"Wat?", vroeg hij onschuldig. "Ik zal nooit gek van jou worden."

Mijn ogen werden zachter.

"Betekent dit dat we elk weekend naar het chalet kunnen gaan?"

"Zo vaak als je wilt, Derek."

"Man, dit is zo geweldig! Ik kan het bijna niet geloven."

"Ja, het is fantastisch."

"En ik zal ook oom Tucker en oma heel vaak zien."

"Ja. Ze kijken er enorm naar uit."

"En Cleo! Ik zal haar ook de hele tijd zien, toch?"

"Ja." Ik hoopte dat hij haar het meest zou zien.

"Oké, ik ga inpakken, papa. Tot morgen."

"Ho, wacht even." Valeries stem klonk op de achtergrond. "We vertrekken pas over een week, Derek."

"Oh", zei hij. "Nou, ik zal toch beginnen met inpakken." Hij had blijkbaar de telefoon neergelegd, omdat zijn stem nu ver weg klonk. "Ik moet al mijn raketspullen meenemen om aan papa te kunnen laten zien."

"Schat?", zei Valerie. "Ga je geen gedag zeggen tegen je vader?"

Ik grinnikte omdat ik hem nog nooit eerder zo opgewonden had gehoord.

Hij kwam weer aan de telefoon. "Sorry, papa. Daag. Ik hou van je."

"Ik hou ook van —"

Hij had de telefoon al uit zijn handen laten vallen.

Ik was niet eens boos. Hoe kon ik boos zijn wanneer mijn zoon me niet eens gedag kon zeggen omdat hij te opgewonden was om me te zien?

"Dus ze verhuist *hierheen?*", vroeg Tucker, terwijl hij naast me zat op de bank. "Naar dit gebouw?"

Ik knikte.

"Welke verdieping?"

Ik haalde mijn schouders op. "Ik weet het niet zeker."

Hij kromp ineen. "Dat wordt te veel Valerie, als je het mij vraagt."

Een telefoontje was al te veel. "Ik had geen keus."

"Ik heb het gevoel dat je nooit een keuze hebt met die teef."

"Tucker."

"Wat? Jij vindt zelf ook dat ze een bitch is."

"Ja, maar ik zeg het niet."

"Waar zit het verschil?", vroeg hij.

"Ze is de moeder van mijn kind en daarom voel ik een zekere mate van genegenheid voor haar."

Hij rolde met zijn ogen. "Dat is een puur biologische band. Haar persoonlijkheid zit daar verder voor niets tussen."

"Het maakt niets uit", zei ik. "Hou de beledigingen ... gewoon tot een minimum beperkt."

"Die kans is verkeken sinds je me hebt verteld wat ze je allemaal heeft aangedaan. Dat is regelrecht misbruik. Toen ik Cleo erover vertelde, barstte ze praktisch in tranen uit — "

"Je hebt het haar verteld?", snauwde ik.

"Ja." Hij keek me aan met een uitdrukkingsloze blik, alsof zijn acties niets voorstelden. "Waarom heb jij dat niet zelf gedaan?"

Ik draaide me om en pakte mijn biertje op.

"Deacon."

"Ik wilde gewoon niet dat ze het wist, oké?"

"Wil je niet dat je vriendin, met wie je een serieuze relatie hebt, weet welke shit je allemaal hebt moeten doorstaan?"

"Nee." Ik nam een slok en zette het flesje neer.

"Waarom niet?"

"Om de reden die je net aanhaalde. Het deed haar pijn."

Zijn ogen werden zachter. "Oké, ik denk dat ik daar begrip voor kan opbrengen."

"Ik vraag haar ook niet naar haar ex-man. Ik wil geen beknopt verslag van hoe hij haar hart brak."

"Maar ben je niet blij dat hij haar hart heeft gebroken? Anders zou jij haar nu niet kunnen hebben, toch?"

Ik gaf daar geen antwoord op, omdat er geen goed antwoord mogelijk was.

Er werd op de deur geklopt en Cleo kwam naar binnen lopen, met mijn post in haar handen en gekleed in de voor haar typische outfit van hoge hakken en een strakke rok. Ze deinsde even terug toen ze mijn broer zag. "Hoi, Tucker. Hoe gaat het met je?"

"Goed. We hadden het net over de nieuwe huurder die in het gebouw komt wonen ... "

Ik stond op, liep naar haar toe en vergat even de stress in mijn borst toen ik naar haar keek. Haar verschijning bezorgde me altijd een schok van vreugde, een warmte in mijn bloed die me deed denken aan pijnbomen, hoog gras en diep water.

Ik sloeg mijn armen om haar heen, trok haar naar me toe voor een kus en begroette haar zoals ik zou doen als we alleen waren. Ik trok me er niets van aan dat het Tucker kon storen, omdat ze vanaf het begin voorbestemd was om de mijne te zijn.

Ze kuste me terug, nog steeds met de papieren in haar handen. Ze zoog een deel van mijn tong in haar mond, gaf me de hare, trok zich toen licht blozend terug en schraapte haar keel, alsof die brandde door de hete kus.

"Eh, Deacon", zei Tucker. "Ik ben hier ook nog ... "

Mijn blik was nog steeds op mijn vriendin gericht en ik negeerde zijn woorden. Ik kuste haar op haar slaap en liet haar toen los. "Hoi, schat."

Die glimlach die haar gezicht liet stralen was onbeschrijfelijk. "Hoi."

Ik nam de post uit haar handen en droeg die naar de salontafel. "Wil je iets drinken?"

"Ik neem hetzelfde als jij."

Ik pakte een biertje uit de koelkast en keerde vervolgens terug.

"Wat zijn jullie aan het doen?" Cleo zat in de fauteuil, met haar benen gekruist en met een perfecte lichaamshouding. "Komt er een voetbalwedstrijd op tv?"

"Ik wilde naar een bar gaan, maar Deacon heeft tegenwoordig een hekel aan bars", zei Tucker. "Hij zou gewoon een van die *gereserveerd*-bordjes om zijn lul moeten hangen wanneer hij uitgaat."

Ik keek hem boos aan.

Cleo glimlachte, alsof ze het wel grappig vond.

"Ik ben blij dat jij aan je trekken komt, broertje, maar ik moet nog steeds iemand vinden die mij kan behagen", zei Tucker.

Ik keek hem weer boos aan. "Hou je bek, Tucker."

"Wat?", vroeg hij. "Cleo kent me. Ze kan het wel aan."

"Dat klopt", zei Cleo tegen me. "Ik heb er geen probleem mee, Deacon. Matt praat altijd op die manier evenals een aantal van de klanten in het gebouw."

"Zie je wel?" Nu keek Tucker mij boos aan. "Je vriendin kan ermee omgaan." Hij wendde zich weer tot Cleo. "We hadden het net over de duivelin die hier komt wonen."

"Ja, dat zal leuk worden", zei ze sarcastisch.

"Ze gedroeg zich in het hotel constant als een teef", zei Tucker. "Het personeel had een hekel aan haar."

"Tucker", snauwde ik.

"Wat?" vroeg hij. "Het kan me niets schelen, man."

"Het zal moeilijk worden om met haar om te gaan", zei Cleo. "Maar ik zal Matt vragen om me te helpen. Hij is me sowieso veel gunsten verschuldigd ... "

"Wat als ze specifiek naar jou vraagt?", vroeg Tucker.

"Ik zal haar zo ver krijgen dat ze Matt gaat vertrouwen ... mettertijd." Ze richtte haar blik op mij en keek me aan alsof ze op mijn schoot wilde kruipen en haar armen om mijn nek wilde slaan.

"Wanneer komt ze hierheen?", vroeg Tucker.

"Over een paar dagen", zei Cleo.

"En jullie zullen deze relatie blijven geheimhouden?", vroeg Tucker.

Cleo knikte. "Helaas."

Tucker keek mij aan, alsof hij mijn bevestiging wilde.

"Ik kan er niet op vertrouwen dat ze Cleo niet zal verraden", zei ik. "Valerie heeft waarschijnlijk geen idee dat Cleo niet met klanten mag daten, dus zie ik dat niet meteen gebeuren, maar het is te riskant. We vertellen het haar pas wanneer ik verhuisd ben."

"Dat is klote", zei Tucker. "Zij komt hier wonen, en jij gaat verhuizen. Cleo zal haar favoriete klant verliezen."

"Nou", zei Cleo. "Hij zal mijn favoriete man blijven." Ze glimlachte naar me.

Ik leefde voor die glimlachjes. Dan voelde ik me de koning te rijk.

"Het zal fijn zijn om Derek in de buurt te hebben", zei Tucker. "Ik zal hem alles leren. En als hij oud genoeg is ... neem ik hem mee uit voor zijn eerste stripclubervaring."

Ik rolde met mijn ogen. "Je gaat mijn zoon niet meenemen naar een stripclub."

"En ik zal hem wiet laten roken — "

"Je hebt net het voorrecht verloren om op hem te mogen passen", zei ik.

Tucker grinnikte. "Kom op, ik maak maar een grapje ... toch deels."

Cleo grinnikte.

"Zullen jullie nog iets leuks doen met zijn tweetjes voordat ze hierheen komt?", vroeg Tucker.

"Nee", zei Cleo. "Ik ben druk bezig met alles voor te bereiden."

"Eigenlijk," ik wendde me tot haar, "wilde ik je vragen of je dit weekend naar het chalet wilt gaan." Ik vermoedde dat ik die kans niet meer snel zou krijgen, omdat ik me te schuldig zou voelen om daar zonder Derek heen te gaan.

Ze glimlachte. "Dat zou ik heel graag willen."

"Een neukmarathon bij het meer." Tucker knikte goedkeurend. "Dat klinkt echt zalig."

Ik wendde me tot mijn broer, geïrriteerd omdat hij zo openlijk over ons seksleven sprak.

"Trouwens, denk je dat ik daar eens een meisje mee naartoe zou kunnen nemen?", vroeg hij.

"Nee." Ik draaide me weer naar Cleo.

"Kom nou", zei Tucker.

"Hou een neukmarathon in je appartement", snauwde ik.

"Kom op, dat is niet sexy of avontuurlijk", zei Tucker. "Als ik haar naar dat afgelegen chalet breng, zal haar slipje uit vliegen en zullen we het overal doen — "

"Dan zal het antwoord altijd nee blijven." Ik pakte zijn flesje bier uit zijn hand en zette het op de onderzetter. "Ik denk dat het tijd is om te vertrekken."

Tucker rolde met zijn ogen. "Als jij het zegt, man." Hij stond op van de bank en liep naar de deur. "Tot snel." Hij verliet het appartement.

Ik keek naar Cleo die lichtjes glimlachte, alsof ze hem eerder komisch dan irritant vond. Ik bestudeerde haar mooie gezicht en merkte hoe ze naar me keek. "Ik praat niet met hem over ons ... je weet wel ... over privédingen." Ik wilde niet dat Cleo zou denken dat ik het had over haar tieten, haar kont en al die intieme dingen. Ik wist dat mannen over hun veroveringen praatten. Ik had hetzelfde gedaan. Maar niet over haar. Ik wilde niet dat ze zou denken dat ik zulke privé-informatie zou delen, alsof het iets betekenisloos was. "Ik heb dat over andere vrouwen gedaan, maar niet over jou."

Haar blik bleef hetzelfde als altijd, alsof ik haar dag goedmaakte. "Het zou me niets kunnen schelen als je dat wel deed."

Die reactie had ik niet verwacht.

"Hij is je broer. Het creëert een band om over dit soort ervaringen te praten."

"Ja, maar ik zal de intieme details nooit met iemand delen." Ik zou nooit zeggen dat ze goed kon pijpen, hoe mooi haar kont eruitzag als hij omhoogstak in de lucht, of hoe haar gezichtsuitdrukking veranderde als ze klaarkwam.

"Nou, als je dat toch wilt doen, vind ik het goed."

Ik had aangenomen dat ze zou willen dat elk detail over ons privéleven geheim zou blijven. "Waarom?"

Ze haalde haar schouders op. "Ik ben niet de een of andere slet die je hebt opgepikt in een bar. Wij hebben een diepe en betekenisvolle band. Het is gewoon niet hetzelfde. Onze fysieke relatie is mooi, dus waarom zou ik die willen verbergen?" Ze bleef de hele tijd naar me kijken. "Het is niet zo dat je naar een bar gaat en een stel van je vrienden vertelt hoe je me hebt geneukt. Je vertelt het aan je broer, die je beste vriend is."

Ik wist niet wat ik daarop moest zeggen.

"Ik zou ook dingen vertellen ... als de gelegenheid zich zou voordoen."

Ik liet mijn armen op mijn dijen rusten en leunde iets naar voren. "Ik denk nog steeds niet dat ik hem iets zal vertellen."

"Waarom niet?"

"Omdat jij van mij bent en ik je niet wil delen."

In plaats van een chauffeur te nemen, huurde ik een auto.

Ik wilde niet achterin de auto zitten, elk aan weerszijden van de bank, en doen alsof we vrienden of collega's waren.

Dat was ik onderhand beu.

De zomer was bijna voorbij, maar het was nog warm en zonnig, dus had ik voor een cabriolet Porsche gekozen. Toen we in de wildernis aankwamen, deed ik de kap open zodat we de frisse lucht op onze gezichten konden voelen.

Cleo vond het niet erg dat haar haren in de wind flapperden en er klitten in kwamen. Ze stak haar armen omhoog en liet haar hoofd in haar nek rollen, alsof ze aan het zonnebaden was in de auto en de blauwe hemel en het leven om haar heen aanbad.

In plaats van naar de weg te kijken, richtte ik mijn blik op haar.

Maar dat duurde maar een paar seconden omdat ik geen dodelijk ongeluk wilde krijgen, dus richtte ik snel mijn blik weer op de weg. Maar als ik de hele dag naar haar zou kunnen kijken, zou ik dat doen. Mijn mond was pijnlijk van de constante grijns op mijn gezicht en ik voelde me zo opgetogen dat ik constant mijn tanden liet zien. Ik had me nog nooit eerder zo gevoeld ... niet één keer.

Het was onbeschrijflijk.

Toen we het chalet bereikten, sloot ik de kap en stapten we uit.

"Oh mijn god, mijn haar." Ze lachte toen ze in de spiegel keek. "Ik lijk wel een creatie van Dr. Frankenstein."

"Eerder een sexy speeltje."

Ze lachte weer, alsof mijn grap echt grappig was.

Ik pakte onze tassen uit de kofferbak en droeg ze naar binnen.

Ze liep onmiddellijk naar het terras achter het chalet zodat ze naar het meer kon kijken.

Ik bleef onderaan de trap staan, staarde even naar haar door de ramen en sloeg het beeld voor altijd op in mijn geheugen, zodat ik het altijd zou kunnen koesteren. Toen droeg ik alles naar boven naar mijn slaapkamer, pakte vervolgens twee biertjes en sloot me buiten bij haar aan. "Wat een mooie dag."

"Zeker en vast." Ze nam een slokje en tikte toen haar flesje tegen het mijne. "Ben je niet blij dat ik je deze plek heb laten kopen?"

"Je hebt me dat niet laten doen."

"Ik heb anders behoorlijk hard aangedrongen."

Ik lachte. "Ja. Nu weet ik waarom."

"Ja", zei ze met een lach. "Omdat ik wist dat ik hier op alle denkbare plekken de beste seks van mijn leven zou hebben." Ze leek zelf niet te merken dat ze me iets had toevertrouwd dat ze waarschijnlijk geheim zou hebben gehouden als ze in een minder uitgelaten stemming was geweest. Ze verliet de veranda en liep het pad op dat naar de steiger leidde waar mijn boot aangemeerd lag.

Ik volgde haar, en merkte hoe onze schoenen bonsden op de houten planken van de steiger.

Ze stopte bij de rand en keek om zich heen. "Hoor je dat ook?"

Ik ging naast haar staan en luisterde ingespannen, maar merkte niets anders op dan het zachte gekabbel van het water tegen de steiger en het gekrijs van een havik in de verte. "Ik hoor niets."

"Precies." Ze draaide zich naar mij toe met een brede glimlach op haar gezicht.

Ik glimlachte terug. "Wat wil je doen?"

"We zouden kunnen gaan wandelen, of de boot nemen om de rest van het meer te verkennen, of stenen over het water laten springen ... maar ik wil eigenlijk gewoon hetzelfde doen als de vorige keer." Ze haalde haar schouders op, nam een slokje van haar bier en voelde niet de aandrang om zich te verontschuldigen voor wat ze wilde.

"Dat vind ik prima." Ik sloeg mijn arm om haar middel, trok haar dicht tegen me aan en drukte mijn lippen op haar haarlijn. "Ik hoop alleen dat we ergens tussendoor een paar maaltijden zullen kunnen inpassen ... "

Ze sloeg haar arm om mijn middel en ze omhelsde me terug. "We zullen wel zien."

De lampen in de slaapkamer waren uit en de wildernis om ons heen was zo donker dat het achter de ramen alleen maar zwart was. Het was altijd prachtig om bij zonsondergang te kijken naar hoe het zonlicht vervaagde, tot het uitzicht op het meer uiteindelijk was verdwenen.

Ik drukte haar in de matras, met mijn heupen tussen haar dijen en zat diep tussen haar benen terwijl een poel van crème zich opbouwde aan de basis van mijn lul, omdat haar lichaam zoals altijd erg opgewonden was om mijn lul te nemen. Ze drukte bij elke stoot haar hielen hard tegen mijn kont, en ik ondersteunde mijn lichaam met mijn sterke armen zonder ooit vermoeid te raken, ongeacht hoelang we bleven doorgaan.

Haar hoofd rustte op mijn kussen, haar oogleden waren zwaar en haar wangen rood omdat ze bevredigd was, maar nog steeds naar meer verlangde. Cleo liet me een andere kant van zichzelf zien wanneer we vrijden. Haar ogen werden dan vochtig, alsof ze emotioneel was, maar ze beet op de meest sexy manier op haar lip, alsof ze wilde dat ik eeuwig in haar zou blijven stoten en daar nooit mee zou stoppen.

Mijn diepe ademhaling vulde de ruimte om ons heen en vermengde zich met het geluid van haar ademhaling en gekreun. Ik kreeg er nooit genoeg van om steeds opnieuw het bed in te duiken met dezelfde vrouw, om te vrijen in plaats van te neuken. Haar tieten waren mooi en haar gezicht prachtig. Ik zou dit eeuwig kunnen blijven doen zonder ooit naar iemand anders te verlangen.

Ik was zo verknocht aan deze chalet omdat zij de enige vrouw was die hier ooit samen met mij was geweest. Zij was de enige vrouw die ik in dit bed had genomen. Haar lach was de enige die door de fundering van het huis galmde en de herinnering aan haar was de enige geest die hier rondspookte. Het was onze plek, niet alleen die van Derek en mij. Ik had op deze plek beseft dat zij de enige vrouw was met wie ik samen wilde zijn ... ook al probeerde ik het toen nog te ontkennen.

Ik stootte harder in haar in de wetenschap dat het haar over het randje zou duwen en dat ze nu ieder moment in mijn rug zou klauwen, wat ik altijd heel fijn vond. Ik vond het geweldig als ze me krabde, als ze fysieke sporen van haar opwinding op mijn huid achterliet. Mijn gezicht was dicht bij het hare en we ademden samen zwaar, schuurden hijgend tegen elkaar aan en gaven elkander zo'n verdomd goed gevoel.

Toen kwam ze klaar. "Deacon ... " Haar handen gleden omlaag over mijn rug, grepen mijn kont vast en trokken me in een hoger tempo diep in haar terwijl er tranen opwelden uit de hoeken van haar ogen en ze jammerend begon te kreunen.

Ik voelde hoe haar schede om mijn lul klemde, zo hard dat ze me misschien blauwe plekken zou bezorgen.

"Verdomme." Haar lippen bewogen tegen de mijne terwijl ze sprak. "Deacon, ik wil baby's van jou ... " Ze sprak tegen mijn mond terwijl ze tegen me aan bokte en met een kick haar hoogtepunt bereikte, alsof ze niet net vijftien minuten geleden al was klaargekomen.

Ik kwam even later klaar en vulde haar op met nog een lading sperma, ook al had ik dat al zo vaak gedaan dat ik de tel was kwijtgeraakt. Mijn pik was niet alleen bedekt met haar crème, maar ook met mijn eigen zaad. Onze in elkaar verstrengelde lichamen waren kletsnat van elkaars lichaamssappen. Ik hield op met stoten maar bleef in haar zitten terwijl mijn pik verslapte en de sappen uit haar begonnen te sijpelen op de lakens.

Ze ademde tegen me aan, sleepte haar handen langzaam omhoog over mijn rug en stak ze daarna in mijn haar.

Ik was warm en zweterig, maar dat kon me allemaal niets schelen, toch niet zolang ik niet was klaargekomen. De high deed me het ongemak vergeten. Als het genot eenmaal voorbij was, voelde ik overal de pijn van mijn vermoeide spieren en werd ik mijn rug gewaar. Maar het was het allemaal waard — elke keer weer. Ik ademde tegen haar aan, maar bewoog me niet en dacht na over de woorden die ze net tegen me gefluisterd had.

Toen haar high afnam, vulden haar ogen zich vol emotie, alsof ze besefte wat ze eruit had geflapt.

Valerie had me erin geluisd om haar zwanger te maken, had me aan haar gekluisterd, toch tot onze zoon als volwassene op zijn eigen benen zou staan. Cleos bekentenis maakte me gespannen en herinnerde me aan een verleden waar ik niet aan wilde denken. Ik voelde me klam en zelfs bijna verkracht. Maar toen keek ik in haar ogen en besefte ik weer dat ik samen was met de vrouw die mijn ziel had genezen, niet met degene die die in eerste instantie in stukken had verscheurd. Het was anders. Wij waren anders.

Ik ademde de adem uit die ik had ingehouden en liet de last van mijn schouders vallen.

"Het spijt me ... dat had ik niet mogen zeggen."

"Nee", zei ik snel. "Het is oké."

"Het floepte er gewoon uit." Ze groefde met haar vingers in mijn haar en in haar ogen was onzekerheid zichtbaar.

Ze had dat op dat moment gevoeld, en daar was niets mis mee. Ik zou niet toestaan dat mijn angst de beste relatie ooit zou verpesten. Angst was de reden dat ik zo lang had gewacht om met haar samen te zijn, dat ik zoveel tijd had verspild terwijl ik al veel eerder gelukkig had kunnen zijn. "Het is oké. Echt waar." Ik kuste eerst de ene mondhoek en daarna de andere, met mijn blik gericht op de hare.

"En ik meende het." Ze bleef me dicht tegen zich aan houden, met haar vingertoppen in mijn vochtige haar. Haar borst ging op en neer door haar onregelmatige ademhaling, alsof ze bang was dat ze dit had verpest door eerlijk tegen me te zijn.

Ik wilde haar nooit verliezen. Ik wilde dit gevoel, deze vreugde nooit verliezen. Dus in plaats van bang te zijn voor de toekomst en voor haar gevoelens, besloot ik ze te accepteren en haar onvoorwaardelijk te vertrouwen. "Dat is ook oké."

We zaten samen buiten aan de tafel terwijl de brandende open haard ons warm hield.

Ze zat tegenover me en genoot van het diner dat ik had bereid: gegrilde kip en asperges. Als ze mijn dieet niet lekker vond, liet ze dat nooit merken, want ze at altijd gretig op wat ik klaarmaakte. Ze gaf waarschijnlijk af en toe de voorkeur aan iets anders, maar ze zei daar nooit wat van.

We hadden het niet meer gehad over wat ze in bed had gezegd. We waren ondertussen een dag verder en alles voelde normaal. Ik had haar gezegd dat ik haar opmerking geen probleem vond, dus was haar onzekerheid verdwenen.

Maar als iemand anders dat zou hebben gezegd, zou het voorbij zijn geweest tussen ons.

Ik probeerde om niet aan de toekomst te denken. Soms maakte het me angstig, om veel verschillende redenen. Soms was ik bang dat ik zou sterven voordat ik de tijd had gehad om alles waar ik aan begonnen was ook echt af te maken. Soms werd ik misselijk van de gedachte aan het huwelijk. Maar dan herinnerde ik mezelf eraan dat ik het vergeleek met mijn vorige huwelijk, en dat het nooit zo zou zijn. Soms fantaseerde ik over Derek als volwassen man, als iemand die me zou ontgroeien en zou verhuizen om zelf een leven te leiden met zijn gezin ... waardoor ik hem amper nog zou zien.

Ik koos ervoor om in het moment te leven — en daar met volle teugen van te genieten.

Ze was klaar met eten en staarde me aan. "Mag ik je iets vragen?"

"Jij mag me alles vragen, schat." Ik had niets te verbergen — toch niet voor haar. Zij was de enige persoon ter wereld bij wie ik volledig mezelf kon zijn. Ze accepteerde me zoals ik was. Ik kon alles aan wat ze besloot met me te delen.

Ze keek even naar haar lege bord en richtte haar blik toen weer op mij. "Denk je ooit over ... over het hebben van meer kinderen?"

Ik staarde haar wezenloos aan en het kostte me wat tijd om te verwerken wat ze net had gevraagd. Het was me nogal een vraag. Het was een vraag die ik niet echt wilde beantwoorden. "Nee."

Ze zweeg even. "Wil je geen kinderen meer? Of denk je er niet over na?"

"Het tweede." Ze had me verteld dat ze ooit kinderen met me wilde. Dus ik wist dat het een onvermijdelijk onderwerp zou zijn. Kinderen waren een integraal onderdeel van elke langdurige relatie, maar ik had het nooit overwogen omdat ik geen langdurige relatie meer had gewild. Maar sinds Cleo in mijn leven was gekomen, was alles ingewikkeld geworden.

"Ik laat je je ongemakkelijk voelen." Ze richtte haar blik op het vuur. "Vergeet dat ik het ter sprake heb gebracht."

Ze gaf me een uitweg, een ontsnappingsroute. Ik zou gewoon kunnen zwijgen en het onderwerp vergeten. Maar het voelde verkeerd om het gespreksonderwerp af te wijzen, omdat zij er duidelijk over wilde praten. Toen ik haar had gevraagd om samen te zijn, had ik haar gezegd dat ik me volledig zou geven en dat ik het verleden niet zou laten beïnvloeden wat wij samen hadden. Ze was zo'n geweldig persoon en ze maakte me zo verdomd gelukkig. Haar afwijzen was tegenstrijdig met wat ik haar had aangeboden. Ik wilde haar nooit een reden geven om te vertrekken, omdat ik mijn lesje had geleerd. Ik kon niet toelaten dat het verleden zich weer zou herhalen en ik opnieuw door een hel zou moeten gaan. "Echt, ik heb er nog nooit over nagedacht."

Ze keek me weer aan met een ernstige blik in haar ogen, alsof ze niet had verwacht dat ik zo zou reageren.

"Ik denk niet echt na over de toekomst. Ik voel me er eerder door overdonderd."

Ze ondersteunde haar kin met haar knokkels en luisterde.

"Ik weet dat ik voor mijn leeftijd geweldige dingen heb bereikt, zaken waar ik trots op ben. Dat beschouw ik niet als vanzelfsprekend. Maar mijn geest zit in een menselijk lichaam, en dus heb ik maar een kort leven voor me. Ik heb zo veel taken te voltooien en niet genoeg tijd ... dus het overweldigt me."

Ze knikte. "Ik heb een artikel gelezen waarin stond dat nadenken over de toekomst alleen maar leidt tot angst en depressie."

Ik waardeerde het feit dat ze luisterde en aandacht had voor wat ik zei. Ze had nog niet een keer geprobeerd om er met me over in discussie te gaan, of om mijn emoties en meningen te veranderen. Het was iets wat ik heel erg aan haar waardeerde. Ik voelde me nooit beoordeeld of verguisd.

"Het is de bedoeling dat de dingen die voorbestemd zijn om te gebeuren ook gewoon gebeuren. Het heeft echt geen zin om er te diep over na te denken, vooral niet wanneer je plannen niet uitdraaien zoals je had verwacht. Volgens mij heb jij al een levenswerk volbracht, en in plaats van te benadrukken wat je nog moet doen, zou je gewoon elke dag van je succes moeten genieten. Je hebt al zoveel van jezelf gegeven, Deacon."

Ik staarde haar aan en werd gewaar hoe langzaam en regelmatig mijn hart klopte, werd me bewust van het rustige ritme dat ik had gevonden.

"Je werkt al sinds je kindertijd op lichtsnelheid. Je studeerde jaren te vroeg af, werd de jongste persoon ooit die een Nobelprijs voor de wetenschap kreeg ... het is eigenlijk ongelooflijk. Je verdient het om je leven te leven zoals jij dat wilt ... en het een beetje rustiger aan te doen."

Ik had het gevoel dat ik het al rustiger aan deed — om bij haar te kunnen zijn. Ik zou normaal dit weekend werken, maar ik had ervoor gekozen om mijn werk te laten liggen en mijn vrije tijd met haar door te brengen. En dat maakte me gelukkig, heel gelukkig.

"Toen ik vroeg of je nog meer kinderen wilde ... je gaat zo goed om met Derek, dat ik gewoon aannam dat je antwoord ja zou zijn."

"Ik had nooit gedacht dat ik ooit kinderen zou hebben, maar Derek is het gevolg van mijn biologische doel, om mijn genen voort te planten en mijn lijn in stand te houden. Dus nee, ik heb nooit echt overwogen om nog meer kinderen te hebben." Derek maakte mijn leven compleet en gaf me alles wat ik nodig had.

Ze knikte.

Ik staarde naar haar en wachtte haar reactie af.

Maar er kwam niets. Ze keek weer in het vuur.

"Wil jij kinderen?" Dit gesprek was eenzijdig, en dat voelde verkeerd. Mijn zwijgen was egoïstisch en ik meed een gesprek dat ik liever niet wilde voeren.

Ze keek me weer aan. "Toen ik getrouwd was, wilden we een gezin stichten. Maar sinds mijn scheiding heb ik het zo een beetje terzijde geschoven. Ik was zo gekwetst dat ik helemaal niet meer kon nadenken over de toekomst. Mijn vertrouwen was op de proef gesteld, dus dacht ik niet eens ooit nog een man te kunnen vinden met wie ik een serieuze relatie mee zou willen hebben, laat staan een gezin mee stichten. En mijn werk is zo hectisch, met lange onregelmatige werktijden, dat ik een man nodig zou hebben die parttime zou kunnen werken om me zo te steunen, wat eigenlijk bijna onmogelijk is in zo'n dure stad als Manhattan."

Ik kon me uiteraard elk mogelijk leven veroorloven.

Ze staarde me lang aan, met haar knokkels nog steeds onder haar kin. "Ik heb eigenlijk nooit echt duidelijk geweten of ik kinderen wil hebben. Het is altijd een optie geweest, maar nooit een must. Maar met jou ... " Ze haalde diep adem en voelde zich er duidelijk ongemakkelijk bij om dit tegen me te zeggen. "Ja, met jou zou ik er wel willen hebben."

Ik hield haar blik vast en luisterde naar het geknetter van het vuur in de open haard en de dieren om ons heen. "Denk jij vaak na over dat soort dingen?"

Ze knikte. "Ik zou willen liegen en zeggen van niet, maar dat doe ik wel."

Ik zat daar en zweeg.

"Ik wil je geen druk opleggen, Deacon. Ik ben echt blij met wat we hebben. Ik heb geen haast om ook maar iets te veranderen. Wat we hebben is echt speciaal. Het mag voor altijd zo blijven."

Ik knikte. "Ik wil ook niet dat er iets verandert." Ik gaf me volledig bloot aan haar, maar ik was niet klaar om te hertrouwen, om dat soort verbintenis aan te gaan. Het had niets met haar te maken, alleen met het instituut van het huwelijk. Het zou me tijd kosten om mijn mening daarover te herzien. Ik moest haar eerlijkheid en de onverschrokken manier waarop ze me haar gevoelens liet zien echt waarderen, vooral omdat ze met mijn aarzeling wist om te gaan. Ze stelde me geen ultimatum. Ze zei me niet dat ik kinderen met haar moest hebben als ik bij haar wilde blijven. Ze liet de toekomst open.

Ze staarde weer in het vuur en het licht zorgde voor een mooie gloed op haar gezicht.

En ik keek naar haar, als betoverd door haar schoonheid, dankbaar dat ze hier bij me was.

Dankbaar dat ze van mij was.

CLEO

Toen Valeries spullen arriveerden, liet ik Matt alles naar haar appartement brengen.

Ze miste nog een paar meubels, dus gaf ik een ontwerper de opdracht die te voorzien, op basis van Valeries smaak die mij niet onbekend was sinds ik een paar keer in haar huis in LA was geweest. Ik liet ook Dereks kamer inrichten zodat die gezellig was tegen zijn aankomst.

De dag waar we enerzijds tegenop hadden gezien en anderzijds naar hadden verlangd brak aan.

Valeries auto stopte voor het gebouw.

Deacon stond popelend te wachten om Derek te zien van zodra hij in de stad was.

Het was moeilijk om niet te dicht naast hem te gaan staan en mijn handen eenvoudig samen te vouwen voor mijn middel, omdat ik eigenlijk mijn arm om hem wilde slaan. Ik was deze rol beu en wilde me niet langer gedragen als zijn assistent, zeker niet nu ik hem had verteld dat ik zijn kinderen wilde baren.

Het was zoiets gênants om te zeggen, maar hij was niet doorgedraaid zoals de meeste mannen zouden hebben gedaan.

Het was niet alleen een bewijs van zijn gevoelens voor mij, maar ook van zijn viriliteit.

Het portier van de auto ging open en een lang been met hoge hakken verscheen. Ze stapte uit, gekleed in een korte jurk en met sieraden beladen, alsof ze niet net in een vliegtuig van de andere kant van het land hierheen was gevlogen. Ze pakte Dereks hand vast, zodat hij uit de auto kon stappen met zijn rugzak om.

Dereks blik viel meteen op Deacon en hij rende in zijn armen. "Papa!"

Deacon knielde neer, ving hem op, tilde hem op en kneep hem zachtjes terwijl hij hem een berenknuffel gaf. "Ik ben zo blij dat je hier bent."

"Ik ook."

Ik keek naar hen en voelde hoe mijn ogen zachter werden. Het was vooral vanwege mijn relatie met Derek dat ik nadacht over het stichten van een gezin met Deacon. Die jongen zorgde ervoor dat ik een moeder wilde zijn en deed me verlangen naar een zoon die op zijn vader zou lijken.

Derek kwam vervolgens naar mij toe en botste tegen mijn middel aan. "Hoi, Cleo."

"Hoi, Derek." Ik knielde en omhelsde hem. "Ik heb je gemist."

"Ik heb jou ook gemist." Hij trok zich terug. "Papa heeft gezegd dat we elk weekend naar het chalet kunnen gaan."

Ik glimlachte. "Dat lijkt me leuk."

Valerie liep naar Deacon toe, met haar rug in een lichte kromming en praktisch paraderend.

Zijn glimlach verdween op slag. "Hoe was de vlucht?"

Ze haalde haar schouders op. "Saai."

"Nou, welkom in New York." Het was duidelijk dat hij zichzelf moest dwingen om beleefd te zijn, om een gesprek aan te gaan dat hij niet wilde voeren.

"Bedankt." Ze wendde zich tot mij en keek naar hoe Derek en ik met elkaar omgingen.

Ik ging rechtop staan en liep naar haar toe. "Ik kijk ernaar uit om je je appartement te laten zien. Het is prachtig. Met een geweldig uitzicht."

"Op welke verdieping is het?", vroeg ze.

"De vierenveertigste." Een beetje hoger dan dat van Deacon.

Ze knikte.

Matt haalde alle bagage uit de kofferbak van de auto en stapelde die op de kar.

"Volg me maar." Ik leidde hen naar de lift en liet hen als eerste naar binnen gaan.

Derek kletste Deacon de oren van zijn hoofd. "Mam zegt dat ik binnenkort naar school ga."

"Ja", antwoordde Deacon. "Het is de beste school van het land."

"Zijn de kinderen er leuk?", vroeg hij.

"Ze zullen aardig tegen je zijn." Deacon wreef over zijn hoofd. "Omdat iedereen van je houdt."

We zoefden met de lift naar haar verdieping en ik deed de deur voor haar open. "We zijn er." Het appartement was ingericht, de koelkast en voorraadkasten waren goed gestockeerd en er stonden overal vazen met bloemen. Ik wist niet zeker waarom ik had verwacht dat ze onder de indruk zou zijn en wat vriendelijkheid zou tonen, maar ze keek in ieder geval met een verveelde uitdrukking rond — alsof het haar totaal niets kon schelen. Ze gooide haar handtas op de bank en keek uit het raam naar het uitzicht in de tegenovergestelde richting van dat vanuit Deacons appartement.

"Wauw, dit appartement is cool." Derek liet zijn rugzak bij de deur vallen en liep de gang in. "Welke kamer is van mij?"

"Ik zal je jouw slaapkamer laten zien." Ik nam hem mee naar een van de slaapkamers die ingericht was op basis van een ruimtethema, net zoals de slaapkamer die hij bij Deacon had.

"Wauw ... " Hij keek om zich heen en was onder de indruk, ook al had hij al een slaapkamer die er ongeveer hetzelfde uitzag. "Het bed lijkt wel een ruimteschip." Hij klom erbovenop en begon te springen.

"Derek." Deacon greep hem vast bij zijn schouder en hield hem stil. "Niet springen op het bed."

"Kom nou, waarom niet?", zeurde hij.

"Omdat ik het zeg." Hij duwde hem verder naar beneden tot hij op de rand van het bed zat. Toen keek hij om zich heen. "Het is echt mooi, schat."

Mijn ogen werden groot.

Deacon realiseerde zich zijn fout en keek naar de deur, maar gelukkig was Valerie er niet.

Derek leek het ook niet te hebben opgemerkt. "Wanneer gaan we naar het chalet?"

"Misschien volgend weekend", zei Deacon. "Maar er zijn nog veel andere dingen te doen in de stad."

"Het is hier echt groot", zei Derek. "Ik weet niet zeker hoe ik zal kunnen onthouden waar alles is ... "

"Je zult hier snel je weg vinden." Deacon ging naast hem zitten, legde zijn hand op zijn schouder en wreef er zachtjes over terwijl hij hem liefdevol aankeek, alsof Derek zijn hele wereld was. Hij keek me altijd op dezelfde manier aan — alleen een beetje anders. "Je moeder heeft net een lange vlucht achter de rug. Misschien kun je haar beter de rest van de avond wat rust gunnen."

"Mag ik naar jouw appartement komen?", vroeg Derek.

Deacon zuchtte, alsof hij wilde dat hij ja kon zeggen. "Je moet eerst een poosje bij je moeder blijven."

Derek zuchtte teleurgesteld.

"Maar we zullen elkaar constant zien. Heb alleen een beetje geduld."

Hij zwierde zijn voeten over de rand van het bed en keek rond in zijn kamer.

Ik wilde blijven, alsof ik deel uitmaakte van dit gezin, maar ik herinnerde me dat ik aan het werk was ... en hier niet thuis-hoorde. "Ik laat jullie even wennen."

Deacon stond meteen op om me te knuffelen als afscheid en me naar de voordeur te begeleiden, maar toen hij zich herin-nerde dat dat niet kon, liet hij zich terug zakken op de rand van het bed. "Tot later."

Ik glimlachte. "Dag."

"Tot ziens, Cleo." Derek zwaaide naar haar.

"Tot ziens, Derek." Ik liep door de gang naar de voordeur. "Laat het me weten als je iets nodig hebt, Valerie."

Ze draaide zich om van bij het raam en staarde me aan, met één hand op haar heup. "Er is een yogastudio aan de overkant van de straat. Ik wil een lidmaatschap en een uitgeprint schema."

Kon ze dat niet gewoon opzoeken op haar telefoon? "Tuurlijk. Nog iets anders?"

"Derek heeft allerlei schoolspullen nodig. Op de website staat een lijst van de items." Ze keek me nauwelijks aan terwijl ze sprak, terwijl ze haar perfecte figuur bewonderde in een spiegel die zich vlakbij bevond.

"Natuurlijk."

"En er is een oudercontact voordat het schooljaar aanvangt. Jij regelt dat wel, neem ik aan?"

Omdat zij het te druk had? "Zeker ... maar misschien is dat meer iets voor Deacon?"

"Hij is overdag op kantoor."

"Nou, ik weet zeker dat hij er een dag vrijaf voor zou nemen — "

"Je kent Deacon niet zo goed als ik."

Hallo teef, ik kende hem beter.

"Zijn werk is te belangrijk."

Zelfs als dat waar was, wilde ze nu echt dat ik, een persoonlijke assistente, met haar zoon naar zijn eerste oudercontact zou gaan? Hij was nog een kind en dit was zijn eerste kennismaking met die school, maar dat betekende helemaal niets voor haar? Soms vroeg ik me af of ze wel van Derek hield, of dat ze hem nog steeds gebruikte als pion in een zeer walgelijk spel. "Ik zal het wel doen, Valerie."

Ik zat aan mijn bureau, met mijn hand diep in een zak popcorn, en ik stak stukjes in mijn mond terwijl ik het schema voor volgende week bestudeerde. We hadden het druk, en hadden op de meeste dagen en avonden zaken af te handelen. Ik zou wat zaken moeten verschuiven om samen met Derek naar het oudercontact te kunnen gaan.

Deacon sms'te me. *Breng mijn post naar boven.*

Dat heb ik al gedaan.

Breng dan een pakje of zo.

Er is geen post meer voor je, Deacon.

Kom gewoon langs.

Ik glimlachte, omdat ik wist dat hij geen enkele reden had om me op te dragen naar zijn appartement te komen. *Ik heb het komende half uur nog wat zaken af te handelen.*

Tegen dan zal het eten klaar zijn.

Wat staat er op het menu? Ik had het gevoel dat het vis zou zijn.

Asperges en champignonravioli in een witte saus.

Mijn ogen rolden bijna uit mijn hoofd. *Wat???*

Misschien zal je je nu haasten.

Dat deed ik inderdaad. Ik haastte me om alles zo snel mogelijk af te ronden, zodat ik de lift kon nemen en naar zijn verdieping kon zoeven. Maar het eten was niet het enige dat me had verleid. Het was de man die me aantrok ... en mijn nieuwsgierigheid.

Ik klopte aan en liep toen naar binnen.

"Perfecte timing." Hij zette de borden op tafel, waar al een fles wijn en twee glazen op stond.

Ik rook het aroma en herkende die bepaalde pastageur. "Wauw, je hebt niet gelogen." Ik liep naar de tafel en zag hem naar me toe komen in alleen zijn joggingbroek, en met zijn keiharde borstkas ontbloot. Ik sloeg mijn armen om zijn strakke middel, kuste hem, groefde met mijn nagels lichtjes in zijn huid en bevoelde de spierbundels in zijn zij.

Hij streelde met zijn neus tegen de mijne, trok zich toen terug en schoof een stoel voor me naar achter.

Ik ging zitten en keek toe hoe hij aan het hoofd van de tafel ging zitten.

Hij had ook een groene salade klaargemaakt. Ik pakte de vork beet en begon te eten. "Wauw, dit is lekker ... "

"Het stond allemaal op de boodschappenlijst."

"Dat is me niet eens opgevallen."

"Dan lijkt het erop dat iemand anders mijn boodschappen doet."

"Ik heb het daar eerlijk gezegd meestal te druk voor." Ik bleef eten en genoot van elke hap. "Verdomme, dit is ziekmakend lekker."

"Ziekmakend?", vroeg hij.

"Je weet wel, geweldig."

Hij schudde zijn hoofd en stak zijn vork in de sla. "Dat is de vreemdste uitdrukking die ik al ooit heb gehoord ... "

Ik grinnikte. "Nou, waar komt dit ineens vandaan? Dit eet jij normaal gesproken niet graag — ook al zit er geen kaas in."

"Het is me opgevallen dat je altijd iets voor mij te eten hebt in jouw appartement, dus wilde ik proberen om ook dingen in huis te halen waar jij van zult genieten ... "

Dat was attent — en opmerkzaam. "Ik ben dol op je kookkunsten, Deacon."

"Ja, maar ik weet dat ik steeds hetzelfde klaarmaak."

"Nou, het is steeds een aangename afwisseling met mijn burrito's."

"Die zal ik nooit voor je bereiden", zei hij met een lichte glimlach. "Niet mijn stijl."

"En daarom ben je zo sexy, dus kan het me niets schelen."

Hij glimlachte lichtjes en nam nog een hap.

"En, hoe gaat het?" Ik had het de laatste dagen druk gehad, dus hadden we elkaar niet gezien.

Hij haalde zijn schouders op. "Goed."

"Heb je Derek al veel gezien?"

"Eigenlijk niet. Ik wil niet te veel aandringen."

"Ja. Dus heb je haar ook nog niet gezien?"

Hij schudde zijn hoofd. "En dat komt me goed uit." Hij at zijn salade op en begon daarna aan zijn ravioli.

Ik had me afgevraagd of ze het met Deacon zou hebben over de aankoop van Dereks schoolspullen en de ontmoeting met het lerarenkorps. Ik had er niets over gezegd, omdat ik haar zelf de kans wilde geven. Maar ze was het duidelijk al vergeten. Ik wilde niet dat Deacon kwaad zou worden op zijn ex. Ik wilde het ook niet over haar hebben. Dus verwoordde ik het zorgvuldig. "Weet je, er is deze week een vergadering voor ouders en leerkrachten op Deacons school. Volgens mij is het gewoon een bijeenkomst om hen kennis te laten maken met Derek, zodat hij eventuele vragen kan stellen, maar ook om te peilen naar zijn interesses ... dat soort dingen."

"Ja?", vroeg hij, duidelijk volstrekt onwetend.

"Het is donderdag, om een uur 's middags. Denk je dat erbij kunt zijn?"

"Ja." Hij antwoordde meteen en dacht helemaal niet aan zijn werk, gaf er totaal niets om. "Daar wil ik heel graag bij zijn."

Ik had nooit getwijfeld aan wat zijn antwoord zou zijn. "Geweldig. Vind je het erg als ik meega?"

"Dat lijkt me net leuk. Maar ik weet niet wat Valerie ervan zal vinden."

"Zij zal er niet bij zijn, dus het zal geen probleem zijn."

"Ze gaat niet?", vroeg hij verbaasd. "Waarom niet?"

Als ik hem zou vertellen dat het haar totaal niets kon schelen, zou hij kwaad worden dus bleef ik vaag. "Ik denk dat ze zei dat ze iets te doen heeft ... "

Hij keek sceptisch, omdat hij wist dat Valerie niet werkte en hier nog geen vrienden had. Ze kon natuurlijk een vriendje hebben, maar dat zou dan wel heel snel zijn gegaan. Hij ging er niet verder op in.

"En misschien kunnen we daarna gaan winkelen om zijn schoolspullen te kopen. Ik heb een lijst gedownload van de spullen die hij nodig heeft. Ik kan dat natuurlijk gewoon voor je regelen, maar ik dacht dat het leuk zou zijn om Derek mee te nemen om alles wat persoonlijker te maken. Het zal hem leren hoe hij zich kan voorbereiden op toekomstige activiteiten."

"Ja, dat zal hij geweldig vinden." Hij nam nog een hap.

Ik had met succes een erg pijnlijk gesprek vermeden.

Hij at alles op en veegde zijn bord schoon. "De gedachte dat hij zich maar een paar verdiepingen boven mij bevindt, is best gek ... Ik voel me daar goed bij." Hij liet even een stilte vallen, stapelde toen de borden op elkaar en droeg alles naar de keuken.

Ik voelde me schuldig omdat ik hem had misleid, maar ik had nou eenmaal het beste met hem voor.

Hij draaide zich om, vulde onze glazen opnieuw en drukte toen de kurk weer in de flessenhals. "En wat heeft mijn meisje uitgespookt?" Hij ging weer zitten.

Ik hield van die koosnaampjes. Ze waren allemaal geweldig. "Gewoon druk, zoals gewoonlijk. Ik heb veel klanten en het lijkt alsof ze altijd iets nodig hebben."

"Ze hadden niet zoveel nodig voordat ze jou ontmoetten. Jij maakt hun leven gewoon erg makkelijk, en dat is verslavend." Hij nam een slokje en likte daarna zijn lippen. "Ik spreek uit ervaring ... "

Ik glimlachte. "Jij bent eerlijk gezegd een vrij gemakkelijke klant."

"Omdat ik met je naar bed ga", zei hij plagerig.

"Nee. Je was al een geweldige klant voordat je mijn poesje begon te verwennen."

Hij lachte in zijn glas en morste een paar druppels wijn op de tafel. Hij vond het grappig omdat het precies klonk als iets wat Tucker zou zeggen. Hij pakte het stoffen servet op en veegde nog steeds lichtjes grinnikend zijn mond schoon. "Verdomme."

Ik vond het geweldig om hem zo te zien lachen, met al zijn tanden ontbloot terwijl hij me die brede grijns liet zien. Niets maakte mij gelukkiger dan hem gelukkig te zien, om toe te kijken hoe dat licht zijn ogen vulde met vreugde.

Hij wreef de laatste druppel wijn op zijn kaak weg terwijl zijn glimlach vervaagde. "Ik moet dat Tucker vertellen."

"Dat moet je zeker doen."

Hij grinnikte weer.

Ik dronk mijn wijn op en liet het glas op tafel staan, vermoeid van de lange werkdag en al opziend tegen de volgende. Ik hield van mijn werk, maar soms wenste ik dat de werkdagen niet zo lang en hectisch waren, en een kantoorbaan ruim overstegen. Maar met het soort diensten die ik leverde was dat gewoonweg onmogelijk. Ik wist dat ik nooit parttime zou kunnen werken, zelfs als ik dat zou willen, omdat mijn baas iemand nodig had die krankzinnig veel uren wilde draaien, iemand die bereid was om zich tomeloos in te zetten. Er was niet voor niets een geweldig salaris aan deze baan verbonden. Niet elke vrijgezel kon zich een appartement met één slaapkamer veroorloven in Manhattan. Maar ik had het werk nooit gedaan voor alleen het geld. Ik deed het omdat ik het leuk vond, en net daarom was ik zo succesvol.

"Ben je moe."

Ik verschoof mijn blik weer terug naar de zijne en had geen idee hoeveel tijd er verstreken was. "Het is een lange dag geweest ... "

"Ik kan je naar huis brengen."

"Nee, ik wil niet weggaan." Dat was wel het laatste wat ik wilde. Ik had hem al dagen niet gezien. Ik bleef liever bij hem dan dat ik in mijn eigen bed ging slapen, ook al wist ik dat de nacht kort zou zijn.

Hij dronk zijn wijnglas leeg. "Laten we dan seks hebben en meteen gaan slapen."

Ik grinnikte. "Je bent zo romantisch."

Hij nam me in zijn armen, trok me tegen zijn borst aan en droeg me naar zijn slaapkamer.

Ik sloeg mijn armen om zijn nek en hield mijn gezicht dicht bij het zijne, met een zachte glimlach op mijn mond en mijn blik op zijn lippen gericht. Het was romantisch om iemand te hebben die me zo moeiteloos optilde, die tevreden was met gewone, monogame seks en daarna direct in slaap kon vallen, om een man te hebben die tevreden met me was, die er niets om gaf dat ik laat werkte of weinig vrije tijd had. Hij klaagde nooit over mijn werk, vroeg me nooit om iets op te offeren, en hij was net zo toegewijd aan zijn werk, als ik aan het mijne.

Hij legde me op bed en liet toen zijn broek zakken. Zijn handen gingen vervolgens over mijn lichaam, trokken mijn kledingstukken uit tot ik helemaal naakt was en toen kwam hij boven op me liggen. Zijn lul was enorm stijf, alsof ik sexy lingerie aanhad. Hij drukte zijn lippen op de mijne in een verhitte omhelzing, graaide met zijn hand in mijn haar en kreunde van zodra we innig met elkaar verenigd waren.

Ik klauwde mijn nagels in zijn rug en kneep met mijn dijen in zijn heupen terwijl ik dubbelgevouwen lag om zijn staaf zo diep mogelijk te kunnen nemen. Ik lag op mijn rug terwijl hij al het werk deed, en ik genoot van hoe hij aan mijn haar trok en in mijn oor ademde, zodat ik zijn toenemende opwinding kon horen.

Hij vrijde met me op een voor mij geheel nieuwe manier, met zijn blik op mij gefocust zodat hij me echt zag en oprecht contact met mij kon maken. Hij was niet teruggedeinsd voor de diepte van mijn gevoelens sinds ik hem had verteld dat ik de rest van mijn leven met hem wilde doorbrengen. Zijn gevoelens voor mij waren niet veranderd, omdat ze zo natuurlijk voelden en zo krachtig waren. Hij aanbad me nog net zo en was nog net zo toegewijd als voorheen.

4

DEACON

Ik was net klaar met lunchen toen Cleo naar binnen kwam gewandeld met Derek.

Derek was wat netter gekleed dan gewoonlijk en droeg een spijkerbroek en een poloshirt. Hij gaf de voorkeur aan een korte broek en een T-shirt, meestal met de opdruk van zijn favoriete superheld of een insect. Hij rende naar de eettafel. "Hoi, pap."

"Hoi, kleine man." Ik gaf een aai over zijn hoofd en trok toen de stoel voor hem naar achter. "Laten we lunchen voordat we vertrekken."

Hij kroop op de stoel. "Ik heb geen honger."

"Jammer voor jou dan." Ik wendde me tot Cleo, die gekleed was in een zwarte kokerrok met een strakke witte blouse die inge-stopt was in de tailleband. Ze droeg niet vaak zwarte kleren, maar als ze dat deed, zag ze er verdomd sexy uit. Het was moeilijk om naar haar te kijken en haar niet te kussen, ook al deden we dat al zes maanden lang. Het voelde zo vreemd om haar te begroeten met een simpele blik, alsof ze een vriend was ... terwijl ik haar bijna elke avond neukte.

Ze keek me aan met een zachte glimlach op haar gezicht, alsof ze begreep hoeveel moeite me dit kostte.

Derek keek naar zijn bord en zuchtte. "Ik zou liever bij jou wonen dan bij mama, maar ... ik heb een hekel aan je eten."

Ik grinnikte en klopte hem op de schouder. "Ik wil dat je op een dag groot en sterk bent."

Cleo kwam naast me staan. "Hoi."

Ik draaide me naar haar toe. "Hoi." Derek kon ons niet zien omdat hij met zijn vork in zijn eten prikte, alsof zijn stukken broccoli leefden.

Haar hand ging discreet naar de mijne en ze kneep er zachtjes in.

Ik kneep zachtjes terug.

Ze ging op de andere stoel zitten, recht tegenover me en legde haar servet over haar schoot. "Wauw, dit ziet er lekker uit."

Derek hief zijn hoofd op en keek haar aan alsof ze gek was.

Ik moest grinniken bij het zien van zijn geschokte gezichtsuitdrukking. "Je zult het lekkerder vinden naarmate je ouder wordt."

"Bah." Hij stopte de groente in zijn mond en kromp de hele tijd ineen zolang hij erop kauwde.

Ik negeerde zijn stil protest. "Ben je opgewonden, Derek?"

Hij haalde zijn schouders op maar zijn stemming was direct veranderd.

Ik wisselde een blik uit met Cleo en keek hem toen weer aan. "Wat zit je dwars, kleine man?"

Hij haalde weer zijn schouders op. "Ik heb geen broers en zussen, dus weet ik niet hoe ik met andere kinderen moet omgaan."

"Nou, de andere kinderen in je klas zullen ook slim zijn, net zoals jij", zei ik. "Dus zullen jullie veel dingen gemeen hebben."

"Denk je?", vroeg hij hoopvol.

"Absoluut. Ik weet dat je nerveus bent, wat normaal is, maar het zal snel overgaan." Ik at niet zo snel als anders, omdat ik het te druk had met het bestuderen van en praten met mijn zoon.

"Wat als ik niet zo slim ben als de andere kinderen?", fluisterde hij.

Ik begon bijna te lachen. "Dat zal echt niet zo zijn, Derek. Je zult misschien niet de slimste zijn, maar dat is oké. Het is geen wedstrijd, maar je zult zeker kunnen concurreren met je klasgenoten."

"Zouden ze ook graag raketten bouwen?"

"Ja", zei ik. "Ik weet zeker dat ze net zo gefascineerd zullen zijn door de dingen die jou zo fascineren."

Hij richtte zijn aandacht weer op zijn eten en at nu een beetje sneller.

Derek was zeker hoogbegaafd, maar hij was gelukkig niet arrogant. Hij liep nooit een kamer binnen denkend dat hij de beste in alles was. Het interesseerde hem niet om in alles altijd de beste te zijn. Hij wilde er gewoon bij horen, wilde normaal zijn.

Cleo volgde onze interactie en hield haar blik meestal op Derek gericht, met genegenheid in haar ogen.

Doordat ze zo goed met Derek omging, wist ik dat ze zelf een geweldige moeder zou zijn ... wanneer die dag zou aanbreken. Ze was warm en liefdevol, vol genegenheid, en ook enorm vriendelijk. Ze was geen wetenschapper of wiskundige, maar ze had uitstekende kwaliteiten die de meeste mensen moesten missen. Die vaardigheden waren net zo belangrijk als academische intelligentie. Ik wist dat uit ervaring, want als ik haar gaven had, zou ik veel makkelijker in het leven staan.

We liepen het schoolgebouw binnen waar de bijeenkomst zou plaatsvinden. Ik was gekleed in een donkergrijs pak, omdat ik professioneel wilde ogen nu ik hier mijn zoon kwam vertegenwoordigen. Hij was nerveus om naar school te gaan, en ik was zenuwachtig over deze bijeenkomst, omdat ik zo slecht was in het omgaan met mensen, vooral met vreemden.

We gingen op een bank in de gang zitten, met Derek tussen ons in, zijn benen bungelend over de rand. Hij keek heen en weer in de gang en bestudeerde de omgeving waar hij vanaf dit najaar bijna elke dag zou doorbrengen.

Cleos blik verried dat ze wist dat ik nerveus was, maar ze zei er niets over in Dereks bijzijn.

Ik draaide me naar haar toe en glimlachte lichtjes naar haar om haar duidelijk te maken dat ik in orde was.

Toen zwaaide de deur open. "Goedemiddag, dr. Hamilton." De schooldecaan stapte gekleed in een zwarte spijkerbroek, een blouse en op hoge hakken de gang in. "Aangename kennismaking."

Ik stond op en schudde haar de hand. "Het genoegen is geheel aan mijn kant, dr. Cunningham."

Ze glimlachte en knielde daarna. "En dit moet Derek zijn."

Derek sprong van de bank af en stak zijn hand uit. "Aangename kennismaking."

Ze glimlachte en beantwoordde het gebaar. "Wauw, wat een indrukwekkend welgemanierde jongeman. Kijk je er naar uit om naar school te gaan?"

Hij haalde zijn schouders op. "Ik denk dat ik een beetje bang ben ... "

"Ach." Ze legde haar hand op zijn schouder en kneep er zachtjes in. "Er is geen enkele reden om bang te zijn. Dit is een geweldige leeromgeving vol lieve kinderen zoals jij. Je zal het hier geweldig vinden, Derek." Ze stond op in haar volle lengte en wendde zich vervolgens tot Cleo. "U hebt een schattige zoon."

Cleo zweeg even en haar ogen vulden zich vol genegenheid, alsof dat een compliment was dat ze graag wilde horen. Ze stapte er snel overheen. "Ja, hij is schattig. Maar ik ben Cleo, de assistente van dr. Hamilton. Wij hebben elkaar een paar keer aan de telefoon gesproken, en ik wil u graag bedanken voor het feit dat Derek hier naar school mag gaan. We zijn u erg dankbaar." Ze schudde haar de hand.

"Oh, natuurlijk", zei dr. Cunningham. "Ik had uw stem moeten herkennen. U klinkt heel anders dan Valerie."

Omdat Valerie klonk als een kreng.

"Komen jullie alsjeblieft mijn kantoor binnen." Dr. Cunningham liep als eerste naar binnen en stapte daarna om haar grote bureau heen om plaats te nemen in haar stoel.

Wij volgden haar alle drie naar binnen en gingen op de bank tegenover haar bureau zitten, met Derek weer in het midden. Ik sloeg mijn arm om zijn schouders en herinnerde hem eraan dat ik bij hem was en dat er geen reden was om nerveus te zijn ... ook al was ik zelf een beetje nerveus.

"Het is zo'n eer om u hier te hebben, dr. Hamilton", zei ze. "Toen Cleo contact met ons op nam, wist ik dat ik Derek moest toelaten. Mijn moeder heeft een paar weken geleden een hart-aanval gehad. Ze woont in Brooklyn en werd opgenomen in het Deacon Hamilton Medical Center. Ik ben blij te kunnen zeggen dat ze volledig hersteld is." Ze glimlachte naar me.

Ik had geen idee wat ik daarop moest zeggen. Ik had het ziekenhuis niet gefinancierd. Het was niet mijn idee geweest om het te openen. Ik werd alleen opgebeld met de vraag of ze het gebouw naar mij mochten vernoemen ... en ik had toege-stemd. Het was een onderscheiding die ik niet verdiende, maar ik wilde me niet als een klootzak gedragen en het verzoek afwijzen. "Ik ben blij te horen dat het goed gaat met uw moeder."

"Dank u", zei dr. Cunningham. "Het is tevens een eer u hier te mogen ontvangen, omdat het de eerste maal is dat een ouder die een Nobelprijs heeft ontvangen zijn kind hier inschrijft op onze school."

Zouden we hier gewoon zitten en al mijn prestaties bespreken? Ik haatte het sowieso al om daarover te praten, maar dit gesprek kon ik onmogelijk omzeilen. "Ik hoop dat het de leer-lingen zal inspireren."

"Dat zal het zeker ", zei ze. "Het zou geweldig zijn als u een lezing zou kunnen geven over uw werk. Het zou al onze leer-lingen echt inspireren."

"Dat zou geweldig zijn", zei Derek. "Mijn vader is zo slim en cool! Hij eet rare dingen, maar hij is de beste vader ooit."

Dr. Cunningham grinnikte. "Dat is lief."

"Ik eet geen rare dingen", corrigeerde ik hem. "Ik probeer Derek alleen maar gezond te laten eten."

"Oh, ik begrijp het", zei ze. "Gelooft u me, kinderen klagen doorlopend over de schoolmaaltijden."

Dat was nog een reden waarom ik wilde dat Derek naar deze school zou gaan, omdat de school een sterke filosofie had wat voeding betrof en erin geloofde dat de sleutel tot een gezonde ontwikkeling vers, biologisch en voedzaam eten was. De leerlingen kregen regelmatig biologische broccoli, in het wild gevangen zalm of biologische, vrije-uitloopkippen zonder conserveringsmiddelen voorgeschoteld, of een geweldige veganistische optie. De maaltijden vormden de grootste kost van dit privéonderwijs.

Derek boog zijn hoofd. "Oh man ... "

Cleo grinnikte. "Het is voor je eigen goed, Derek."

"Dus geen kipnuggets?", vroeg hij aan dr. Cunningham.

Ze schudde haar hoofd.

Hij trok aan de mouw van mijn overhemd. "Papa, laten we gaan."

We schoten allemaal in de lach en ik wist dat mijn zoon een grap had gemaakt.

Dr. Cunningham leek nu al dol op hem te zijn. "Wat vind je leuk, Derek?"

Hij zweeg nu de aandacht weer op hem gericht was. "Nou ... ik kleur graag. Ik bouw ook graag raketten en motoren. Ik heb er een gemaakt die tegen het huis vloog en neerstortte, en mama was heel erg kwaad. En papa en ik gaan ook vaak naar zijn chalet, waar we vissen en wandelen. Het is mijn meest favoriete plek ter wereld."

Cleos ogen werden zachter, omdat het ook haar favoriete plek was.

"Dat is geweldig, Derek", zei ze. "Ik denk dat je je hier thuis zult voelen."

"Ja?", vroeg Derek. "Ben ik slim genoeg?"

Ze grinnikte. "Ik twijfel daar niet aan, toch niet te oordelen naar de informatie die je kinderarts me heeft bezorgd. En je vader is een heel briljante man."

"Ja", zei Derek. "Mijn vader is mijn held."

Ik sloot mijn ogen terwijl mijn hart een tel oversloeg. De liefde die ik van binnen voelde, deed mijn ribbenkast barsten omdat mijn hart in omvang verdubbelde. Het was soms moeilijk om een zoon op te voeden in een slecht huwelijk en nu als alleenstaande vader. Er kwam meer bij kijken dan alleen maar vissen en wandelen bij het chalet. Er waren momenten dat hij een grote hekel had aan mijn discipline. Maar het maakte het allemaal de moeite waard wanneer hij dat soort dingen zei. Mijn vader was ook mijn held geweest. Hij was een man van gemiddelde intelligentie, en de eigenaar van een bouwbedrijf die ons van genoeg geld had voorzien om een geweldig leven te leiden. Hij had me nooit kunnen begrijpen op een intellectueel niveau, maar hij had me wel van alles geleerd, zoals hoe ik dingen kon bouwen met mijn handen, hoe ik moest vissen, hoe een auto te starten zonder sleutel ... allerlei vaardigheden. Hij was mijn held omdat hij al het mogelijke deed om mij me normaal te laten voelen.

Ik kneep zachtjes in Dereks schouder en keek hem aan, wetende dat hij geen idee had wat de impact van zijn woorden was, en dat hij waarschijnlijk zou vergeten dat hij het ooit had gezegd wanneer hij ouder werd.

Cleo keek me aan met een liefdevolle blik.

Dr. Cunningham gunde me even wat tijd en ging toen verder. "Hij is voor veel mensen een held, Derek. En ik weet zeker dat jij dat ook zult zijn — ooit."

We gingen naar de winkel zodat hij zelf wat spullen kon uitzoeken, zoals schriften, pennen en mappen.

Derek liep meteen naar het rek met de rugzakken. "Wauw! Kijk eens naar deze!" Er stond een roedel wolven afgebeeld op de achterkant. "Of deze! Er staat een beer op." Hij bekeek er nog meer, niet in staat om te beslissen met wat voor soort rugzak hij naar school wilde gaan.

Ik keek naar hem vanaf de andere kant van de winkel en hield hem samen met Cleo in het oog. Ik wilde zijn keuze in schoolspullen niet beïnvloeden. Ik wilde dat hij zijn eigen beslissingen nam.

Cleo grinnikte. "Mijn god, hij is zo schattig."

"Ik weet het." Ik was altijd fier als een gieter wanneer ik naar mijn zoon keek. Maar ik was er zeker van dat elke ouder zich zo voelde, ongeacht hoe geweldig hun kind in feite was. Ik was vooral trots op zijn goed hart en op hoe aardig hij voor iedereen was, inclusief voor dieren die aan zijn genade waren overgeleverd. Ik had hem een zetje in die richting gegeven, maar hij had er zelf voor gekozen om zo te zijn, om het universum en het leven om hem heen te respecteren, om de wereld te koesteren in plaats van te vernietigen.

"Wat vond je van de vergadering?"

"Heel positief."

"Je hebt het prima gered."

"Omdat ik zo hard mogelijk mijn best heb gedaan", zei ik grinnikend. "Ik wilde Derek niet in verlegenheid brengen met mijn ... hoe je mijn probleem dan ook noemt."

Ze glimlachte lichtjes naar me. "Ik weet zeker dat ze al eerder te maken heeft gehad met ouders met dezelfde beperking. Ik heb ook andere klanten die moeite hebben om hun bedoelingen onder woorden te brengen, dus achterhaal ik hun behoeften op basis van hun bezigheden. Ze lijkt echt intelligent, dus weet ik zeker dat ze daar zelf achter zou zijn gekomen."

Ik haalde mijn schouders op. "Misschien."

"Volgens mij is het een geweldige plek voor Derek. De school is ook erg mooi, en als alle leraren zijn zoals dr. Cunningham, dan is Derek in heel goede handen. Misschien heeft hij zijn briljante vader niet nodig om hem te helpen."

"Zeg dat niet."

"Wat?"

"Dat ik briljant ben."

"Maar je bent briljant, Deacon."

"Ja, maar ik wil het je niet horen zeggen."

Ze fronste een wenkbrauw.

"Ik vind het leuk dat je van me houdt om mezelf ... " Wanneer we alleen met ons tweetjes waren, vroeg ze me nooit iets over dingen waar ik liever niet over praatte, zoals mijn onderzoek, laboresultaten en dat soort dingen. We hadden het dan over elkaar — of we praatten helemaal niet.

"Deacon, ik zou liegen als ik zei dat je genialiteit me niet enorm opwindt."

Ik kneep mijn ogen nog een beetje meer dicht en keek haar aan.

"Het is natuurlijk niet het allerbelangrijkste, maar het is zeker sexy."

Ik was niet geïrriteerd maar eerder blij om dat te horen. Ik wilde weten wat Cleo allemaal opwond, wat ze al dan niet fijn vond.

Ze legde haar hand op mijn arm en kneep er zachtjes in. "Je bent overduidelijk erg sexy dus ... wind me dat ook op. Maar je ziel is wat me het meest opwindt." Haar hand gleed naar mijn borst en bleef recht boven mijn hart liggen.

Telkens wanneer ze me aanraakte, kreeg ik het overal warm. Maar op dit moment liet ze me iets anders voelen.

"Omdat je ziel zo puur is." Ze liet haar hand zakken en staarde me een tijdje aan met een heel oprechte blik.

We hoorden Derek naar ons roepen. "Oké, ik neem deze." Hij rende naar ons toe met een rugzak in zijn handen.

Het was een van de weinige keren dat ik wenste dat mijn zoon even weg zou blijven. Ik rukte mijn blik los van haar gezicht en keek naar mijn zoon.

Hij stak de rugzak omhoog. "Wat denk je ervan?"

Er stond een foto van een grizzlybeer in de wildernis op. "Die is mooi, Derek."

"Het is net als bij het chalet", zei hij. "Ik bedoel, we hebben wel nog geen beer gezien, maar misschien komt dat nog wel!" Hij rende weer weg en verwachtte blijkbaar dat ik de spullen die hij verzamelde voor hem zou bijhouden.

Ik haakte de rugzak over mijn schouder en wendde me weer tot Cleo.

"Ik hoop in het belang van ons allemaal dat we geen beer zullen tegenkomen — "

Ik legde mijn hand op haar achterhoofd, trok haar tegen me aan voor een kus en voelde hoe mijn lippen op haar warme mond insloegen als een meteoriet op de zon. Ik scheidde haar lippen van elkaar en kuste haar alsof we alleen waren, gaf haar een beetje van mijn tong en een beetje van mijn warme adem.

In plaats van me weg te duwen, sloeg ze haar armen rond mijn middel en kuste me net zo hard terug, zonder nog te denken aan Derek die allerhande spullen aan het zoeken was.

Ik moest mezelf dwingen om me terug te trekken, om mijn hand uit haar haren te halen en een stap achteruit te zetten. Maar de blik in haar ogen paste bij de behoefte en het verlangen dat ik van binnen voelde. Het was nooit mijn bedoeling geweest om met Cleo te zoenen waar Derek bij was, maar ik wilde natuurlijk wel dat Derek zag hoe een man met een vrouw omging, hoe hij haar affectie toonde en voor haar zorgde. Aan mijn voormalige huwelijk met Valerie was niets positiefs. Hij had er geen idee van hoe een gelukkige relatie eruitzag, naar wat voor soort vrouw hij op zoek zou moeten gaan en hoe hij die vrouw moest behandelen. Mijn vader hield onvoorwaardelijk en met heel zijn hart van mijn moeder, ook al had hij dat nooit expliciet gezegd of getoond. Het was duidelijk geweest in de kleine dingen die hij deed in en rond het huis, als we uit eten gingen of in allerlei ander kleine dingen. Ik wilde dat Derek dat ook zou zien.

Cleo keek me aan alsof ze wilde dat de kus langer zou blijven duren, maar ze verbrak de aanraking.

Ik liet mijn hand laten zakken. "Wat zei je net?"

"Euhm ... " Ze schudde haar hoofd. "Ik kan het me niet herinneren."

Derek kwam weer naar ons toe. "Papa, wat is dit?"

Ik keek omlaag naar het zilveren instrument. "Een kompas."

"Nee, dat is het niet." Hij hield het plat, alsof hij het noorden probeerde te vinden.

Ik grinnikte. "Een meetkundig kompas. Dat heb je nog niet nodig. Leg het terug."

"Goed." Hij liep weer weg om het terug te leggen.

Ik richtte me weer tot Cleo. "Ga je graag naar het strand?"

Ze staarde me wezenloos aan, alsof ze de vraag niet begreep. "In het algemeen wel, ja. Maar ik kan me eerlijk gezegd niet herinneren wanneer ik voor het laatst naar een strand ben gegaan. Soms organiseer ik feestjes in de Hamptons voor mijn klanten en dan kan ik het water wel zien, maar mijn voeten raken nooit het zand."

"Ik denk erover na om een strandhuis in de Hamptons te kopen. Derek vond het daar bij ons laatste bezoek erg leuk."

Ze hield haar hoofd een beetje schuin. "Dat is een geweldig idee, vooral als investering. Maar ik denk eerlijk gezegd dat Derek de voorkeur geeft aan het chalet. Het is anders, uniek, iets waar hij niet aan gewend is."

"En wat heb jij liever?"

Ze staarde me wezenloos aan.

"Het is slechts op vijfenveertig minuten rijden, dus veel dichterbij. Het zou makkelijk voor ons zijn om een uitje te maken."

Ze fronste haar wenkbrauwen. "Hoe romantisch dat ook klinkt, ik ben er tevreden mee om je gewoon in mijn appartement uit te nodigen. Ik heb alleen een bed nodig ... en af en toe een burrito."

Ik grinnikte lichtjes. "Ik dacht dat het leuk zou zijn om twee plekken voor onszelf te hebben."

"Nou, mijn hart is al redelijk verknocht aan dat huis in het bos... "

Net als het mijne. "Weet jij misschien of er iets te koop staat?"

"Schat, zou je niet onderhand moeten weten dat ik alles kan?"

Mijn ogen vernauwden bij het horen van die koosnaam. "Schat?"

"Sorry." Ze keek naar Derek, die buiten gehoorsafstand was.

"Nee, het klonk leuk. Ik heb het je alleen nog nooit horen zeggen."

"Ja ... Het floepte er zomaar uit." Haar wangen hadden een mooie roze kleur gekregen, een blos die ze meestal kreeg wanneer we samen in bed lagen. Het was overduidelijk dat ze nu niet op het punt stond om klaar te komen, dus moest het een gevolg zijn van een andere emotie. "Ik zal wat onderzoek doen. Had je iets specifieks in gedachten?"

"Iets op het strand. Op enige afstand van de buren. Met privacy."

"Oké. Met zwembad?"

"Dat zou niet slecht zijn. En met een open haard."

78

"Ik snap het."

Derek kwam terug met zijn armen vol spullen. "Kijk eens naar al de dingen die ik heb uitgezocht."

Ik knikte naar de boodschappenwagen. "Leg alles daar maar in."

Hij liet de spullen in de metalen wagen vallen.

Ik legde zijn rugzak erbij. "Vergeet niet dat je dit allemaal elke dag zult moeten meezeulen, dus kies niet te veel uit."

"Oh ja." Hij keek naar de stapel en pikte er een paar dingen uit om terug te leggen.

Cleo keek hem glimlachend na. "Hij heeft zich vandaag geweldig gedragen. Misschien moeten we hem hierna meenemen naar een plek waar hij ook wat lol kan hebben."

"Heb jij daar tijd voor?"

"Ja ... ik heb mijn agenda helemaal vrijgemaakt." Ze bleef hem in de gaten houden.

"Heb je een voorstel?"

"Wat denk je van de bioscoop? Of de spelletjeshal?"

"Ik zal het hem vragen."

"Daarna kunnen we gaan eten."

Ik knikte en keek toe hoe Derek nog meer spullen teruglegde. "Hé, kleine man. Wil je hierna naar de film gaan?"

"Echt?", vroeg hij. "Gaaf!"

Cleo grinnikte.

"Is er iets speciaals dat je graag wilt zien?", vroeg ik.

"Iets leuks." Derek liep bij ons weg en ging door met winkelen.

"Soms vergeet ik dat hij geen volwassene is die gewoon kan uitkiezen wat hij wil." Ik haalde mijn telefoon tevoorschijn en bekeek wat er draaide. "Er zijn een paar kinderfilms. Eentje begint over een uur."

"Perfect. En ik neem een zak popcorn."

"Ik dacht dat we daarna gingen eten."

"Ik weet het."

Ik grinnikte en was dol op hoe schattig ze was. "Ik koop een grote zak voor je. Dat is wel het minste wat ik kan doen na wat jij vandaag voor ons hebt gedaan."

"Wat ik vandaag heb gedaan?", vroeg ze verrast. "Je had mij niet nodig, Deacon. Ik ben hier alleen omdat ik dat zelf wil."

Cleo zat naast me in de bioscoop, en Derek zat aan mijn andere zijde. Hij zat meestal tussen ons in, zoals vroeger toen ik nog bij Valerie was, maar ik had hem bewust als eerste laten zitten zodat ik in het midden kon zitten.

Nu kon ik Cleos hand vasthouden tijdens de film.

Derek had zijn eigen kleine zak popcorn, dus graaide hij met zijn hand in de zak, kreeg boter op al zijn vingertoppen en propte de popcorn in zijn mond. Daarna likte hij zijn vingers af en begon opnieuw.

Ik moest mezelf eraan herinneren dat hij een kind was — en dat ik hem een kind moest laten zijn.

Ik hield Cleos hand vast en verstrengelde mijn vingers met de hare. Op haar schoot stond een grote zak popcorn waarin ze regelmatig haar hand stak om vervolgens gedurende de gehele film telkens een handvol popcorn in haar mond te proppen.

Ik was de enige die er niets van at.

De film was saai en voorspelbaar, maar ik was blij om hier te zijn ... en ik wilde nergens anders liever zijn.

Tijdens het eten sms'te Valerie me. *Ben je nog steeds uit met Derek?*

Ik haatte het om haar naam op het scherm te zien. *We zijn aan het eten.*

Wat informatie vooraf was fijn geweest ...

Zelf meegaan naar de schoolvergadering zou ook fijn zijn geweest. *Mag hij vanavond bij mij blijven?* Ik had nog geen enkele keer gevraagd of hij bij mij mocht overnachten, omdat ik had geprobeerd om het rustig aan te doen. Maar nu ik de dag met hem had doorgebracht, keek ik er niet naar uit om weer afstand van hem te moeten doen.

Ja, ik denk dat dat in orde is.

Ik legde de telefoon neer en tekende de rekening in het mapje af. "Derek, mama zegt dat je vanavond bij mij mag blijven."

"Geweldig!" Hij stak zijn beide vuisten in de lucht.

Het enige minpunt was dat Cleo niet bij mij kon blijven. Maar misschien zou dat in de toekomst wel mogelijk zijn.

We verlieten het restaurant en gingen op weg naar ons gebouw. De chauffeur zette haar eerst af en bracht ons toen naar mijn appartement. We namen de lift omhoog naar mijn verdieping en liepen daarna naar binnen.

Het was een lange dag geweest voor Derek. Hij was moe, maar deed zijn best om wakker te blijven.

Ik zette een film op in de woonkamer en ging samen met hem op de bank liggen, wetende dat hij al tijdens de eerste helft van de film in slaap zou vallen.

Derek had een deken over zijn benen getrokken en leunde tegen mijn zij aan met zijn knieën opgetrokken tot tegen zijn borst.

Ik was vandaag niet naar kantoor geweest en was tegen alle gewoonte in niet aan het werk gegaan van zodra ik was thuisgekomen. Wanneer mijn zoon en Cleo bij me waren, werd ik gedwongen om minder te werken, maar dat stoorde me niet. Ik was absoluut gelukkiger, dus had het geen zin om er spijt van te krijgen.

"Papa?", vroeg Derek stilletjes.

"Ja, kleine man?" Ik ging met mijn vingers door zijn haar.

"Is Cleo mijn tweede mama?"

Ik verstijfde door zijn vraag, omdat ik niet had verwacht dat hij zoiets zou vragen. Ik haalde mijn hand uit zijn haar. "Waarom vraag je dat?"

"Omdat als moeders en vaders uit elkaar gaan, ze nieuwe mensen vinden ... en die mensen worden dan tweede moeders en vaders, toch?"

"Stiefouders, ja."

"Nou, is ze mijn stiefmoeder?" Hij verschoof een beetje bij me vandaan, zodat hij me kon aankijken.

"Nee, dat is ze niet. Waarom dacht je van wel?"

Hij haalde zijn schouders op. "Ik zag dat jullie hand in hand zaten in de bioscoop ... "

Het was blijkbaar niet donker genoeg geweest om die vorm van genegenheid voor elkaar voor hem te verbergen.

"En ik zag dat jullie elkaar kusten ... " Hij giechelde, alsof het iets was om je voor te schamen.

Verdomme.

"Het was walgelijk", gierde hij.

Verdomme, kinderen hadden snel iets in de gaten.

Hoe moest ik dit aanpakken? "Als een ouder hertrouwt, wordt de persoon met wie ze trouwen een stiefouder. Cleo en ik zijn niet getrouwd."

"Ga je met haar trouwen?"

"Misschien ... ooit."

"Oh ... "

"Derek, ik wil dat je me een groot plezier doet."

"Oké."

"Zeg hier niets over tegen mama."

Nu zag hij er verward uit.

"Ik ... het maakt mijn leven een stuk makkelijker als je niets zegt."

"Waarom?"

Ik haalde mijn schouders op. "Weet je nog hoe verdrietig mama me soms maakt?"

Hij knikte.

"Ze zou me echt heel verdrietig maken als ze het wist."

"Maar waarom? Cleo maakt je gelukkig. Ik hou van Cleo."

Ik glimlachte. "Het is ingewikkeld. Maar ik ben blij dat je haar zo graag mag."

"Ze is geweldig. Ze maakt me gelukkig."

"Ja, ik weet het." Ik aaide hem zachtjes over zijn hoofd.

"Ik zal je geheim bewaren, papa."

"Bedankt, man."

"Hoelang moet ik het geheim houden?"

Ik voelde me een klootzak omdat ik mijn zoon vroeg om voor me te liegen. Wat voor vader deed zoiets? Maar ik moest Cleo beschermen tot ik uit het gebouw verhuisd was. Haar baan was belangrijk voor haar, en ik zou me klote voelen als ze die zou verliezen door mijn jaloerse ex. "Nog een tijdje. Ik laat het je weten van zodra het geen geheim meer is."

"Oké, papa."

5

DEACON

Zoals altijd klopte ze eerst aan voordat ze binnenkwam.

Ik zat aan de eettafel, met mijn laptop en papieren voor me. Ik keek op van zodra ik haar hoorde binnenkomen. "Hoi, schat."

Ik vond het altijd heerlijk wanneer ze door de deur naar binnen kwam lopen, alsof ze thuiskwam na een lange dag in plaats van mijn appartement binnen te wandelen als mijn assistente. "Hoi." Ze bereikte de tafel en legde haar spullen neer.

Ik stond op van mijn stoel en begroette haar, sloeg mijn arm om haar rug en trok haar dichterbij voor een kus. Het was een verhitte omhelzing, omdat ik haar al dagen niet gezien. Mijn hand gleed over haar kont en ik kneep er zachtjes in voordat ik me terugtrok.

"Ik vind het lekker als je aan mijn kont zit."

"Goed. Want ik zal daar niet mee stoppen, zelfs als je erover zou klagen." Ik keerde terug naar de tafel. "Ik heb wat restjes voor het geval je honger hebt."

"Nee, dat is niet nodig." Ze ging zitten en keek naar de papieren die voor haar lagen.

Ik bleef haar aankijken, omdat ik wist dat ze me iets wilde vertellen. "Nou, ik heb een woning voor je gevonden." Ik wist dat ze het haatte dat ik mijn leven voor haar moest omgooien, maar er was gewoon geen andere uitweg. Er zou nooit een scenario zijn waarin ik in het gebouw kon blijven wonen en openlijk een relatie met haar zou kunnen blijven hebben.

"Goed."

Ze gaf me de map. "De oppervlakte is vergelijkbaar. Het heeft een geweldig uitzicht. Het is onlangs gerenoveerd en alle apparatuur is dus gloednieuw; het heeft hardhouten vloeren enzovoort. Het ligt slechts een paar straten verderop, dus je zult nog steeds dicht bij Derek zijn."

Ik pakte de map op en keek ernaar zonder te reageren, bladerde door de informatie en las de omschrijving.

"Het spijt me ... " Ik kon zien dat ze zich echt schuldig voelde.

"Het is oké." Ik bleef bladeren totdat ik alles bekeken had. Toen legde ik de map neer. "Ik neem het."

Ze bestudeerde mijn blik. "Je vindt het niet mooi."

Ik haalde mijn schouders op. "Het is goed genoeg."

"Ik wil dat je verhuist naar een plek waar je graag zal wonen."

"Eerlijk gezegd is elke andere plek een stap terug. Maar er is voldoende gelijkenis."

Ze nam de map terug en legde die weer op haar stapel papieren. "Ik blijf verder zoeken."

Ik keek haar aan en kon me voorstellen dat ze zich schuldig voelde, alsof we iets verkeerds aan het doen waren. "Zolang ik

jou heb, kan het me niet schelen waar ik woon. Het appartement is geweldig. Ik neem het."

"Vertel me wat je er niet leuk aan vindt, zodat ik iets beters kan
zoeken."

Ik zuchtte.

"Kom nou, alsjeblieft."

Ik zweeg een tijdlang en keek uit het raam. "De keuken is te
klein. Ik heb veel keukenapparatuur omdat ik dagelijks kook.
Het moet uitzicht bieden op de tegenovergestelde richting
omdat ik de zonsondergang wil zien, niet de zonsopgang. Geen
van de slaapkamers is groot genoeg voor mijn eigen fitnessruimte." Ik keek haar niet aan, omdat ik er een hekel aan had
om te klagen.

Ze vatte het niet persoonlijk op. "Ik blijf zoeken."

Ik keek haar weer aan. "Zelfs als we nooit de perfecte woning
vinden, heb ik er geen probleem mee om te verhuizen. Voel je
daar niet schuldig over."

"Het is moeilijk om dat niet te doen." Ze ging zachter praten.
"Ik weet dat je hier heel graag woont."

Ik woonde hier ook echt graag. Het was de perfecte locatie,
met het perfecte uitzicht - alles hier was perfect. "Maar jij bent
de reden waarom ik het geweldig vind."

Haar ogen werden zachter.

"Is het je al gelukt om een assistent voor me te vinden?"

Ze kromp ineen. "Nee ... "

Ik wist dat ze een heel capabel iemand voor me zou vinden,
iemand die zich uit de naad zou werken om mijn leven gemakkelijk te maken. Maar misschien was dat uiteindelijk toch niet

zo simpel.

"Het is moeilijk om de juiste persoon te vinden, iemand die goed genoeg voor jou is."

"Hoe zit het met Lily?"

Ze schudde haar hoofd. "Ze is goed genoeg voor de simpele taken die je moeder haar opdraagt, maar ik denk dat jij je aan haar zou ergeren."

"Ik erger me aan iedereen."

"Daarom is het ook zo moeilijk om de goede persoon te vinden."

Wie ze ook zou uitkiezen, het zou een grote stap terug zijn ... omdat zij de beste was. "Zolang ze de meeste dingen kan regelen, heb ik er vrede mee. Ik verwacht geen tweede jij." Er was op deze aardbol niemand anders die aan haar kon tippen. Ze was een aanzienlijke toegevoegde waarde voor het gebouw. Zij was de reden dat het zo moeilijk was om hier een stek te bekomen met een professional als Cleo die je leven als bewoner gemakkelijker maakte.

"Nou, geen van hen komt ook maar in de buurt."

Ik offerde niet alleen mijn eersteklas vastgoed op, maar ook de vrouw die mijn leven gemakkelijk maakte. Het was moeilijk om dat op te geven, maar ze was het waard. Ik wist niet wat de toekomst voor ons in petto had, maar ik hoopte dat ze er deel van zou uitmaken ... heel lang.

Ze zakte onderuit op de stoel, alsof ze zich echt vreselijk voelde over de hachelijke situatie waarin ik was terechtgekomen.

"Schat?"

Ze keek me aan.

"Ik zou het niet hebben aangeboden als ik het niet zelf wilde."

"Dat weet ik ... "

"Maak je er dan geen zorgen over."

"Het is gewoon ... het is zo lief van je. Je wordt nooit boos op me als ik overuren draaien je dagenlang niet zie. Je bent zo begripvol. Mijn ex was altijd boos op me omdat ik er nooit was ... " Ze liet haar blik vallen, alsof ze me niet kon aankijken terwijl ze het zei.

"Ik ben ook toegewijd aan mijn werk. Daarom werkt het waarschijnlijk voor ons." Als ik niet bij haar of Derek was, was ik aan het werk, op af en toe een bezoekje aan Tucker of mijn moeder na. Als zij het druk had en niet beschikbaar was, gebruikte ik die tijd om zelf te werken.

"Ja ... ik denk het." Ze sloeg haar blik op en keek me weer aan.

Ik keek een tijdje naar haar en was dol op haar oceaanblauwe ogen. "Derek weet het van ons."

De serene blik op haar gezicht was direct verdwenen. "Wat?"

"Hij heeft gezien dat we elkaars hand vasthielden in de bioscoop."

Ze sloeg haar handen voor haar gezicht. "Oh nee ... "

"En hij heeft ons zien zoenen in de winkel."

"Wat?", gilde ze terwijl ze met haar handen op de tafel sloeg.

"Ja." Ik grijnsde.

"Waarom lach je?"

89

"Omdat hij zei dat jij me gelukkig maakt ... en dat je hem gelukkig maakt."

"Ach ... "

"Hij vroeg of jij zijn stiefmoeder zal worden."

"Wat een lieverd."

"Ik heb hem gevraagd om het niet aan Valerie te vertellen. Ik denk dat hij ons geheim zal bewaren."

Ze knikte. "Dat zal hij doen. Hij heeft ook mijn geheim bewaard."

"Heb je Derek een geheim verteld?"

"Ja ... " Ze glimlachte lichtjes. "Hij zei dat hij wist dat ik je leuk vond ... en ik heb hem gevraagd om dat niet aan jou te vertellen."

Hij was echt dol op me maar blijkbaar heel goed in het bewaren van geheimen, zodat hij me niets had gezegd. "Dan is ons geheim veilig."

"Ja, ik denk van wel." Ze plantte haar knokkels onder haar kin en keek me aan, terwijl haar lichaam zich weer ontspande. "Nou, ik heb ook al gezocht naar een huis in de Hamptons. Ik heb er een paar gevonden."

"Ja?"

Ze ging door haar mappen tot ze de papieren vond. Ze legde die voor me neer. "Ze zijn allemaal mooi."

Ik bekeek ze niet — omdat ik nu totaal niet geïnteresseerd was in een strandhuis. Ik gaf alleen om haar, om de mooie vrouw die mijn zoon verliefd op haar had laten worden, de vrouw die haar gevoelens aan hem had toevertrouwd omdat ze hun eigen relatie, hun eigen vriendschap hadden. Ik had nooit overwogen om te hertrouwen, maar als ik dat zou doen, wist ik dat Derek ook van mijn nieuwe vrouw zou moeten houden — en zij van hem. Cleo voldeed absoluut aan die criteria, en het was duidelijk dat het echt was, dat ze niet alleen een band met hem had opgebouwd om vat op mij te krijgen.

Het was oprecht.

Ze wachtte tot ik naar beneden zou kijken. "Ben je van gedachten veranderd?"

"Nee." Ik duwde de papieren weg. "Het interesseert me nu gewoon niet." Ik pakte haar op in mijn armen en droeg haar door de gang naar mijn slaapkamer.

Ze sloeg haar armen om mijn nek en staarde naar mijn lippen, met een lichte grijns op de hare. Toen ze haar blik opsloeg en me recht aankeek, waren haar ogen emotioneel, vreugdevol en vol van iets heel anders. Ze pakte me steviger vast rond mijn nek, drukte haar voorhoofd tegen het mijne en kreunde stilletjes binnensmonds terwijl ik haar naar bed droeg, alsof ze niet kon wachten op het moment dat onze lippen elkaar zouden aanraken ... en we zouden beginnen.

Weekends hadden me nooit veel geïnteresseerd — tot ik Cleo had ontmoet.

Het waren voor mij gewoon werkdagen, behalve dan dat ik thuis werkte in plaats van op kantoor. Maar wanneer de zaterdag tegenwoordig lonkte, liet ik mijn laptop en papierwerk achter op de tafel en sliep ik uit omdat ik mijn wekker niet zette.

En wanneer ik mijn ogen opende, lag zij naast me.

Naakt onder de lakens, met haar rug tegen mijn borst aange-
drukt, terwijl ik haar van achteren lepelde, met haar kont tegen
mijn kruis. Ik opende mijn ogen en rook haar geur. Mijn arm
rustte deels op haar lichaam en deels op de matras, dus verste-
vigde ik automatisch mijn greep en knuffelde teder deze mooie
vrouw naast me terwijl ik wakker werd.

Het was mijn favoriete manier om de dag te beginnen.

Ik bleef stil liggen en liet de ochtend op me inwerken terwijl de
nevel tussen slaap en bewustzijn langzaam vervaagde in mijn
hoofd. Minuten gingen voorbij voor ik klaarwakker was, maar
ik bewoog me niet omdat ik haar niet wakker wilde maken. Ik
zou hier de hele dag zo kunnen blijven liggen, want er was
niets anders dat ik liever zou doen.

Dertig minuten later ontwaakte ze, kromde haar rug en duwde
die tegen me terwijl ze zich kreunend uitrekte.

Mijn lul was stijf en porde tussen haar billen, dus toen ze haar
rug boog, spanden haar billen zich strakker om mijn lul en
begroetten ze mijn pik op zijn favoriete manier.

Ze zuchtte en draaide haar hoofd een beetje, zodat ze me over
haar schouder kon aankijken. "Goedemorgen."

Ik kuste haar nek. "Goedemorgen, schat."

Ze liet haar hoofd weer op het kussen vallen. "Ik hou van het
weekend ... "

Ik omhelsde haar en trok haar tegen me aan. "Ik ook." Ik kuste
weer haar nek. Ik was vroeger na een onenightstand altijd
teleurgesteld geweest wanneer ik opmerkte dat de vrouw de
volgende ochtend nog steeds in mijn bed lag. Maar wanneer ik
Cleo zag, kreeg ik altijd een glimlach op mijn gezicht en voelde
ik warmte in mijn hart.

Ik bleef haar nek kussen, terwijl ik vanuit mijn heupen lichtjes naar voren stootte en mijn lul tussen haar zachte billen drukte, met mijn pik die stijf was van een ochtenderectie, maar ook vanwege die sexy, uitdagende kont. Ik gleed langzaam met mijn vingers over haar platte buik naar het gebied tussen haar benen, vond haar clitoris en begon erover te wrijven.

Ze begon achterwaarts tegen me aan te stoten en kreunde rustig terwijl ik haar gevoeligste lichaamsdeel masseerde. Haar arm bewoog naar achter en ze legde haar hand in mijn nek terwijl ik haar hals bleef kussen en mijn warme adem tegen haar oorschelp blies.

Ik vrijde graag in mijn donkere slaapkamer met de lichten van Manhattan opgloeiend vanachter de ramen. Maar ik hield nog meer van ochtendseks en de luie neukbeurten wanneer onze lichamen nog ontspannen waren, omdat we nog niet volledig wakker waren, wat het heerlijke genotgevoel nog intenser maakte. Ik pakte een kussen, duwde het onder haar buik en rolde haar naar voren. Mijn lichaam drukte haar in de matras, en ik gleed meteen in haar natte gleuf, alsof mijn lul precies wist waar hij heen ging, zonder te moeten kijken.

Ik stootte in haar kutje, terwijl haar billen bij elke stoot tegen mijn lichaam aantikten. Het was lui en op halve kracht, maar het voelde nog steeds heel erg goed. Ik liet haar clitoris tegen het kussen aan schuren, totdat ze met een rustig gekreun klaar- kwam, alsof ze nog steeds te moe was om echt te reageren. Ik kwam een seconde later klaar, vulde kreunend haar schede en rolde daarna op mijn rug.

Ochtendseks was nog beter dan het eerste kopje koffie 's morgens.

Ze bleef bewegingsloos liggen, alsof ze te comfortabel lag om zich te bewegen.

Ik vond dat helemaal niet erg — omdat de aanblik ongelooflijk was. Ik stak mijn arm uit en streelde haar rug, gleed langzaam omlaag totdat mijn hand op haar parmantige kont lag. Het was echt een sappige nectarine, zo pront en rond. Ze had een smalle taille en een lekkere kont. Ik kickte erop.

Ze draaide haar hoofd mijn kant op zodat ze me kon aankijken van onder haar warrige kapsel. "Ik ga weer slapen ... "

Ik lachte. "Dat vind ik best. Maar ik was van plan ontbijt op bed voor je klaar te maken."

"Wacht, wacht." Ze ging rechtop zitten. "Ik ben wakker."

Ik grinnikte. "Wafels en aardappelkoekjes."

"Wauw ... dat klinkt geweldig."

Ik sloeg haar hard op haar kont en stond toen op. "Komt eraan."

Ze bleef in dezelfde positie liggen, alsof ze echt zo comfortabel lag dat ze nooit meer wilde bewegen.

Ik liep dertig minuten later de slaapkamer binnen met een bord en een mok koffie.

Ze lag nog steeds op haar buik. "Dat ruikt zo verdomd lekker." Ze draaide zich om en ging rechtop zitten in bed, met de lakens over haar tieten.

Ik zette alles op het nachtkastje.

Ze pakte snel het bord en zette het naast zich neer. "Ik hoop dat ik niet de enige ben die gaat eten."

"Ik ben zo terug." Ik pakte mijn bord, kroop naast haar in bed en genoot van de wafel ook al wist ik dat het zinloos was om die te eten. Ik dompelde een stuk ervan in de siroop en stopte het daarna in mijn mond.

"Het was me opgevallen dat je beslag op je boodschappenlijst had gezet. Nu weet ik waarom. Ik dacht dat het voor Derek was."

"Derek eet al genoeg slecht eten bij Valerie. Dat krijgt hij hier niet."

"Kom nou, het is nog maar een kind. Dit is de enige keer in zijn leven dat hij kan eten wat hij wil."

Ik schudde mijn hoofd. "Ik geef meer om zijn gezondheid dan dat ik hem een onbezonnen leventje laat leiden."

Ze stopte een aardappelkoekje in haar mond en ik hoorde het luid kraken. "Deze zijn perfect. Lekker krokant."

Ik at mijn bord leeg en pakte daarna mijn mok op om een slok te nemen.

De deurbel ging.

Ik verstijfde en kon nauwelijks de koffie inslikken nu ik werd onderbroken.

Ze keek me snel aan. "Verwacht je bezoek?"

"Nee. Zou het Matt kunnen zijn?"

"Nee."

De deurbel weerklonk weer.

"Verdomme, het is Valerie." Ik zette alles op het nachtkastje, stapte uit bed en trok mijn kleren aan.

"Hoe weet je dat?"

Er werd weer aangebeld. "Wie zou anders zo irritant zijn?"

"Oh mijn god, wat moet ik doen?"

"Blijf gewoon hier en geniet van je ontbijt." Ik liep de slaapkamer uit en trok de deur achter me dicht. Toen ik bij de voordeur kwam, klonk de deurbel weer. Ik opende de deur en was niet in staat om mijn ergernis te verbergen toen ik haar aankeek. "Het is acht uur 's ochtends."

Ze was gekleed in een strakke legging en een sportbeha, en liet me haar gebeeldhouwde lichaam zien. "Ja, ik kan de klok lezen." Ze sloeg haar arm om Derek heen en duwde hem voor zich uit. "Ik ga hardlopen met een aantal meiden die ik heb ontmoet tijdens het sporten. Daarna gaan we lunchen. Kun je een tijdje op Derek letten?"

"Natuurlijk. Maar je had me dat beter gisteren laten weten." Nu lag Cleo in mijn slaapkamer en kon ik haar niet zomaar naar buiten smokkelen of haar in de bed achterlaten.

"Waarom? Je wilde dit toch, nietwaar?" snauwde ze.

Ik wendde me tot Derek. "Hoi, kleine man. Ga alvast naar binnen en laat mij even met mama praten."

Hij boog zijn hoofd en liep naar binnen, blij om bij de ruzie vandaan te komen.

Ik stapte de gang in. "Ja, ik wilde dit. Maar ik heb ook een privéleven."

Ze kruiste haar armen voor haar borst en kreeg plots een strenge blik in haar ogen.

"Het volstaat om me vijftien minuten vooraf in te lichten. Maar waarschuw me van tevoren, oké?"

"Is er een slet binnen?"

Absoluut geen slet. "Nee. Maar ik ben een vrijgezel, Valerie."

Ze was wel boos, maar lang niet zo boos als ze zou zijn geweest als ze had geweten dat het Cleo was. "Hoe zou jij het vinden als ik de een of andere knappe kerel bij me zou laten overnachten, en Derek gewoon bij jou kwam droppen?"

"Ik zou zeggen dat het jouw zaken zijn en dat het mij niets aangaat. Dat is het aangename aspect van het feit dat we dicht bij elkaar wonen. Ik kan hem van je overnemen wanneer je privacy nodig hebt. Maar waarschuw me vooraf. Meer vraag ik niet."

Ze rolde met haar ogen. "Goed. Tot kijk." Ze liep door de gang, lang, mager en licht gespierd.

Ik had haar lichaam altijd ongelooflijk gevonden. Nu was ze alleen nog maar de duivel in vermomming. Ik trapte er niet meer in.

Ik liep weer het appartement in.

Derek zat op de bank met zijn rugzak naast zich. Hij had er een kleurboek uit uitgehaald en bladerde er doorheen alsof hij aan het beslissen wat hij als volgende zou inkleuren. Hij zei niets, alsof hij zich ongewenst voelde.

"Hoi, Derek." Ik ging naast hem zitten.

"Hé." Hij hield zijn blik omlaag gericht. Hij was niet druk zoals gewoonlijk. Hij was ingetogen, zelfs verdrietig.

Mijn hand gleed naar zijn schouder. "Ik heb ontbijt klaargemaakt. Wil je wat eten?"

"Nee."

"Het zijn wafels en aardappelkoekjes."

Hij liet zich nog steeds niet verleiden. "Nee bedankt." Hij bleef door de pagina's bladeren.

Ik wist dat het mijn schuld was dat hij zich zo gedroeg ... omdat ik het verkloot had. "Derek, ik ben erg blij dat je hier bent. Het ligt niet aan jou."

Hij bleef bladeren.

"Derek?"

Hij negeerde me.

Ik nam het kleurboek uit zijn hand. "Kijk me aan."

Hij sloeg zijn blik op en keek me aan.

"Het ligt niet aan jou. Ik ben gewoon ..." Ik probeerde een excuus te bedenken. "Cleo is hier, en ik wilde niet dat je moeder dat zou ontdekken."

"Cleo is hier zo vaak."

"Ja ... maar ze heeft hier de nacht doorgebracht."

Derek was te jong om het echt te begrijpen, maar hij was slimmer dan de meeste kinderen, dus drong het deels tot hem door. "Oh ... zoals een logeerpartijtje?"

"Ja. Ik weet dat je moeder dat niet leuk zou vinden. Ze overviel me gewoon."

"Dus, ze is hier?", vroeg hij glimlachend.

"Ja. In mijn slaapkamer."

"Ik ga haar gedag zeggen." Hij sprong meteen van de bank af.

Ik greep hem vast bij zijn arm. "Ho, wacht even. Laat me haar eerst even vertellen dat je hier bent."

"Waarom?"

Omdat ze poedelnaakt was. "Ik wil gewoon niet dat je haar aan het schrikken maakt. Ik ben zo terug." Ik liep naar de slaapkamer.

Cleo had haar volle bord achtergelaten op het nachtkastje, alsof ze te nerveus was om te eten. "Wat is er aan de hand?"

"Valerie heeft Derek gebracht."

"Oh ... "

"Ik heb hem gezegd dat je hier bent."

"Heb je dat echt gedaan?", vroeg ze verbaasd.

"Ja. Hij wil je gedag komen zeggen."

Ze stapte uit bed en liep de inloopkast in om wat kleren te pakken.

"Ik wil niet dat je weggaat." Ik opende mijn lade en pakte er een pyjamabroek en een T-shirt uit. "We kunnen alsnog samen met hem genieten van onze dag."

"En wat als Valerie terugkomt?"

"Dan verstop je je hier." Ik gaf haar de kleren. "We zullen in bed blijven en cartoons bekijken. Dat doet Derek graag in het weekend."

Ze was nog steeds nerveus.

"Het komt wel goed." Ik verliet de slaapkamer en liep terug naar de woonkamer. "Derek, wil je ontbijt?"

"Heb je echt wafels en aardappelkoekjes?", vroeg hij, alsof hij me niet vertrouwde.

"Ja."

"Dan wel, ja." Hij stond op van de bank en liep achter me aan.

Ik maakte ontbijt voor hem klaar, en nadat hij het naar binnen had gewerkt, kleedde hij zich om en trok zijn pyjama aan. Daarna voegde hij zich bij me in mijn slaapkamer.

Toen hij Cleo in bed zag liggen, met haar haren geborsteld maar zonder make-up op, rende hij naar het bed en klom boven op haar. "Cleo!"

Ze grinnikte en sloeg haar armen om hem heen. "Hoi, Derek."

Hij ging naast haar liggen in het grote bed, trok de lakens over zich heen en nestelde zich. "Ga je tekenfilms opzetten?"

"Tuurlijk." Ze glimlachte en reikte naar de afstandsbediening. "Op welk kanaal?"

"Zeventig", antwoordde hij.

Ze zette het op.

Derek kroop tegen haar zij aan ... precies zoals hij dat bij mij deed.

Ik keek naar hen voordat ik in bed kroop en merkte op dat Cleo het niet erg vond om haar persoonlijke ruimte te delen om het hem naar zijn zin te maken, alsof ze zelfs blijer was met hem erbij.

Ik kroop ook in bed en ging dicht bij Derek zitten.

Derek lachte om de tekenfilm.

Ik liet mijn hoofd tegen het hoofdeinde rusten en draaide me een beetje om naar hen te kunnen kijken.

Cleo keek niet naar mij of de tv. Ze keek naar hem.

Op precies dezelfde manier zoals ik naar hem keek.

6

CLEO

Ik bleef aan de kant staan, enigszins uit het zicht, maar niet zo dat het leek alsof ik probeerde om me te verbergen.

Valerie opende de deur. "Hoi, Deacon."

Hij knikte. "Valerie. Is hij klaar om te vertrekken?"

Ze schreeuwde het appartement in. "Je vader is hier om je op te halen, Derek!"

Derek kwam even later tevoorschijn en rende in de armen van zijn vader. "Hoi, papa." Hij droeg zijn rugzak met grizzlybeer-opdruk en was klaar voor de dag.

"Hoi, kleine man." Deacon wreef over zijn hoofd. "Ik breng hem straks weer terug."

Toen merkte Derek me op. "Cleo!" Nu rende hij naar mij toe.

Ik sloeg mijn armen om zijn schouders terwijl hij me omhelsde om mijn middel. "Hoi, Derek." Ik droeg een spijkerbroek, een

T-shirt en sandalen en was gekleed voor ons avontuur naar het strand op deze prachtige zaterdag.

Valerie stak haar hoofd wat verder naar buiten en bekeek me van top tot teen, zichtbaar geïrriteerd. "Wat doet zij hier?"

Deacon klemde zijn kaken lichtjes op elkaar. "Ze zal me de strandwoning van een van haar andere klanten laten zien."

"Waarom neem je niet gewoon een makelaar onder de arm?", vroeg ze neerbuigend.

Deacon reageerde niet op de opmerking — ook al had hij daar moeite mee. "Door Cleo hoef ik dat niet te doen, en je weet dat ik het haat om te moeten omgaan met mensen die ik niet ken. Ik zie je later wel, Valerie." Hij draaide zich om en kapte het gesprek af, zodat Valerie hem niet verder kon ondervragen.

Het was dan wel met tegenzin, maar ik glimlachte toch naar haar voordat ik me afwendde. "Leuk om je te zien, Valerie." Het was belachelijk dat het haar niets kon schelen dat ik haar zoon vergezelde naar een schoolbijeenkomst, maar Deacon een huis laten zien was gewoon uit den boze.

"Hoi, Cleo." Ze begroette me alsof ik niet net had gehoord wat ze tegen Deacon had gezegd. Ze liep haar appartement binnen en deed de deur achter zich dicht.

Ik voegde me bij Deacon en Derek in de gang en we versnelden onze pas op weg naar de lift.

"Waarom doet mam zo?", vroeg Derek. "Het lijkt alsof ze Cleo niet mag."

We stapten de lift in en de deuren gingen achter ons dicht.

Deacon zuchtte. "Ze is jaloers."

"Wat betekent jaloers?", vroeg Derek onschuldig.

"Het betekent ... dat zij wenste dat ze Cleo was", legde Deacon uit. "Omdat ik gevoelens heb voor Cleo, en je moeder zou willen dat ik die voor haar had."

Derek knikte, maar begreep het waarschijnlijk niet.

Deacon kneep zachtjes in zijn schouder. "Derek, ik waardeer het echt dat je niet tegen haar hebt gezegd dat ik veel tijd doorbreng met Cleo."

"Ik wil dat je gelukkig bent, papa."

Ik was veel verliefder op deze jongen dan ik was geweest op alle mannen waar ik ooit mee samen was geweest. Hij had mijn hart ingepalmd en beet zich als een virus in me vast. Mijn liefde voor hem was zo groot dat ik bang was dat ik niet genoeg ruimte over zou hebben om ook van iemand anders te kunnen houden - en hij was niet eens mijn eigen kind. Hij was gewoon zo schattig ... zo lief.

Deacon klopte hem op de schouder. "Dank je, jongen."

We bereikten de lobby en stapten in de auto die Deacon had gehuurd, dit keer een SUV. Hij leek er geen probleem mee te hebben om zelf te rijden, ook al had hij een privéchauffeur. Hij had in Californië waarschijnlijk elke dag zelf naar zijn werk gereden.

Wij zaten voorin en Derek achterin.

"Dus we gaan naar het strand?", vroeg Derek.

"Ik zou daar graag een huis kopen", legde Deacon uit. "Net zoals ik heb gedaan met het chalet."

"Wauw!", zei Derek. "Dat zou echt heel gaaf zijn."

Zodra Deacon buiten de stad was en op de snelweg reed, pakte hij mijn hand vast en hield die op de console tussen ons in, recht voor de ogen van zijn zoon.

Het voelde goed ... echt goed.

Derek praatte de hele weg aan een stuk door, somde nieuwe feiten op die hij had geleerd en praatte opgewonden over hoe hij verlangde om naar school te gaan. Het strand was dichterbij dan het chalet, en dus kwamen we al heel snel bij het huis aan. Een houten poort bood het huis wat privacy vanaf de kant van de hoofdweg. Ik voerde de toegangscode in en we reden de korte oprit op naar de ingang van het huis. Aan de voorzijde bevond zich een garage voor drie auto's en een terras, hoewel er daar niet echt een speciaal zicht was. Het huis telde één verdieping en bevond zich op een groot perceel, met het strand palend aan de achterdeur.

We stapten uit de auto en ik ontgrendelde de voordeur en schakelde het alarm uit.

Deacon liep naar binnen en nam alles in zich op.

"Dit huis is gaaf." Derek keek rond, ook al wist hij niet wat hij juist aan het beoordelen was. Toen liep hij naar de achterdeur die toegang gaf tot een zwembad, een achterterras en vervolgens de trappen die naar het strand leidden. "Papa, er is een zwembad!"

Ik keek toe terwijl Deacon de keuken en de eetkamer bestudeerde. Er waren grijze hardhouten vloeren, witte meubels en het was ingericht als een strandhuis, met hier en daar wat kleuraccenten. "Het wordt gemeubileerd verkocht."

Deacon bekeek de grote open haard in de woonkamer en controleerde vervolgens de slaapkamers.

"Papa, laten we naar buiten gaan." Derek bleef bij de achterdeur staan.

"Wacht even", riep Deacon vanuit de gang.

Ik sloot me bij hem aan. "Wat denk je?"

"Het is mooi." Hij keek in de logeerkamers en keerde toen terug naar de woonkamer. "Het is groot, maar niet te groot."

Derek rukte aan de nog steeds vergrendelde achterdeur. "Heb je gehoord wat ik zei? Er is een zwembad."

"Oké, oké." Deacon maakte het slot open en opende de dubbele deuren.

Derek rende het terras op. "Wauw, de oceaan is echt heel dichtbij!"

"Niet rennen." Deacon liep achter hem aan en bekeek het buitenterras met een luifel boven de zithoek. Er was een inge-bouwde grill en een open haard. En het zandstrand begon natuurlijk op amper een steenworp afstand. Deacon liep naar de rand van het terras en keek naar het water.

"Wat denk je?" Ik ging naast hem staan.

Derek liet zijn rugzak vallen, rende meteen het strand op en begon met zijn handen in het zand te graven.

"Ik vind het mooi." Deacon draaide zich naar mij toe. "Wat denk jij?"

"Het maakt niet uit wat ik ervan vind. Ik ben niet degene die het koopt."

"Maar ik koop het in de veronderstelling dat jij in de grootste slaapkamer zult slapen."

"Zolang jij naast me ligt, slaap ik overal", zei ik. "Maar ja, het is inderdaad prachtig." Ik schermde mijn ogen af en keek naar Derek die op het zandstrand zat. "Mijn cliënt zei dat we een paar uur kunnen blijven. De schoonmakers zullen alles weer in orde maken nadat we zijn vertrokken."

"Dat is genereus van hem."

"Hij vertrouwt me."

Hij sloeg zijn arm om mijn middel en trok me dicht tegen zich aan. "Ik zie Derek hier genieten van zijn zomers. En als hij ouder wordt, zie ik hem hier stiekem een meisje mee naartoe nemen."

"Dan zal hij het hier nog leuker vinden", grinnikte ik.

"Ik denk dat ik een bod zal uitbrengen. Misschien kunnen we het dan het volgende weekend inwijden."

"Derek zal graag de weekends doorbrengen aan het strand."

Hij trok me nog een beetje dichterbij. "Ik dacht aan ons tweetjes."

Ik keek hem aan en was al helemaal opgewonden. "Ja?"

Hij drukte zijn voorhoofd tegen het mijne. "Ja."

Ik wachtte in Deacons woning terwijl hij Derek terugbracht.

Alleen maar om Valerie te vriend te houden.

Hij kwam een paar minuten later terug en trof me nog altijd op de bank aan.

"Hoe ging het?", vroeg ik.

"Goed." Hij kwam naast me zitten.

"Heeft ze het niet over mij gehad?"

"Nee. Maar ze was veel aangenamer toen ze zag dat jij er niet bij was."

Je meent het. "Ze denkt dat ik nog steeds met Tucker omga, dus ik snap het niet."

"Ze is niet zo dom als wij denken. Ze heeft een vrouwelijke intuïtie."

"Of ze kent je gewoon heel goed ... en merkt dat je niet jezelf bent."

"Wat?", vroeg hij. "Gelukkig?" Hij grinnikte, ook al was het totaal niet grappig.

"En ... ga je een bod uitbrengen?"

Hij knikte. "We doen dat maandag."

"Geweldig."

"Maar er is één probleem ... "

"Wat voor probleem?"

"Tucker zal erop staan dat hij dates mag meenemen om daar te neuken."

Ik grinnikte. "Ja, dat is geen verrassing."

"Misschien zal ik hem die woning een keer laten gebruiken, zodat hij het chalet vergeet."

"Hij zou je voor altijd dankbaar zijn."

"Alsof ik nog niet al genoeg doe voor die klootzak", zei hij, met een speelse ondertoon in zijn stem.

Ik wreef met mijn hand over zijn arm, raakte zijn spieren aan en was blij dat we eindelijk alleen waren. Ik vond het heerlijk om samen tijd door te brengen met Derek, maar ik hield ook van de korte intermezzo's die we met ons tweetjes door-brachten ... zodat we vrij onze gang konden gaan. Als Derek er niet bij was geweest, had Deacon me waarschijnlijk over de bank heen gebogen om me te neuken — omdat hij sowieso van plan was om het huis te kopen.

Zijn stemming veranderde abrupt toen hij in de gaten had wat ik van plan was. Zijn blik ging langzaam omlaag naar mijn lippen en hij keek er rustig en langzaam ademend naar, wach-tend tot ik hem zou kussen. Hij ging met zijn hand naar mijn dij en greep de omhullende spijkerstof vast. De energie tussen ons was meteen anders, zonder dat we ook maar een enkel woord hadden gezegd.

"Ik zou zo graag naar het bos verhuizen ... " Dat was de enige plek waar hij echt gelukkig kon zijn, de enige plek die beter was dan dit appartement. Hij zou kunnen werken op de patio, met het geluid van het meer en de bomen op de achtergrond, alleen en ver weg van de drukte van de stad. Hij zou gemakke-lijk kunnen doen alsof hij de enige persoon op aarde was.

Zijn ogen bleven op mijn lippen gefocust. "Het chalet is onze plek. Ik zou daar niet naartoe kunnen verhuizen zonder jou."

7

DEACON

Ik was in mijn kantoor toen Tucker belde.

Ik negeerde de oproep.

Hij sms'te me. *Gast, kom nou.*

Ik rolde met mijn ogen.

Ik heb nieuws.

Ik ben aan het werk, Tucker.

Ik ook. Wie kan dat wat schelen?

Ik was nu toch afgeleid, dus besloot ik om toch maar deel te nemen aan de conversatie. *Heb je nog nieuws?*

Ik heb een vrouw ontmoet op het werk ... en we neuken.

Heb je me echt op het werk ge-sms't om me dat te vertellen?

Er is meer gaande. Ik dacht dat we eens met zijn vieren samen uit konden gaan. Dan zou je me kunnen zeggen wat je van haar vindt.

Je hebt mijn goedkeuring niet nodig, Tucker.

Je bent mijn kleine broertje. Ik wil dat je haar mag.

Nou, ik mag niemand, dus dat wordt moeilijk.

Kom op. Ik heb Valerie ook moeten verdragen. Je kunt het op zijn minst proberen met mijn dame.

Valerie een teef noemen is NIET proberen.

Ik heb dat pas gezegd nadat je haar had verlaten. Kom op, het wordt leuk. Wat doe je vanavond?

Ik wilde thuis aan de eettafel wat werk afronden, voordat Cleo naar boven kwam om samen te eten. Daarna zouden we naar bed gaan en al de leuke dingen doen waar ik dol op was. Dat waren mijn plannen voor vanavond, maar het leek erop dat mijn plannen net veranderd waren. *Waar wil je heen gaan?*

Jaaaaaaaaa. Laten we naar de bar gaan.

Goed.

Goed? Het wordt een knaldate. We ontmoeten elkaar om zeven uur. Daaaaaag.

Dag.

Ze heet trouwens Pria. En ze is verdomd sexy.

Ik rolde met mijn ogen. *Bedankt voor de informatie.* Ik gooide mijn telefoon opzij.

Theresa stuurde me een bericht op de computer. *Dr. Hawthorne is hier voor je.*

Ik zuchtte en duwde mijn spullen opzij, geïrriteerd omdat ik niets gedaan kon krijgen doordat ik steeds weer werd gestoord. *Stuur haar maar naar binnen.* Ik stond op van mijn stoel voordat de deuren opengingen. Ik had Dr. Hawthorne uitgenodigd om het onderzoek waar ze mee bezig was voort te zetten in mijn lab. Ik volgde haar carrière al gedurende vijf jaar. Ze was een briljante arts met fantastisch goede ideeën. We waren het niet altijd over alles eens, maar daardoor waardeerde ik haar werk nog meer. Ik had niemand nodig die het met me eens was. Ik had iemand nodig die de dingen opmerkte die mij ontgingen, die mij uitdaagde en me dwong mijn mening te verdedigen. Dat waren altijd de momenten waarop ik me realiseerde dat ik gelijk had — of dat ik de dingen vanuit een andere invalshoek moest benaderen.

De deuren gingen open en ze stapte naar binnen. Op haar zwarte hoge hakken was ze een meter tachtig lang. Haar blonde haar werd naar achter getrokken in een nette paardenstaart, en ze droeg een zwarte jurk met een zwart jasje eroverheen. Een halsketting sierde haar nek en ze had een horloge om haar pols. Haar hoge hakken tikten lichtjes tegen het hardhout terwijl ze naar me toe kwam met een glimlach op haar gezicht. "Het is een eer om u te ontmoeten, Dr. Hamilton." Ze stak haar hand naar me uit, zelfverzekerd en sterk.

Ik liep om het bureau en drukte haar de hand. "De eer is aan mij, Dr. Hawthorne. U zult een geweldige aanvulling zijn op ons team."

"Dat is aardig van u, vooral omdat ik niet degene ben die een Nobelprijs heeft gekregen. Nou, *nog niet*." Ze glimlachte.

"Geef het wat tijd." Ik liet mijn hand zakken en keerde terug naar mijn bureau. Ik had haar uitgenodigd om met ons te komen werken op basis van alles wat ik van haar had gelezen, maar ik had nog nooit de gelegenheid gehad om haar persoonlijk te spreken, behalve via e-mails, maar die hadden volgestaan met nogal holle zinnen en gedwongen beleefdheden.

Ze ging in de fauteuil zitten, kruiste haar benen, vouwde haar handen samen op haar knie en hield haar rug perfect recht. Ze was slank, alsof ze een dieet volgde dat vergelijkbaar was met het mijne, en hoewel ze een paar jaar ouder was dan ik, zag ze er jonger uit. De huid van haar gezicht was niet verouderd. Ze had een duidelijk Brits accent, maar ik had geen moeite om haar te verstaan. Bijna al mijn collega's hadden een accent, omdat ze uit verschillende delen van de wereld kwamen. "Ik heb alles bestudeerd wat u me heeft gestuurd. Ik ben op de hoogte van uw onderzoek, maar ik heb nog een paar vragen."

"Vraag er maar op los."

Ze vroeg me naar mijn benadering en had wat vragen over verrassende data. Ze hoefde de papieren niet in te kijken die ze voor haar had liggen, omdat ze blijkbaar veel tijd had besteed aan de studie van mijn werk, ook al was ze zelf druk bezig met een ander project.

Ik was onder de indruk. "Ik streef ernaar om de gezonde cellen te dwingen om een militie te vormen voor het lichaam. Atleten nemen medicijnen om hun prestaties te verbeteren. Ik weet zeker dat er een manier is om hetzelfde te doen met ons immuunsysteem, zonder de farmacologische effecten van normale geneesmiddelen die op recept verkrijgbaar zijn."

"Ik heb interesse in wat u heeft gedaan met de fytochemicaliën van de bloemkool. Was dat succesvol?"

"Dat is op dit moment nog onduidelijk."

"Het idee om gebruik te maken van wat we al hebben, spreekt me echt aan. Mensen gebruiken steeds sterkere medicijnen om hun problemen op te lossen, maar op de lange termijn creëert dat alleen maar meer problemen. Het is misleidend voor onze patiënten."

"Daar ben ik het mee eens." Daarom had ik haar uitgenodigd om ons team te versterken. We wilden patiënten behandelen —

niet nog zieker maken. Ik was ervan overtuigd dat artsen het beste voorhadden met hun patiënten, maar ze behandelden hen gewoon op de verkeerde manier.

"Ik weet dat dit nogal persoonlijk is ... maar ik wilde mijn medeleven betuigen met het overlijden van uw vader. Ik weet dat hij jaren geleden is overleden, maar dat moet enorm moeilijk voor u zijn geweest, wetende dat u hem had kunnen helpen als het anders was gelopen."

Ik knikte. "Dat waardeer ik, Dr. Hawthorne."

"Noem me alsjeblieft Kathleen. Ik heb hard gewerkt voor die titel, maar het is een mondvol om elke dag weer opnieuw te moeten uitspreken."

"Dan is het vanaf nu Kathleen. En je mag mij Deacon noemen."

"Dat is veel gemakkelijker." Ze glimlachte. "Nou, kan ik het lab zien? Ik ben een beetje opgewonden om mijn nieuwe werkplek te zien."

"Natuurlijk." Ik kwam vanachter mijn bureau en ging naast haar staan. "Ik geef je ook een rondleiding."

"Dat is heel aardig van je, Deacon." Ze kwam naast me lopen en hield met gemak mijn tempo aan, zelfs op haar hoge hakken en met wat kortere benen. Ze was makkelijk om mee te praten, net als de andere artsen met wie ik samenwerkte. Ik kon gewoon makkelijker opschieten met mensen die in mijn branche zaten, omdat we altijd over het werk konden praten — en dat was het enige waar ik graag over praatte.

Dr. Hawthorne wilde graag deel uitmaken van mijn onderzoeksteam, dus nam ik haar mee voor een persoonlijke rondleiding en wilde haar tonen waar ik aan werkte zodat ze het met haar eigen ogen kon zien. Onderweg stelde ik haar voor aan haar nieuwe collega's, en ik merkte dat de mannen bijzonder timide waren bij haar in de buurt, waarschijnlijk omdat ze aantrekkelijk was.

Het gevolg was dat ik moest overwerken, en ik zat pas om zes uur op de achterbank van mijn auto. Ik sms'te Cleo. *Hoi schat.*

Hoi, schatje.

Ik glimlachte terwijl ik op mijn scherm keek naar onze conversatie. *Tucker wil dat we om 7 uur wat met hem gaan drinken. Haal je dat?*

Euhm ... ik geloof het wel. Ik zal aan Matt vragen om het werk voor me af te ronden.

Hij wil ons voorstellen aan een vrouw die hij heeft ontmoet.

Echt? Oh, dat is echt geweldig!

Ik wist dat ze opgelucht zou zijn, want dat betekende dat hun relatie echt iets uit het verleden was. Maar ik wist al dat Tucker haar helemaal niets kwalijk nam — omdat hij mij in haar richting had geduwd. Sinds Cleo hem had gedumpt, had hij nog vaker seks gehad dan ik. Maar ik had haar dat niet verteld, omdat dat nogal bot zou zijn. *Haar naam is Pria.*

Mooie naam.

Kunnen we samen gaan?

Ik ga waarschijnlijk beter alleen. Ik zie je daar wel, Deacon.

Ik was al deze geheimzinnigheid hartstikke beu. Deze relatie was belangrijk voor mij, en ik was het zat om te doen alsof ik vrijgezel was. Ik had er genoeg van om bij Valerie op mijn qui-vive te moeten zijn, terwijl het me geen reet kon schelen hoe ze over Cleo dacht. *Oké*. Cleo werkte altijd tot laat, en het kwam voor dat ik haar dagenlang niet zag, en haar dus miste, maar dat stoorde me nooit echt. Maar nu begon ik langzaam ... mijn buik vol te krijgen van dit gedoe.

Ik was eerder in de bar dan Cleo.

Pria was een blondine. Met haar lange, krullende haar en licht-gekleurde ogen was ze precies Tuckers type. Ze zat naar hem toe gedraaid met een hand rond haar biertje geklemd, glim-lachte terwijl hij tegen haar sprak en haar andere hand speelde met haar haren.

Ik praatte echt niet graag met mensen die ik niet kende. Ik had al moeite met praten met mensen die ik *wel* kende. Dus zou ik daar moeten zitten om kennis te maken met deze vrouw, die misschien niet eens lang in Tuckers leven zou blijven. Het kon best dat hij volgende week alweer een nieuwe vriendin zou hebben.

Ik liep meteen naar de toog en bestelde twee biertjes om tijd te winnen voor het geval dat Cleo binnen zou komen. Toen dat niet het geval was, liep ik naar de tafel en ging zitten.

"Kijk eens wie we daar hebben." Tucker tikte met zijn biertje tegen het mijne. "Waar is Cleo?"

"Die zal wat later zijn." Ik wendde me tot Pria. "Ik ben Deacon. Leuk om je te ontmoeten." Ik schudde haar de hand.

"Pria." Ze glimlachte, schudde me de hand en ging daarna weer verder met haar haren om een vinger te draaien. "Jullie lijken allebei heel erg veel op elkaar ... "

"Maar ik ben sexyer, niet?", vroeg Tucker.

Pria grinnikte en leunde naar hem toe. "Natuurlijk."

Moest ik hier echt blijven zitten en toekijken hoe ze dit het eerstvolgende uur zouden blijven doen?

Tucker leunde naar haar toe en kuste haar.

Ik had Cleo een keer in zijn bijzijn gekust —in mijn eigen woning. Ik nam een slok van mijn bier en keek naar de tv. Dit zou een lange avond worden.

Cleo arriveerde eindelijk en kwam bij ons zitten. "Sorry dat ik te laat ben."

Godzijdank. Ik trok haar stoel naar achter zodat ze kon gaan zitten.

"Wat heb ik gemist?" Ze zette haar handtas op de bank.

Ik sloeg mijn arm om haar heen en trok haar naar me toe voor een kus, omdat ik haar elke keer opnieuw wilde kussen, vooral nadat ik haar de hele dag had moeten missen. Ik was altijd druk bezig op het werk en mijn geest werd dan volledig geabsorbeerd door mijn onderzoek, maar af en toe dacht ik aan haar.

Mijn kus deed haar zwijmelen— zoals altijd. "Ik heb een biertje voor je."

"Bedankt." Ze wendde zich tot Tucker en Pria. "Ik ben Cleo." Ze schudde haar over de tafel heen de hand. "Wat fijn om je te ontmoeten."

"Jou ook", zei Pria. "En jullie zijn een schattig stel."

"Ach, bedankt", zei Cleo.

"Hoe lang zijn jullie al samen?"

"Nog maar een paar maanden", zei Cleo. "We zitten in de huwelijksreisfase."

"Wat lief."

Tucker knikte naar Pria en knipoogde daarna naar mij.

Ik fronste een wenkbrauw.

Hij wees subtiel naar hen beiden en liet daarna zijn wenk-brauwen op en neer gaan.

Ik bleef hem wezenloos aanstaren.

Toen vormde hij met zijn mond de woorden: "Ze kunnen het goed met elkaar vinden."

In plaats van ook te gaan fluisteren, antwoordde ik hardop. "Waarom zeg je dat niet gewoon?"

Tucker rolde met zijn ogen en nam een slok van zijn bier. "Heb jij nog nieuws?"

Cleo en Pria beëindigden hun gesprek en concentreerden zich op ons.

"Niets", zei ik. "Derek gaat volgende week voor het eerst naar school."

"Wow, dat is te gek", zei Tucker. "Voor mij is het alsof hij gisteren pas geboren werd."

Ik kon het ook niet geloven. "Ja, en vanaf nu zal het zelfs nog sneller gaan."

"Heb je een foto?", vroeg Pria.

Nog voordat ik mijn telefoon kon pakken, haalde Cleo de hare al tevoorschijn en liet haar een hele serie foto's zien.

"Oh mijn god, hij is echt perfect." Pria glimlachte terwijl ze naar de foto's keek.

Ik wist niet dat Cleo er zoveel had, maar ergens verbaasde het me niet.

"Hij is perfect." Cleo legde haar telefoon opzij. "Hij is zo'n lief jongetje. Ik wil dat hij voor altijd zo blijft."

Ze sprak op dezelfde manier als ik over hem — en dat vond ik leuk.

"Wat doe jij voor werk?", vroeg Pria.

"Ik ben conciërge in het Trinity Building", antwoordde Cleo. "Ik ben er een persoonlijke assistent, bijna zoals in een hotel, maar de bewoners leven er permanent. Zo hebben Deacon en ik elkaar ontmoet."

"Gaaf." Pria wendde zich tot mij. "Tucker vertelde me dat je superslim bent, maar hij heeft niet echt uitgelegd wat dat betekent."

"Omdat hij te dom is om te snappen wat ik doe", antwoordde ik.

Pria lachte.

Tucker lachte ook, maar zijn lach klonk sarcastisch. "Klootzak."

"Ik heb net een strandhuis in de Hamptons gekocht", zei ik.

"Oké, nu ben je al een wat minder grote klootzak", zei Tucker snel. "Toch als je me af en toe de sleutels geeft ... "

Ik nam een slok van mijn bier en beantwoordde haar vraag. "Ik ben medisch onderzoeker. Ik ga op zoek naar natuurlijke manieren om chronische ziektes te bestrijden, zoals kanker, hart- en vaatziekten, virussen ... dat soort dingen."

"Wow." Prias ogen werden groter. "Je bent echt superslim."

Ik wist niet wat ik daarop moest zeggen, dus keek ik naar beneden in mijn glas met bier.

"Is er vandaag nog iets interessants gebeurd op het werk?", vroeg Tucker.

Ik schudde mijn hoofd terwijl ik probeerde om na te denken. "Wat betreft mijn onderzoek niet, nee. Maar er heeft zich vandaag een nieuwe arts bij het team gevoegd. Ze is erg slim, heeft al veel bereikt en heeft veel frisse ideeën. Ze is jong, amper een paar jaar ouder dan ik, wat nog een pluspunt is."

"Waarom doet haar leeftijd ertoe", vroeg Tucker.

"Jongere mensen zijn ambitieuzer", legde ik uit. "Ze hebben meer tijd om zich te bewijzen en werken harder. Zodra mensen enigszins in de buurt van hun pensioen komen, beginnen ze uit te bollen. En jongere mensen zijn niet vastgeroest in een bepaald stramien. Hun hersenen functioneren anders, dus is de kans groter dat ze problemen vanuit een andere invalshoek benaderen en zo tot een oplossing komen. Soms is jeugd synoniem voor onervarenheid, maar in de meeste gevallen is het in feite iets nuttigs."

Tucker knikte lichtjes. "Ik denk dat dat logisch is."

"Werkt ze aan jouw project of aan iets anders?", vroeg Cleo.

"Ze werkt aan iets anders, maar we zullen het doorlopend met elkaar over onze projecten hebben, dus zal ze af en toe met mij samenwerken ... en ik met haar. Soms zijn er te veel koks in de keuken, maar ik denk dat een coöperatieve betrokkenheid tot betere resultaten leidt. We hebben respect voor elkaars ideeën en begrijpen dat onenigheid niet synoniem is voor afkeer. We zijn niet egocentrisch ingesteld."

"Haha." Tucker nam een slok. "Jij bent niet egocentrisch. Ja hoor."

"Dat is hij niet", zei Cleo, in mijn verdediging. "Echt niet. Ik werk heel regelmatig met toplui. Ik weet hoe een groot ego eruitziet."

"Om terug te keren naar een onderwerp dat echt ter zake doet ... ", Tucker ging niet in op wat ze had gezegd.

Mijn arm lag over de rugleuning van haar stoel en ik masseerde haar schouder zachtjes met mijn vingers, terwijl ik mijn blik op de hare richtte en haar zonder woorden bedankte voor haar tussenkomst. Tucker had me al eerder verteld dat ze me altijd verdedigde, of ik er nu bij was of niet, en het was fijn om iemand in mijn leven te hebben die zo loyaal was.

Tucker praatte verder. "Ik wil alles weten over dat strandhuis. Ligt het echt aan het water?"

Ik wist dat ik hem daar niet weg zou kunnen houden. Maar zolang hij het chalet niet zou bezoedelen, vond ik het goed. "Ja."

Hij wreef begerig in zijn handen. "Oh ... ga verder."

"Er is een zwembad", zei Cleo.

"Geweldig", zei Tucker. "Ga door."

"Een open haard", voegde ik eraan toe.

Hij hief zijn handen in de lucht en sloot zijn ogen. "Ik zie het helemaal voor me ... prachtig. Ga door."

Cleo grinnikte. "Er is een ingebouwde grill, een kleine poort die rechtstreeks toegang biedt tot het strand, drie slaapkamers, een volledig ingerichte keuken, privacy aan de kant van de weg ... "

"Ja. Ja. En ja." Tucker opende zijn ogen. "Wanneer gaan we? Wat dacht je van dit weekend?"

"Cleo en ik gaan dan al", zei ik.

"En we mogen niet langskomen voor een barbecue of zo?", vroeg Tucker.

"Als ik je nou gewoon de sleutels geef, zodat je volgend weekend zelf kunt gaan?", vroeg ik.

Zijn ogen werden heel groot en hij verstijfde, geschokt door het aanbod.

Cleo grinnikte om zijn reactie.

"Oh mijn god, ik hou verdomme van je." Hij stond op uit zijn stoel, kwam naar me toe, sloeg zijn armen om me heen en gaf me een berenknuffel. "Jij bent de beste, Deacon." Hij legde zijn handen op mijn wangen en kuste me recht op de mond.

Ik weerde hem af. "Jezus ... " Ik veegde mijn mond af met de bovenkant van mijn onderarm.

De meisjes lachten allebei erg luid. Cleo bedekte haar gezicht met haar handen en gniffelde.

Tucker keerde terug naar zijn stoel en grijnsde naar me. "Ik wist dat je van me houdt."

Ik nam een grote slok van mijn bier en probeerde om alle bacteriën uit mijn mond te spoelen. "Maar nu hou ik minder van je."

Ik lag op mijn rug in het midden van het bed met Cleos naakte lichaam om mijn lichaam heen gewikkeld en een van haar benen tussen mijn knieën. Haar haren lagen uitgewaaierd over mijn schouder en op mijn borst, als een donkerbruin gordijn. Ze streelde zachtjes met haar vlakke hand over mijn harde buik en het geluid van haar stille ademhaling klonk als muziek in mijn oren.

Ik was moe, maar kon de slaap maar niet vatten. Normaal gesproken bracht Cleos aanwezigheid me altijd meteen in een roes, maar nu was zij net de reden dat ik wakker was. Ik voelde me zo gelukkig, en ik wilde geen afscheid nemen van dat gevoel. Wanneer ik morgen wakker zou worden, zouden we allebei opschrikken van mijn wekker, en dan zouden we ons allebei moeten haasten om aan onze dag te beginnen. Ik stond altijd vroeg op om de fitnessruimte in te duiken, en Cleo stond dan samen met mij op, ook al was het uren vroeger dan haar normale uur, maar zo kon ze als eerste op kantoor aankomen zodat niemand zou beseffen dat ze via de lift was gekomen in plaats van via de voordeur.

We zouden veel meer tijd samen kunnen doorbrengen als we niet stiekem zouden hoeven te doen.

Ons leven zou heel anders zijn als iedereen het zou weten.

Ik probeerde echter niet om haar van gedachten te laten veranderen, want dat zou er in principe op neerkomen dat ik haar vroeg om haar baan op te geven, en dat was iets wat ik weigerde te doen. Zij zou mij dat ook nooit vragen. Hoe zou ik ooit van haar kunnen verwachten dat zij zoiets zou doen? Alleen voor mijn eigen geluk?

Ze duwde zichzelf omhoog op haar elleboog zodat ze naar me kon kijken, en het gordijn van haar haren viel over een schouder. Ze wreef met haar hand over mijn borstkas en keek me recht aan met ogen die op hun mooist waren in mijn slaapkamer, wanneer ze me op die manier aankeek.

Ik trok mijn arm steviger om haar onderrug, zodat haar warme tieten tegen mijn borstspieren aandrukten.

Ze voelde niet de behoefte om iets te zeggen. Ze wilde me alleen maar aankijken — het was alsof zij ook niet kon slapen.

"Mijn bedrijf organiseert komend weekend een diner. Kom met me mee."

"Wat voor soort diner?", vroeg ze rustig.

"Het is voor het goede doel. We zamelen geld in voor chronische zieke patiënten die geld nodig hebben voor hun behandeling, omdat hun verzekering die niet dekt of omdat ze het gewoon niet kunnen betalen."

Ze deed dat ding met haar ogen. Het was haar standaardreactie als ik iets bijzonders of liefs deed. "En dit was natuurlijk jouw idee?"

"We doen het elk jaar."

"Dat is dus een ja." Ze wreef weer over mijn borst. "En ik ga heel graag met je mee."

Ik liet mijn hand langzaam omhoog glijden over haar rug en voelde de perfecte ronding van haar wervelkolom. "Ik hoopte dat je met me zou meegaan als mijn date." Ik wilde haar niet meenemen als mijn assistente, omdat het dan zou zijn alsof ze er alleen maar was om mij te helpen. We gingen naar mijn bedrijf, en ik date niet met een werknemer.

Ze keek schuldbewust. "Maar ik weet zeker dat er foto's zullen worden gemaakt ... "

Dat betekende dat ik mijn arm niet om haar middel zou kunnen slaan en haar niet zou kunnen voorstellen aan mijn collega's als iemand die meer was dan alleen mijn assistent. Het was heel frustrerend.

"Het spijt me", fluisterde ze. "Het zal niet eeuwig zo blijven ... "

Mijn hand bleef abrupt liggen. In plaats van boos te worden, liet ik het los. Ze zou toch niet toegeven, dus was het zinloos om me ertegen te verzetten. Zodra ze een nieuwe woning voor me vond, zou ik verhuizen en dan zou alles terug op zijn plek vallen. "Ik weet het."

Ze leunde naar me toe en kuste me, een zachte omhelzing vol wroeging. "Ik zal het goedmaken met je."

"Ja?"

Ze knikte.

"Hoe?"

Ze zweefde met haar lippen naar mijn borst en begon me te kussen - haar lippen bedekten mijn huid met haar warmte en genegenheid. Ze ging langzaam naar beneden, over mijn buik heen en nog verder naar beneden. "Op deze manier ... "

Ik sms'te Valerie. *Ik ben dit weekend niet in de stad; het is maar dat je het weet.* Ik wilde niet dat ze Derek zou brengen zonder voorafgaande waarschuwing en me dan een miljoen vragen zou stellen over waarom ik niet thuis was.

Waarom niet?

Dit was verdomd irritant. *Werk.*

Wat bedoel je?

Ze vroeg me nog steeds naar elk detail van mijn leven — alsof zij het recht had om die dingen te weten. *Ik bedoel dat ik de stad uit ben voor mijn werk.* Ik kon mezelf er niet van weerhouden om bijdehand te doen.

Ik hoor toch te weten waar de vader van mijn kind zal zijn. Ben je het land uit? Of gewoon Californië?

Ik wilde eigenlijk niet tegen haar liegen, maar ik had geen andere keus. *Maine.* Ik kon niets beters bedenken. Ik moest dichtbij zijn, op rijafstand, en ik kon geen andere plek bedenken. Het zou nergens op slaan als ik zou zeggen dat ik in de Hamptons zijn.

Ze liet het onderwerp rusten.

Toen ik op vrijdag klaar was met werken, begaf ik me samen met Cleo naar het strandhuis, reed via de toegangspoort het terrein op en deed die achter ons weer dicht, zodat we volledige privacy hadden.

Ik droeg onze tassen het huis in, terwijl zij de achterdeur opende en de oceaanlucht het huis in liet. De golven waren niet zichtbaar, maar wel hoorbaar en we hoorden hoe ze op honderd meter afstand het strand oprolden.

Ik ging achter haar staan en sloeg mijn armen om haar heen, net zoals ik had gedaan toen we de eerste keer samen in het chalet waren.

Ze kantelde haar hoofd achterover en keek me aan. "Wat wil je eerst doen?"

Ik kuste haar nek. "Nou, het is laat ... en donker, dus ik denk dat er maar één ding is dat we kunnen doen."

Er was een grote open haard in de woonkamer, en we gingen ervoor liggen, op het tapijt en in dekens gewikkeld om geen kou te lijden aangezien we naakt waren. Op de salontafel stond een fles wijn zodat we onze glazen gemakkelijk konden bijvullen.

Ze ging rechtop zitten en staarde naar het vuur, met haar naakte rug zichtbaar.

Ik ging met mijn hand omhoog over haar huid en voelde hoe zacht en warm die was. "Ik vind het echt heel fijn om bij je te zijn, Deacon."

Ik ging rechtop naast haar zitten, zodat ik haar recht in de ogen kon kijken terwijl ze sprak.

"Maar ik mis Derek als hij er niet is ... "

"Ja." Ik ging met mijn hand naar haar nek en wreef er zachtjes over. "Ik weet wat je bedoelt."

"Wat vind je ervan nu hij naar school gaat?"

Ik keek naar de weerspiegeling van de vlammen in haar ogen. "Ik weet het niet precies. Ik ben blij dat hij naar school zal gaan ... maar ik ben ook verdrietig omdat hij zo snel groot wordt. Ik wil dat hij voor altijd een lieve, kleine jongen blijft, maar ik verlang ook tot hij een man wordt. Het is het grootste voorrecht in mijn leven geweest om hem te zien kruipen, stappen en daarna rennen ... "

Ze keek me vertederd aan, alsof ze precies begreep wat ik voelde zonder dat zelf te hebben ervaren. "Ja, dat kan ik me voorstellen."

Ik keek weer naar het vuur. "Ik weet dat hij geweldige dingen zal doen, en ik kan niet wachten om dat te zien. Maar hij moet eerst ouder worden. Hij moet verdergaan, onafhankelijker worden, me minder nodig hebben. Wat ik het meest zal missen, is de manier waarop hij mijn roepnaam zegt van zodra hij me ziet, met zo'n enthousiasme, alsof hij zijn vreugde niet kan bedwingen. Maar wanneer hij een man is, zal hij niet meer zo klinken." Ik keek hoe de vlammen dansten en bewogen. "Daar kijk ik dan weer niet naar uit."

Ze legde haar hand op mijn rug en wreef er zachtjes over. "Dat spijt me, Deacon."

"Maar je weet pas dat je je werk goed hebt gedaan als ze je niet meer nodig hebben. Maar ergens voelt het leeg ... want je moet hen laten gaan."

"Maar hij zal ooit zelf kinderen krijgen, en dan zul je diezelfde lieve stem weer horen. Behalve dat het dan 'opa' zal zijn in plaats van 'papa'."

"Ja ... misschien."

Ze leunde naar me toe en kuste me op de wang. "Ik heb je al eens gezegd dat je intelligentie sexy is, dat je er sexy uitziet en dat je pure ziel het meest sexy is van alles. Maar ik vind het ook enorm opwindend om te zien hoeveel je van je zoon houdt."

"Ja?"

Ze knikte.

"Ook al is hij niet van jou."

Ze schudde haar hoofd. "Dat maakt helemaal geen verschil. Ik had nooit gedacht dat een alleenstaande vader zo verdomd sexy kon zijn." Ze schoof dichter naar me toe en wreef met haar lippen over mijn schouder. "Ik denk dat ik daardoor zin krijg om een moeder te zijn ... met jou als de vader van mijn baby's." Ze keek een tijdje naar de vloer, alsof ze bang was om me aan te kijken na het uitspreken van die woorden.

Ik werd er wel nog onrustig van, maar niet meer zo bang. We zouden dit elke dag kunnen doen als we trouwden en een gezin zouden stichten. We zouden net zo gelukkig kunnen zijn — altijd. Wat was daar nou eng aan?

Ze keek uiteindelijk weer op en ontmoette ietwat onzeker mijn blik.

Ik kon geen woorden bedenken als reactie, dus leunde ik naar haar toe en kuste haar.

Ze kuste me vol verlangen terug.

Ik trok me een beetje terug en keek in haar blauwe ogen. "Je zal een geweldige moeder zijn."

Haar blauwe ogen waren zacht en ontroerd. Ze wreef met haar duim over mijn onderlip terwijl ze ernaar staarde, alsof ik net iets erg opwindends had gezegd. Ze legde haar hand in mijn nek en trok me naar zich toe voor een intensere kus, een kus vol verlangen.

We lagen op de ligstoelen naast het zwembad, in de volle zon. We hadden ons allebei helemaal ingesmeerd met zonnebrand-crème, maar onze huid begon langzaam te bruinen. Mijn huid werd van nature sneller bruiner dan bij de gemiddelde persoon, dus kreeg ik altijd snel wat kleur.

Cleo zag er verdomd sexy uit in haar pastelblauwe bikini, met haar huid glanzend van de lotion, en de slappe hoed op die haar gezicht bedekte. Er lag een boek op de tafel naast haar, en het ijs in haar drankje was gesmolten.

Er stond een lekker windje, dus kreeg geen van ons beiden het te warm.

Ze draaide zich om en ging op haar buik liggen, zodat haar rug ook wat zon zou krijgen.

Mijn blik gleed direct naar haar pronte kont.

Cleos ogen waren op mij gericht, dus merkte ze dat meteen. "Je bent echt een billenman."

Ik legde mijn hand op een van haar billen en kneep er zachtjes in. "Ik ben een Cleo-billenman."

Ze glimlachte. "Blijkbaar helpt het om de hele tijd rond te rennen op die hoge hakken."

"Of je hebt gewoon goeie genen."

"Net zoals jij?", antwoordde ze plagerig. "Je hebt een groot brein. Ik heb een grote kont."

"Hij is niet groot. Hij is pront. Dat is een groot verschil." Ik gaf haar een speelse tik op haar kont.

"En wat vind je dan van mijn tieten?"

Ik was verrast dat ze me dat op de man af vroeg. "Die zijn ook mooi."

"Ze zijn een beetje klein, maar — "

"Ze zijn perfect. Ik hou van alles aan jou." Mijn gevoelens voor haar waren sowieso niet oppervlakkig, dus het deed er niet toe. Mijn ziel was verbonden met de hare, en dat was de kick waar ik verslaafd aan was. De kers op de taart was dat ik zo tot haar aangetrokken was.

Ze glimlachte. "Echt waar?"

"Ja."

"Omdat het er in het begin niet op leek dat je je zo tot me aangetrokken voelde ... "

Ik draaide mijn hoofd en tuurde door mijn zonnebril naar de oceaan. "Dat was ik wel. Ik stond mezelf alleen niet toe om op die manier naar je te kijken."

"Omdat ik voor je werk?"

"Ik denk het. Maar toen ik je kuste ... verdomme. Toen overspoelden al die gevoelens me."

Haar glimlach werd breder.

"Ik wilde bij je zijn omdat je me zo gelukkig maakt. Als de seks slecht was geweest of de chemie niet goed, zou ik toch bij je gebleven zijn. Onze relatie overstijgt het fysieke. Dat is de belangrijkste reden voor ons samenzijn ... " Ik kon elke vrouw kiezen, en het zou niets uitmaken hoe haar karakter was. Maar mijn gevoelens voor Cleo waren diep en krachtig. Ik was loyaal aan haar, niet vanwege een belofte, maar vanwege wat ik in mijn ziel ervoer.

Ze stak haar hand uit naar de mijne en pakte die vast.

Ik draaide me weer terug naar haar.

"Mijn gevoelens voor jou zijn ook diep. Maar ik ga er niet over liegen, elke keer als ik je zonder T-shirt zag, wilde ik je bespringen."

Ik grijnsde. "Goed om te weten. Ik ben dol op je kont. Wat vind jij leuk aan mij?"

"Je schouders", riep ze uit. "Ze zijn zo breed."

Ik keek naar haar terwijl we elkaars met lotion besmeerde hand vasthielden.

"En je borstkas ... je buikspieren ... je grootte."

"Ik dacht dat je er maar eentje zou uitkiezen — "

"En je lul. Je hebt echt een prachtige lul."

Ik werd stil, geamuseerd door de manier waarop ze een lustobject van me had gemaakt. "Het lijkt dat je voor alles van me valt."

"Ooh jaaaaaa." Ze grinnikte. "Alles."

We begaven ons na het eten naar de slaapkamer. De terrasdeur stond op een kier, dus konden we de oceaan horen terwijl we in bed lagen.

Mijn rug was een beetje pijnlijk omdat ik de hele avond op de vloer had gelegen, dus was ik blij dat ik in een echt bed lag. Het was best sexy om de liefde te bedrijven voor de brandende, open haard, maar de hardhouten vloer was niet goed voor mijn knieën.

Nadat ik mijn gezicht had gewassen en mijn tanden had gepoetst, stapte ik in bed en ging liggen met mijn hand achter mijn achterhoofd.

Ze kwam even later uit de badkamer, met haar make-up nog steeds op omdat ze haar gezicht niet had gewassen, zoals ze meestal deed voor het slapen gaan. Of ze nu make-up op had of niet, het veranderde niets aan mijn verlangen naar haar. Ze was altijd mooi.

In plaats van aan haar kant in bed te stappen, kroop ze boven op mij en kuste me terwijl haar haren over mijn borst vielen.

Ik kon haar aan een stuk door neuken zonder ooit moe te worden, maar ik was niet degene die een grote lul in een kleine doorgang geduwd kreeg. Ik liet haar meestal op adem komen wanneer we drie keer op een dag hadden geneukt, omdat ik wilde voorkomen dat haar schede pijnlijk zou worden en ze me de volgende dag niet zou kunnen neuken. Maar het leek haar meestal niet te storen.

Op dit moment kon het haar duidelijk helemaal niets schelen.

Haar lippen gleden omlaag over mijn lichaam, totdat ze mijn lul in haar mond zoog. Ze pijpte me en proefde haar eigen genotssappen, omdat die nog steeds op mijn lul zaten aangezien ik me niet had gedoucht. Toen draaide ze zich om, met de binnenkant van haar dijen tegen de mijne, en bood ze me een ongelooflijk uitzicht op haar kont. Ze reikte achter zich en pakte mijn staaf vast zodat ze hem bij zich naar binnen kon leiden. Daarna kromde ze haar rug en duwde zichzelf wat achteruit om hem te kunnen nemen en hem helemaal in haar reeds gevulde ingang te kunnen krijgen. Ze liet zich zakken en slokte mij lul helemaal op.

Ik staarde als versteend naar de meest sexy aanblik die ik ooit had gezien, naar haar op een nectarine lijkende kont die recht voor me deinde.

Toen begon ze met haar heupen te rollen en kromde keer op keer haar rug, nam mijn lul moeiteloos en genoot van dit moeilijke standje alsof dat totaal geen uitdaging vormde.

Ik legde mijn handen met uitgestrekte vingers op haar billen, kneedde ze met mijn vingertoppen en keek toe hoe ze werkte om zichzelf naar beneden en vervolgens omhoog te duwen, hoe ze ondertussen mijn lul insmeerde met haar crème en warm en zweterig werd omdat mijn lul zo groot en dik was.

"Jezus Christus ... verdomme." Ik lag daar gewoon te kijken naar hoe zij me neukte, met haar strakke kont zo verdomd perfect.

Ze bekroonde het met een blik over haar schouder. "Vind je het lekker?"

Ik kreunde als antwoord op haar blik van zelfvertrouwen en sloeg met mijn vlakke hand hard op haar kont. "Verdomme ... ja."

"De grote balzaal wordt dus bijna nooit gebruikt. Behalve op een vrijdag- of zaterdagavond. Dus zijn Pria en ik stiekem naar binnen geslopen en hebben overal geneukt." Tucker zat tegenover me aan tafel, met zijn tweede biertje voor zich. "Ze draagt meestal een jurk op het werk, dus dat is perfect. Ze tilt gewoon haar jurk op, steekt haar kont uit terwijl ze de muur vasthoudt en ik neuk haar gewoon langs vanachter. Het is de beste seks ooit."

Ik wilde niet denken aan mijn neukende broer, dus probeerde ik het me niet voor te stellen. "Ben je niet bang om betrapt te worden?"

"Dat maakt het net zo sexy."

"En je denkt dat het slim is om met een collega te daten?"

"Daar kun jij toch antwoord op geven? Vind jij het slim om met je assistent te daten?"

"Ze is niet mijn assistent, en we zijn niet aan het daten."

"Wat zijn jullie dan?", vroeg hij.

"We zijn ... " Ik wist niet hoe ik het moest omschrijven. "Serieus."

"Nou, Pria is een beetje wild, en dat vind ik leuk. Ik ben nieuw in de stad, dus ontmoet ik alleen maar vrouwen in bars, en dat zijn dan meestal scharrels. Maar Pria is gaaf. Ik wil zien waar het toe leidt."

"Wat ga je doen als het echt ergens toe leidt?"

"Het hotel heeft er geen beleid tegen. We moeten gewoon een formulier invullen."

"Dat is fijn."

"En niets is leuker dan neuken op het werk. We nemen samen onze pauzes van vijftien minuten op en genieten daar *echt* van."

Ik was dol op onze weekendjes weg wanneer Cleo en ik ons geen zorgen hoefden te maken dat iemand naar binnen zou kunnen komen en ons samen zou zien. We konden zo luid zijn als we wilden, het op elk moment van de dag doen en hoefden niet te neuken in een beperkt tijdsbestek van vijftien minuten. En als ze me neukte met haar kont in mijn gezicht ... had ik zeker meer dan vijftien minuten nodig.

"Pria is heel goed in bed. Ze is avontuurlijk, sexy en heeft me zelfs verteld dat ze van anale seks houdt." Hij nam nog een slok van zijn bier.

Ik wist niet wat ik daarop moest zeggen.

Hij vroeg niet naar Cleo, omdat hij wist dat ik die informatie toch niet met hem zou delen.

Maar ze had me wel gezegd dat ik het mocht doen. "In het strandhuis heeft Cleo de omgekeerde cowgirl bij me gedaan ... "

Tucker leek geschokt, maar het was niet duidelijk waar hij geschokt over was —was het om wat Cleo had gedaan, of om het feit dat ik het hem had verteld. Hij fronste zijn wenkbrauwen, en raakte zijn biertje niet aan. "Ho, ho ... " Hij vormde een T met zijn handen. "Time-out."

Ik nam een slok van mijn bier.

"Ten eerste, hoe heeft ze het ervan afgebracht?"

"Ongelooflijk goed."

"Dat standje is moeilijk te beheersen. Ze moet weten wat ze doet."

Oh ... ze wist absoluut wat ze deed.

"En ten tweede, heb je me dat echt net verteld?"

Ik haalde mijn schouders op. "Cleo heeft me gezegd dat ik het kon vertellen ... "

"Wauw." Hij grijnsde. "Man, ze is perfect. Als een vrouw er helemaal niets om geeft wat iemand van haar vindt, is dat verdomd sexy."

Ik zou hem geen specifieke details vertellen, maar dit leek vrij onschuldig.

"Je bent een geluksvogel." Hij tikte met zijn glas tegen het mijne.

"Ik weet het." En het was niet alleen omdat ze geweldig in bed was ... maar het hielp wel.

"Dat is het lekkerste standje, maar als je een meisje vraagt om het te doen, moet je haar nogal goed kennen, en zelfs als ze ja zegt, betekent dat niet dat ze er goed in zal zijn. Het is echt een uitdaging."

Ik hoopte dat ze me altijd zo zou neuken. Het enige wat ik hoefde te doen, was daar liggen en kijken naar hoe ze werkte totdat ze uitgeput raakte, met haar huid glanzend van het zweet, de spieren van haar rug gespannen en haar kont zo lekker dat ik er een hap van wilde nemen.

"Pria en ik zullen dit weekend enorm veel plezier hebben."

Die woning zou achteraf goed ontsmet moeten worden.

"Ik zal Pria vragen om het te proberen. Ik denk dat het haar zal lukken. Maar haar kont is lang niet zo mooi — "

Ik waarschuwde hem met mijn blik.

"Sorry ... er zijn grenzen."

Ik had net mijn plastic handschoenen uitgetrokken en mijn handen gewassen toen Dr. Hawthorne binnenkwam, gekleed in haar witte labojas. "Hoe ging het?"

Ik schudde mijn hoofd terwijl ik een papieren handdoek uit de houder trok en mijn handen afdroogde. "Niet zo goed als ik had gewild."

"Wanneer begin je weer met de patiëntenzorg?"

"Volgende week."

"Misschien behaal je de volgende keer betere resultaten."

Sommige van mijn patiënten reageerden goed op mijn behandeling, maar anderen dan weer niet — en ik niet kon maar niet achterhalen waarom.

"Neil en Scarlett vertelden me dat er komende zaterdag een liefdadigheidsdiner is."

"Ja, ik heb Theresa gevraagd om je de details te mailen. Ik weet dat het op het laatste moment is, maar ik hoop toch dat je kunt komen."

"Het is voor een goed doel. Ik zal er zeker zijn." Ze kwam naast me staan en er staken pennen uit haar borstzak. Haar haren waren samengetrokken in de voor haar gebruikelijke strakke paardenstaart die de lokken uit haar gezicht hield. Ze werkte hier pas een week en ze hoorde er nu al bij. Ze leverde een grote bijdrage aan de andere projecten, en ze aarzelde niet om iemand te vragen om input.

"Breng gerust een gast mee."

"Oh, ik heb geen vriendje", zei ze snel. "Ik kom eigenlijk net uit een relatie, net voordat ik Londen heb verlaten. Maar het was het soort relatie dat eigenlijk al veel eerder had moeten eindigen."

"Het spijt me dat te horen."

Ze haalde haar schouders op. "Ik ben nu gelukkiger. Maar ik zal dus alleen komen."

Mijn telefoon bleef nooit lang stil en begon te zoemen in mijn zak. Ik overwoog soms om het apparaat achter te laten in mijn kantoor, zodat niemand me zou kunnen storen, maar nu Derek hier woonde, wilde ik bereikbaar zijn voor als hij me ooit nodig zou hebben.

"Komt je zoon ook?"

Ik had wat tijd nodig om daar op te reageren. "Ik wist niet dat ik Derek heb vernoemd."

"Oh, dat heb je ook niet gedaan", zei ze. "Dat heb ik online gelezen. Dat je een kind hebt met je ex-vrouw. Sorry daarvoor, trouwens. Een relatiebreuk is moeilijk, of je nu getrouwd bent of niet."

"Het is oké." Ik gaf haar hetzelfde antwoord als zij mij had gegeven. "Ik ben nu gelukkiger."

Een stuk gelukkiger.

CLEO

Ik liep zijn appartement binnen op mijn zwarte, hoge hakken, gekleed in een rode cocktailjurk met een enkel riempje over de schouder. Ik had ook een bijpassend tasje, zwart met een klein beetje glitter. Ik droeg de armband en diamanten oorbellen die van mijn moeder waren geweest. Ik wenste dat ik mijn vaders horloge kon dragen, maar dat zou er gewoonweg niet stijlvol uitzien. Ik had al gespeeld met de gedachte om het te laten ontmantelen en er iets anders van te laten maken, maar ik kon het niet opbrengen. "Ik ben er."

Deacons voetstappen weerklonken toen hij door de gang kwam aangelopen. Hij was gekleed in een donkergrijs pak en zag er supersexy uit met zijn gladgeschoren kaak. Een duur horloge zat om zijn pols, zijn schoenen waren van Armani, en zijn sexy lichaam vulde dat pak beter op dan een model ooit zou kunnen. "Hoi, schat." Zijn ogen lichtten op terwijl hij naar me keek, alsof hij plotseling in een goed humeur was omdat ik er was.

Ik leefde voor momenten als deze, wanneer hij er moeiteloos voor zorgde dat ik me speciaal voelde. "Je ziet er knap uit."

Hij sloeg zijn armen om mijn middel, trok me tegen zich aan voor een kus en maakte zich geen zorgen dat hij lippenstift op zijn mond zou krijgen. Zijn handen gleden omlaag naar mijn kont en hij kneep er zachtjes in voordat hij met zijn neus tegen de mijne wreef. "Jij bent degene die supersexy is." Hij ging richting de deur en liep vervolgens naar buiten. Ik gaf hem een tissue om mijn lippenstift van zijn mond te vegen.

Van zodra we aan de andere kant van de deur waren, was de genegenheid verdwenen en liepen we een meter uit elkaar.

Maar het voelde als een kilometer.

We bereikten de lobby en gingen op de achterbank van de auto zitten.

Ironisch genoeg werd het diner gehouden in de balzaal van het hotel waar Tucker werkte.

"Raak de muren niet aan met je handen", zei Deacon vanaf zijn kant van de auto.

"Waarom niet?", vroeg ik, met gefronste wenkbrauwen.

"Omdat Tucker me heeft verteld dat hij en Pria tijdens hun pauzes stiekem de balzaal induiken ... "

Ik lachte. "Dat verbaast me niets."

"Ik denk dat ze het tegen de muur doen."

"Nou, dat is een leuke manier om je vijftien minuten pauze in te vullen."

De auto kwam aan bij het hotel en we haastten ons naar binnen.

"Is er iets wat ik moet weten over je collega's?"

Hij schudde zijn hoofd. "Ik vind ze allemaal aardig. Ze zijn gemakkelijk in de omgang."

"Waarom heb je mij dan meegenomen?"

Hij stopte bij de ingang en keek me aan, alsof hij de vraag echt niet begreep. "Ik bracht je mee omdat iedereen zijn levensgezel meeneemt ... en jij bent mijn levensgezel." Hij leek een beetje geïrriteerd en feitelijk ronduit beledigd door de vraag.

"Deacon, zo bedoelde ik het niet."

"Zo klonk het anders wel."

"Ik bedoel alleen maar dat je me meestal meeneemt naar dit soort aangelegenheden om je te helpen bij het omgaan met mensen. Dat is alles wat ik bedoelde."

Hij onderdrukte zijn woede, maar er bleef een beetje vijandigheid hangen.

Een ober kwam naar ons toe en bracht ons champagne.

Deacon weigerde zijn glas, maar gaf er wel een aan mij.

"Geen fan van champagne?"

Hij schudde zijn hoofd. "Te bruisend." Hij liep verder de zaal in, met mij aan zijn zijde en met zijn handen in zijn zakken, alsof hij dat met opzet deed zodat hij me niet zou aanraken. Er kwamen al snel twee mannen die tientallen jaren ouder waren naar ons toe.

"Dr. Hamilton." Een ervan schudde hem de hand. "Hoe gaat het met u?"

"Goed." Deacon schudde hem de hand. "Dit is Cleo." Hij aarzelde voordat hij me voorstelde, alsof hij niet wist wat hij moest zeggen. "Mijn vriend- ... "

Ik stapte dichterbij en schudde hem de hand. "Ik ben zijn persoonlijke assistent. Het is een genoegen om u te ontmoeten."

Deacon herstelde zich. "Dit is mijn collega, Dr. Watson. Hij is gespecialiseerd in antivirale geneesmiddelen."

"Wat interessant", zei ik, ook al wist ik niet wat dat was.

Een andere man schudde hem de hand. "U hebt nogal een evenement georganiseerd, Dr. Hamilton. Mijn vrouw is weg van de bloemstukken op de tafels."

"Dank u", antwoordde Deacon. "Maar ik kan die eer niet opstrijken. Theresa heeft dat allemaal geregeld." Hij wendde zich tot mij. "Dr. Thompson, dit is mijn assistent, Cleo." Hij stelde me voor zoals ik mezelf had voorgesteld.

Hij schudde me de hand. "Het is een genoegen om u te ontmoeten."

"Dank u", zei ik. "Ik ben blij dat u het naar uw zin heeft."

Aangezien Deacon iedereen kende, begaf hij zich vol overgave tussen de gasten en maakte hij hier en daar een praatje, terwijl hij normaal gesproken mensen zou ontwijken en zich naar zijn tafel zou haasten. Hij was absoluut meer ontspannen in het bijzijn van zijn collega's, en er waren een heleboel langdradige gesprekken over de dingen waar ze aan werkten, zaken waar ik totaal niets van begreep.

Ik pakte zijn lege glas. "Nog een biertje?"

Hij was midden in een gesprek verwikkeld, dus gaf hij me een knikje en bleef praten.

Ik liep naar de bar en bestelde nog een biertje voor hem en ook een voor mezelf. Veel van de aanwezigen zaten al aan de tafels en waren met elkaar of met hun echtgenoten in gesprek. De bloemstukken die midden op de tafels stonden waren hoog en mooi, de kroonluchters prachtig en mensen flaneerden langs de tafels en brachten een bod uit op de items tijdens de stille veiling.

Het was echt een gezellige bijeenkomst, en dat zei ik niet zomaar, want ik organiseerde dit soort dingen doorlopend. Ik kwam Theresa tegen, en we praatten even met elkaar omdat ze me vaak bij hem op kantoor zag. Het leek er niet op dat ze wist dat Deacon me al meermaals op het bureau had geneukt, omdat ze zich niet anders gedroeg tegenover mij.

Toen ik me omdraaide om naar hem terug te keren, zag ik hem praten met een mooie blondine in een strakke zwarte jurk, met haar lange haren in mooie krullen gedaan. Ze was lang, groter dan ik, en op haar hoge hakken was ze maar een paar centimeter kleiner dan hem. Met haar lichte huid, lichtgekleurde ogen en dikke wimpers zag ze er prachtig uit.

Deacon stond met haar te praten, met zijn handen in zijn zakken, en hij zag eruit alsof hij op zijn gemak was, alsof hij haar goed kende.

Ik had geen idee wie ze was.

Ik had geen enkele reden om jaloers of onzeker te zijn, maar deze blonde seksbom, met haar grote voorgevel en geweldige kont, zien praten met mijn man ... was een beetje beangstigend. Misschien begeleidde ze iemand van de gasten en probeerde ze hem nu te versieren, zoals veel vrouwen vaak deden, maar daar duurde het gesprek eigenlijk te lang voor.

Ik liep naar hen toe terwijl ik me plotseling onzeker voelde en het tegelijkertijd warm en koud had. Toen ik hen bereikte, hoorde ik haar voor mij volstrekte onbegrijpelijke woorden uitspreken.

"De coëfficiënt is niet juist. Ik ben waarschijnlijk wel degelijk op zoek naar het juiste ding, maar gebruik een verkeerde aanpak. Toen ik mijn monsters uit de kweekkamer pakte, had ik een hoger getal verwacht ... " Ze hield op met praten toen ze mij opmerkte en glimlachte breed naar me, alsof ze een aardig iemand was. "Hallo, ik ben Dr. Hawthorne."

Was *dit* Dr. Hawthorne?

Ik gaf het biertje aan Deacon en laste even een pauze in omdat ik niet wist wat ik moest doen. "Euhm, hoi."

Deacon keek even naar me en pakte toen het glas bier aan.

Ze stak haar hand uit en haar glimlach vervaagde langzaam terwijl ze wachtte tot ik haar zou begroeten.

Deacon fronste een wenkbrauw en had geen idee waarom ik zo raar deed.

De onlangs aangeworven onderzoeker was een meter tachtig lang en zou zo als fotomodel voor het blad *Sports Illustrated* kunnen poseren. Ze was gewoonweg prachtig, mooi en super-slim? Was hij me verdomme voor de gek aan het houden?

Deacon kwam tussenbeide toen ik bleef zwijgen. "Dit is mijn assistent, Cleo.

Ik schaamde me bij het horen van mijn titel die sterk afstak naast de hare. "Het is leuk om u te ontmoeten, Dr. Hawthorne." Ik had mezelf eindelijk weer onder controle en schudde haar de hand.

Ze had een stevige greep. "U ook." Toen wendde ze zich weer tot Deacon en praatte verder, alsof ik niet bestond.

Ze zat naast hem aan tafel tijdens het eten — wat me irriteerde.

Al zijn andere collega's hadden hun echtgenoten meegenomen. Zij was de enige zonder date.

Dat baarde me zorgen. Vooral omdat ze met zo'n uiterlijk makkelijk iemand had kunnen meenemen.

Ze praatte hem de oren van het hoofd, maakte indruk op hem met haar wetenschappelijk taalgebruik, praatte over haar werk en zijn werk — en maakte hem zelfs aan het lachen.

Mijn maag trok samen.

Ik zat daar maar te zitten en zei dertig minuten lang geen woord — in stilte lijdend. Ik at nauwelijks wat, raakte mijn wijn niet aan en had nauwelijks aandacht voor de stille veiling toen de winnaars werden afgeroepen.

Deacon sprak nauwelijks twee woorden met me.

Misschien was ze gewoon een vriendelijk persoon, maar geen van Deacons andere collega's sprak zo veel met hem. Ze kende misschien nog niemand anders, aangezien ze pas onlangs een collega was geworden. Maar ze was te veel met hem bezig, om dat puur professioneel te laten lijken.

Toen het diner en de veiling voorbij waren, verontschuldigde de Britse teef zich om naar het toilet te gaan.

Deacon wendde zich eindelijk weer tot mij en deed alsof er niets mis was. "We hebben meer geld ingezameld dan vorig jaar."

"Wat geweldig ... " Ik kon niet eens doen alsof alles normaal was, kon niet doen alsof ik in orde was. Het was de eerste keer tijdens onze relatie dat ik me onzeker voelde en me bedreigd voelde door iemand anders. Ik was maar een gewone vrouw met een gemiddelde intelligentie. Ik was niet eens zo mooi. Zij had het allemaal — het hele pakket, verdomme. En ik wist dat ze Deacon wilde. Hoe kon het ook anders? Hoe kon een vrouw hem niet willen? Ze dachten op hetzelfde intellectuele niveau, waren even oud en allebei even aantrekkelijk ...

Deacon keek een tijdje naar me, alsof hij de stress op mijn hele gezicht kon aflezen. "Is er iets mis?"

"Ik ben in orde." Ik gooide de woorden eruit, omdat ik er niet over wilde praten, en al zeker niet in het openbaar.

Hij bleef naar mijn gezicht kijken. "Waarom lieg je tegen me?" Hij vroeg het rechtuit, alsof hij oprecht eerder verward dan geërgerd was.

Ik zuchtte. "We hebben het er later wel over."

"Ben je ziek?"

"Nee."

Zijn blik bleef op mijn gezicht gericht en hij bestudeerde me, alsof ik een studieobject was. Zijn hand ging onder de tafel naar de mijne.

Ik trok mijn hand weg, ook al had ik geen idee waarom. Ik gedroeg me emotioneel en irrationeel, wat ik normaal gesproken helemaal niet was. Het was gênant, en mijn onredelijke gedrag maakte me alleen maar nog meer overstuur. Het was alsof ik mijn eigen graf aan het delven was en mezelf dichter bij de dood bracht.

Hij probeerde het niet opnieuw, maar kneep deze keer zijn ogen nog iets verder dicht — alsof hij me niet herkende. "Ik begrijp niet wat hier gebeurt." Hij was in de war, was zich totaal niet bewust van de situatie, en het was niet zijn schuld. Hij droeg hier geen schuld aan en had waarschijnlijk geen idee wat het probleem was, omdat hij haar niet op die manier zag.

Maar ik was nog steeds van streek. Ik kon het niet van me afschudden. Ik ging doorlopend om met miljardairs en beroemdheden, en ik was nog nooit geïntimideerd geweest — niet één keer. Maar nu was ik een emotioneel wrak. Ik was zo overstuur dat ik wilde huilen ... wat belachelijk was.

Dr. Hawthorne kwam terug naar de tafel, met weer een glas wijn in haar hand. "Ik heb het gevoel dat ik alleen maar over het werk praat, maar het is leuk om omringd te worden door de knapste koppen op dit gebied. Het is echt een eer. Maar wat doe je eigenlijk voor je plezier?"

Deacon keek haar aan en staarde haar een paar seconden in stilte aan.

Ze was geduldig, alsof zijn aanhoudend zwijgen normaal was en zij die net zo goed begreep als ik.

Toen draaide hij zich weer naar mij toe en deed hetzelfde, staarde me een paar seconden lang aan, alsof de puzzelstukjes in elkaar vielen. Ik zag in zijn ogen dat hij eindelijk in de gaten had wat er aan de hand was, bijna met een hoorbare klik, alsof hij de laatste draai aan een Rubik kubus had gegeven en de puzzel uiteindelijk had voltooid. Hij wendde zich weer tot haar. "Ik heb een chalet in Connecticut. Ik breng daar veel tijd door met mijn zoon ... en mijn vriendin."

Ik verstijfde bij het horen van zijn woorden, ontroerd omdat hij had kunnen achterhalen wat mijn gevoelens waren zonder mij ernaar te vragen, blij dat hij er iets aan had gedaan van zodra hij besefte wat er aan de hand was. Hij draaide zich niet naar mij om, en gaf niet aan dat ik de vrouw was waarnaar hij zonet had verwezen, omdat ik die informatie niet publiekelijk wilde maken, maar hij erkende mijn bestaan ... als was ik een fictief persoon.

"Oh", antwoordde ze, oprecht verrast en merkbaar teleurgesteld. "Ik wist niet dat je een vriendin had ... "

"Ja", antwoordde Deacon. "En ik ben dolverliefd op haar."

Deacon zei de rest van de avond geen woord meer tegen me.

Binnen in mij was een vulkaan van emoties uitgebarsten, een mengsel van verlegenheid, opluchting en ... het grootste geluk dat ik ooit in mijn hele leven had gevoeld. Mijn ogen werden er vochtig door, maar ik moest de tranen verdringen en doen alsof zijn woorden me niets deden ... dat het niet heel veel voor me betekende.

Ik bleef de woorden in mijn hoofd herhalen en ze klonken elke keer mooier.

Mijn hart wilde ontploffen van geluk.

We waren zowat de laatsten die vertrokken, omdat Deacon maar bleef praten, de gasten bedankte om te bieden op de veiling en hen tenslotte een goede nacht toewenste. Dr. Hawthorne was niet lang meer blijven rondhangen, nadat Deacon haar zijn gevoelens voor een ander had opgebiecht.

Ik had dus gelijk gehad wat haar betrof.

Nadat hij zijn laatste gesprek met een collega had afgerond, voegde hij zich bij mij en stonden we alleen in de balzaal die er nu niet meer zo mooi uitzag als bij aanvang van de avond. De tafels stonden vol met lege glazen en borden, terwijl glitter en servetten op de vloer lagen. Veel bloemstukken waren verdwenen omdat mensen ze mee naar huis hadden genomen zodat ze niet in de afvalcontainer zouden belanden.

Bijna iedereen was naar huis, maar Deacon stond daar met zijn handen in zijn zakken, alsof ik er helemaal niet was.

Ik wist dat hij boos op me was. Ik kon het voelen. "Deacon — "

"*Jij* bent degene die wilde dat ik over ons loog." Hij draaide zich naar mij toe, met een vijandige blik in zijn donkere ogen, die er nu uitzagen als sudderende kolen. "*Jij* bent degene die wilde dat ik je zou voorstellen als mijn assistent. Als het aan mij lag, zou ik je in het bijzijn van al deze mensen in je kont knijpen en er geen reet om geven. Ik zou hen vertellen over onze uitstapjes naar het meer, de liefde die je voor mijn voelt en wat we samen allemaal uitspoken." Hij verhief zijn stem niet, maar sprak op zijn rustige, normale toon. "Ik wilde je niet op die manier vertellen wat ik voor je voel, Cleo."

Ik hiel mijn handtas steviger vast en voelde hoe mijn ogen een beetje vochtig werden, niet door zijn woede, maar omdat hij dat echt voor me voelde. "Hoe lang voel je dat al?"

Zijn ogen waren nog steeds kil "Ik weet het verdomme niet. Sinds vanavond. Sinds de avond dat ik naar je appartement ben gegaan en je vroeg de mijne te zijn. Vanaf het moment dat je Derek naar mij toe bracht. Vanaf het moment dat mijn zoon je vertelde dat hij van je houdt. Ik heb geen romantisch antwoord en het is niet alsof er iets specifieks was wat je deed of zei, of het een of andere groots moment. Ik voel het ... en ik weet gewoon dat het zo is."

Ik kon de tranen niet meer tegenhouden. Ze welden op in mijn ogen en begonnen over mijn wangen te rollen. "Ik ben zo verdomd verliefd op je, Deacon." Het was een loutering om eindelijk die woorden te kunnen uitspreken. "En het was romantisch, het perfecte grootse moment waar ik nooit iets aan zou willen veranderen."

Zijn kille blik ebde weg, werd langzaam zachter terwijl hij meer tranen over mijn wangen zag rollen. Het was de eerste keer dat hij me die woorden had horen zeggen, maar hij leek niet verbaasd, en het was alsof hij al wist wat ik voor hem voelde.

"Ik wil de rest van mijn leven met jou doorbrengen. Ik wil jouw baby's baren. Ik wil ... alles met jou doen." Ik legde al mijn kaarten op tafel, omdat ik mezelf al genoeg belachelijk had gemaakt. Nu had ik niets meer te verliezen, niets meer te verbergen. En het was zo'n opluchting om hem recht in zijn ogen te kunnen kijken en gewoon eerlijk te zijn, om het hart op de tong te kunnen dragen en me helemaal aan hem te kunnen geven.

Hij staarde me geëmotioneerd aan, rustig en bewegingloos, alsof hij tijd nodig had om dit monumentale moment te verwerken, om alles wat ik hem net opgebiecht een plekje te geven. Terwijl ik bleef huilen, keek hij naar me, met zijn handen nog steeds in zijn zakken. Toen stapte hij dichter naar me toe, legde zijn handen op mijn wangen en veegde met zijn duimen mijn tranen weg. "Ik wil dat ook allemaal, schat."

Ik greep zijn polsen vast. "Wil je dat echt?"

"Niet nu meteen. Maar ooit."

Ik sloot mijn ogen, waardoor er nog meer tranen vloeiden.

Hij trok me dicht tegen zich aan en kuste de tranen weg met zijn zachte en tedere lippen. "Wil je kinderen? Ik zal je kinderen geven. Wil je voor altijd in mijn appartement of in het chalet aan het meer gaan wonen, dan wil ik dat ook. Ik wil gewoon bij je zijn."

"Deacon ... " Er welden meer tranen op.

Hij veegde ze weg en negeerde de nog enkele achtergebleven gasten in de balzaal. "Ik kan alleen niet begrijpen waarom je je zo voelde bij haar. Ze is mijn collega, iemand die ik respecteer en bewonder. Hoe kon je denken dat ik haar aan het versieren was? En vooral dat ik dat recht voor je neus zou doen."

"Dat dacht ik helemaal niet."

"Leg het me dan uit. Want ik ben nog steeds behoorlijk gestoord over het feit dat je me blijkbaar niet vertrouwt."

"Het is niet dat wat ik dacht ... "

Hij liet zijn handen zakken en zette een stap achteruit. "Wat is het dan wel, Cleo?"

"Gewoon ... Het is duidelijk dat ze in je geïnteresseerd is."

"Ik denk nochtans van niet, maar wat maakt het uit?", sneerde hij. "Jij bent zelfs uitgegaan met mijn broer, en ik ben niet jaloers."

"En ze is heel mooi — "

"Totaal niet." Hij kneep zijn ogen half dicht. "Ze kan totaal niet aan jou tippen."

Ik wendde mijn blik af en voelde me heel dom met mijn blozende wangen en mijn opzwollen ogen.

"Ik kijk niet op die manier naar haar. Ja, ze is aantrekkelijk, maar ik denk er niet over om haar kont te neuken, zoals ik met jou doe."

"Het is niet zozeer dat ze mooi is — "

"Wat dan wel, Cleo?" vroeg hij. "Wat?"

"Ze kan met je praten op een manier zoals ik dat niet kan."

Nu leek hij verward te zijn.

"Ze is een arts en onderzoeker; ze is briljant ... Ze is net als jij. Ik ben alleen maar een assistent."

Hij staarde me aan, zijn ogen wijd opengesperd van verbazing.

"Zij kan met je praten over dingen waarvan ik niet eens de basiskennis van snap. Jullie hebben dezelfde passie. Ik denk dat ik me alleen maar ... echt onzeker voelde. En om het plaatje compleet te maken heeft ze waanzinnig mooie tieten en een lekkere kont — "

"Cleo." Hij sprak zonder zijn stem te verheffen en stelde me gerust met zijn kalmte.

Ik stopte met praten.

"Ik ben nu in de dertig. Ik ben getrouwd geweest. En jij bent de enige vrouw van wie ik ooit heb gehouden. Hoe komt dat?"

Ik kon alleen maar ademhalen.

"Het is niet vanwege wat je doet. Het komt door wie je bent." Hij legde zijn vlakke hand op mijn borst, recht boven mijn hart en keek me pal in de ogen. "En ik geloof echt dat er op deze planeet niemand anders is van wie ik ooit zo zou kunnen houden. Jij bent het, Cleo. Alleen jij." Hij liet zijn hand zakken. "Waarom zou ik iemand willen die op mij lijkt? Ik wil iemand die me beter maakt — iemand die een beter mens van me maakt, een betere vader, een betere vriend. Ik wil iemand die me minder aan mijn werk doet denken, die me laat zien hoe ik maximaal kan genieten van het leven... hoe ik gelukkig kan zijn."

Het was zoiets moois om te zeggen.

"Ik gebruik dat woord niet lichtzinnig. De enige andere persoon waar ik van hou, is mijn zoon, en dat is de sterkste emotie die ik al ooit heb gevoeld. Ik hou van jou ... net zoveel als ik van hem hou. En dus wil ik dat je nooit meer aan me twijfelt. Ik wil dat je nooit twijfelt aan mijn integriteit, aan mijn trouw, aan mijn loyaliteit ... omdat ik die voor niets ter wereld zou kunnen opgeven. En verwacht niet dat ik Kathleen ontsla, want ik zal haar baan niet opzeggen omdat haar enige misdaad haar aantrekkelijkheid is. Dat is een belediging voor haar briljante geest en haar bijdrage aan de wereld en ons onderzoek, en het is ook door en door seksistisch."

"Ik zou nooit — "

"Zelfs als ze me zou proberen te versieren, zou ik haar niet kunnen ontslaan. Dus, of je vertrouwt me of je doet dat niet. Zo simpel is het."

"Natuurlijk vertrouw ik je." Ik veegde mijn tranen weg en keek hem recht aan, ook al was ik in emotioneel opzicht nog steeds een puinhoop. "Ik ... ik denk dat ik gewoon geïntimideerd door haar was."

"Daar heb je geen reden toe."

"Maar toen ze dacht dat ik je assistente was, was ze — "

"Dat is jouw schuld. Niet de hare. Je had de gasten gerust kunnen vertellen dat we een stel zijn, maar jij koos er zelf voor om dat niet te doen. Je weet dat ik dat nooit heb gewild. Ik ben het eerlijk gezegd zat om me anders voor te doen. Ik ben geduldig gebleven, omdat ik weet hoe belangrijk je werk voor je is, maar ik heb er eerlijk gezegd een hekel aan. Het is de eerste keer dat ik verliefd ben op een vrouw ... en dan moet het een vies geheim blijven."

"Dat is niet voor eeuwig — "

"Ik begrijp dat, Cleo. Maar word niet boos op haar omdat ze achter een man aangaat die ze wil — als je haar niet vertelt dat ik van jou ben."

Deacon was nog steeds in een slechte bui.

Zijn negatieve energie was voelbaar in de auto en verpeste zelfs de lucht die via het AC-systeem werd gerecycleerd. Hij was niet meer zo woedend als daarnet, maar hij was ook niet echt blij.

Ik wachtte tot hij de chauffeur zou zeggen dat hij me mee naar huis moest brengen.

Maar dat deed hij niet.

Gelukkig.

We stopten voor het gebouw en stapten daarna de lift in.

Ik zou dat normaal hebben geweigerd uit schrik om gezien te worden nu ik net voor middernacht samen met hem naar zijn appartement ging. Maar Deacon ergerde zich aan me, en het leek me onverstandig om het nu ter sprake te brengen.

We liepen de gang door en hij ontgrendelde de deur.

Ik ontspande van zodra we alleen waren. Niemand kwam zo laat zomaar op bezoek, en er was gelukkig niemand in de lift geweest toen we instapten. Ik kende elke klant bij naam en van gezicht, zodat zij mij meteen zouden herkennen.

Deacon gooide zijn sleutels en portefeuille op de tafel en liep de gang in, terwijl hij zijn jasje van zijn armen liet glijden.

Ik volgde hem, niet zeker van wat ik moest doen. Hij zou niet willen dat ik op dit late uur alleen naar huis zou gaan, dus wilde hij blijkbaar dat ik de nacht met hem zou doorbrengen. Mijn hoge hakken tikten rustig tegen de hardhouten vloer terwijl ik naar zijn slaapkamer liep.

Hij had de onderdelen van zijn pak al in de wasmand voor de te stomen kleren gegooid. Hij had zijn nette schoenen uitgedaan en ze op de plank in zijn kast gezet. Nu had hij alleen nog maar zijn boxershort aan. Hij was gespierd en sterk, en zijn huid was een tint donkerder na ons weekend aan het strand.

Hij liep zwijgend de badkamer in en maakte zich klaar om naar bed te gaan.

Ik zette mijn handtas op het nachtkastje en deed mijn hoge hakken uit. In plaats van ze netjes op te bergen zoals hij met zijn schoenen had gedaan, schopte ik ze opzij. De rits van mijn jurk zat aan de zijkant, dus maakte ik die zelf open en liet de rode jurk op de vloer glijden.

Ik moest denken aan die keer dat een vrouw haar rode slipje had achtergelaten.

Ik hield mijn slipje aan omdat ik geen verwachtingen wilde wekken. Ik gleed in bed en deed mijn ogen dicht.

Deacon kwam even later uit de badkamer en deed het licht uit zodat de slaapkamer in het donker baadde. Hij kroop aan zijn kant van het bed onder de lakens en lag daar gewoon, op zijn rug, met zijn ogen geopend naar het plafond te staren.

Ik wist niet wat ik moest zeggen. Ik wist niet hoe ik dit kon goedmaken.

Hij draaide zich om en keek me aan.

Ik fluisterde in de duisternis. "Het spijt me ... "

Hij staarde naar me met bruine ogen die ondoordringbaar waren.

Mijn hand gleed over het niemandsland tussen ons in en ik raakte zijn onderarm aan, hem lichtjes aaiend met mijn vingers.

"Misschien was ik onzeker door mijn verleden ... voor even. Mijn man heeft me verlaten voor een betere vrouw. Ik was bang dat jij hetzelfde zou doen."

Zijn blik was nog steeds zo hard als beton. "Ik heb dezelfde fout met jou gemaakt. Ik nam aan dat jij net als Valerie zou zijn, en dat was verkeerd. Dus nu staan we quitte. Laat het gewoon niet nog eens gebeuren."

"Oké."

"Want ik zou nooit tegen je liegen, je bedriegen en je verlaten voor een andere vrouw."

"Nooit is een groot woord, Deacon."

"En ik kan dat zeggen. Omdat ik van je hou. Echt van je hou."

Ik vond het heerlijk om hem dat te horen zeggen. Ik voelde me als het ware onoverwinnelijk, alsof niets me ooit nog zou kunnen kwetsen. Ik wikkelde mijn vingers om zijn pols, omdat ik hem wilde vasthouden, ook al was het maar een stukje van hem. Hij maakte mijn leven compleet en gaf me het gevoel dat ik de zonsondergang tegemoet kon rijden om te ontsnappen aan de alledaagse sleur, en nooit meer omkijken. Ik had het gevoel dat ik de grootste loterij ooit had gewonnen en dat ik me nooit meer zorgen over iets hoefde te maken. "Ik hou ook van jou, Deacon ... heel veel." Ik hield al van hem, lang voordat hij van mij was beginnen te houden. Ik hield toen al zo onbaatzuchtig veel van hem dat ik niet had gedacht dat ik in staat zou zijn om zo geduldig te zijn. Maar ik had op hem gewacht ... omdat ik wist dat hij de ware was.

Toen ik die woorden had uitgesproken, werd zijn blik een beetje zachter, alsof hij de diepte van mijn oprechtheid kon peilen terwijl ik sprak vanuit mijn hart. "We horen nu goedmaakseks te hebben, toch?"

Ik glimlachte bij zoveel naïviteit. "Ja."

"Maar ik vrij liever gewoon met je."

Ik schoof dichter naar hem toe op het bed, sloeg mijn arm om zijn nek en legde mijn vlakke hand onder zijn achterhoofd. Ik krulde mijn vingers om zijn nek, ging met mijn mond naar de zijne en kuste hem. Ik bedreef met mijn mond de liefde met de zijne.

Het was een andere kus dan gewoonlijk. Nu al onze kaarten op tafel lagen, was die kwetsbaarder en rauwer. Ik pauzeerde en ademde in zijn mond, had een moment nodig om de hitte en de intensiteit van zijn emoties in me op te nemen.

Hij greep de achterkant van mijn string vast, trok die naar beneden en stak toen zijn andere hand in mijn haar, zodat hij de lokken bij elkaar kon houden tussen zijn vingertoppen en me stevig kon vastpinnen.

Ik trok zijn boxershort omlaag over zijn heupen en kont en duwde die toen naar beneden met mijn voet.

Toen onze geslachtsdelen vrij waren, kroop hij boven op me, duwde ongeduldig mijn dijen uit elkaar met de zijne en drukte me met zijn gewicht diep in de matras toen hij zijn positie innam boven op mij. Na zijn heupen een beetje te hebben gekanteld, vond zijn eikel mijn ingang en zonk hij snel naar binnen, terwijl de nattigheid tussen mijn benen alle wrijving tussen ons lichaam wegnam. Ik was emotioneel en droog geweest, maar van zodra hij me had verteld dat hij van me hield, was mijn lichaam veranderd. Ik wilde zijn lul zo snel mogelijk nemen, hem in me voelen, hem laten zien dat ik hetzelfde voelde — een miljoen keer.

Hij kreunde terwijl hij me pal aankeek en zijn hele staaf in mij begroef. Hij had zeker in de gaten hoe buitengewoon nat ik was, al zeker gezien er bijna geen voorspel was geweest. Mijn schede was nat door de liefde in mijn hart.

Hij stootte langzaam in me terwijl hij nog steeds mijn haar stevig vasthield, en naar beneden keek, alsof ik op dat moment de enige persoon ter wereld was die ertoe deed. Dr. Hawthorne's ongelooflijke lichaam was hem niet opgevallen, omdat hij alleen maar oog had voor het mijne. Alle andere vrouwen waren voor hem gewoon willekeurige gezichten en lichamen, maar het mijne stak uit boven de rest.

Hij ademde diep in mijn mond, omdat zijn longen meer lucht nodig hadden hoe langer hij bewoog, hoe harder hij werkte om zijn lul helemaal in me te stoten en hem er daarna weer uit te trekken. Toen we voor het eerst hadden gevreeën, had hij niet eens gevraagd of ik op anticonceptie gebruikte. Hij had me volledig vertrouwd en had aangenomen dat ik het hem anders wel had verteld. Hij had ingezien dat hij een fout had gemaakt door me af te wijzen en had dat goedgemaakt door een andere man te worden, zoals hij had beloofd. Zelfs toen ik hem had verteld dat ik kinderen van hem wilde, was hij niet vertrokken, wat veel andere mannen wel zouden hebben gedaan.

Nu wist ik waarom.

Ik sloeg mijn armen om zijn schouder, en stootte met mijn heupen met hem mee. Ik hield mijn enkels gekruist achter zijn onderrug en mijn tepels sleepten tegen zijn borst terwijl hij bewoog. Ik dacht niet eens aan klaarkomen. Ik wilde gewoon met hem verenigd zijn, wilde dat hij op die speciale manier naar me zou kijken in de wetenschap dat elke vrouw die hem wilde hem toch niet kon krijgen ... omdat hij van mij was. "Ik hou van je." Ik had het nog maar een paar minuten geleden gezegd, maar dat kon me niets schelen. Ik kon eindelijk de woorden zeggen die opgesloten hadden gezeten in mijn hart. Ik kon alles zeggen wat ik wilde, zonder angstig te hoeven zijn of me te moeten schamen. Het was het tegenovergestelde van vunzige praat, maar het maakte me geiler dan eender welk sexy woord. Ik was zo door en door verliefd op deze man, dat het voor mij uitermate opwindend was om die woorden te fluisteren in de duisternis terwijl ik hem recht aankeek.

En nog meer om het hem terug te horen zeggen. "Ik hou van je, schat." Hij kuste me en zijn stoten waren diep en langzaam. Zijn pik werd iets stijver toen hij het zei, alsof het hem ook opwond.

"Ik wil je vrouw zijn ... de moeder van je kinderen ... ik wil samen met jou oud worden." Ik kon me ons samen voorstellen, aan het meer, met onze kinderen die al op eigen benen stonden en het huis uit waren, maar we hadden elkaar en het stille gekabbel van het water. Zijn donkere haar zou langzaam grijs worden, en rimpels zouden zich vormen in de hoeken van zijn ogen, maar hij zou voor mij nog steeds de knapste man ter wereld zijn. We zouden nog steeds met elkaar vrijen, en ons gekreun zou zich vermengen met de geluiden van de krekels. En uiteindelijk zouden we sterven, maar onze knappe zonen en mooie dochters zouden onze nalatenschap voortzetten. "Jij bent voor mij de ware ... " Mijn eerste huwelijk was simpelweg een grote fout geweest. Ik had gedacht dat hij van me hield, maar echte liefde vervaagde niet zo gemakkelijk als de zijne. Deacons gevoelens waren dieper. Hij zei niets tenzij hij het echt meende en dacht na over elk klein detail om te bepalen of het waar was. Ik had op hem moeten wachten, maar hij was de man die altijd aan mijn zijde zou blijven staan, ongeacht wat er gebeurde.

Hij pauzeerde terwijl hij diep in mijn ogen keek, met zijn staaf in mij begraven. "Jij bent de enige vrouw van wie ik ooit zal houden."

DEACON

Toen ik de volgende ochtend wakker werd, was het al negen uur.

Ik had niet meer zo laat uitgeslapen sinds ... ik kon me niet eens meer herinneren wanneer.

Cleo lag boven op me, met haar hoofd op mijn schouder en mijn arm om haar lichaam heen geslagen. Ze had haar make-up niet afgewassen, dus waren haar eyeliner en mascara overal uitgesmeerd op de lakens en kussens.

Ze was nog steeds mooi.

Ik kuste haar op het voorhoofd, gleed toen uit bed, deed mijn joggingbroek aan en liep naar de andere kant van het appartement. Ik zette koffie in de keuken en ging daarna aan de eettafel zitten. Op mijn telefoon stonden veel sms-berichten van mensen die gisteren het liefdadigheidsdiner hadden bijgewoond en me wilden laten weten dat ze een geweldige tijd hadden gehad. Ik had ook e-mails ontvangen, dus bleef ik aan de eettafel zitten met mijn laptop voor me, en beantwoordde ze allemaal. Ik was niet sterk in sociale interacties, maar het viel me niet zo moeilijk omdat ik bijna alle gasten kende. De mensen met wie ik werkte en mijn sponsors wisten precies hoe ik in elkaar zat.

Cleo kwam bijna een uur later door de gang geslenterd, gekleed in een van mijn T-shirts die ze uit de la had gepakt. Het reikte tot aan haar knieën en hing los rond haar bovenlichaam, maar haar lange en licht gespierde benen compenseerden voor de veel te grote maat.

Ze had haar make-up van haar gezicht gewassen en nieuwe aangebracht, ook al deed ze 's ochtends meestal niet meteen make-up op. Ze legde haar handen op mijn schouders, ging achter me staan en masseerde mijn schouderspieren. "Goedemorgen."

Ik leunde met mijn hoofd achterover, zodat ik haar kon aankijken. "Goedemorgen, schat."

Ze leunde voorover, gaf me een zoen op de lippen en liep toen de keuken in.

Ik keek haar na terwijl ze wegliep en genoot ervan dat ik haar 's morgens in mijn appartement kon gadeslaan. Het natuurlijke licht viel door de ramen naar binnen en verlichtte haar prachtige huid zo mooi dat het leek alsof ze verdomme een engel was.

"Ik ga het ontbijt klaarmaken. Is dat goed?"

"Ja."

"Nou, ik ga wafels en aardappelkoekjes maken."

Dat was onze nieuwe routine in het weekend — ongezond eten. Ik ontbeet gewoonlijk zelfs niet eens, maar ik omzeilde tegenwoordig wat vaker de regels, afhankelijk van hoeveel ze bleef overnachten. Ik dacht niet dat het veel kwaad zou kunnen om mijn vaste dieet twee keer per week te doorbreken. "Goed."

"Met een hele hoop siroop ... "

"Schenk die van mij maar naast de wafels op het bord."

Ik hoorde pannen in de keuken terwijl ze aan het werk ging.

Ik concentreerde me weer op mijn laptop.

Een paar minuten later kwam ze de keuken uit en zette ze mijn bord voor me neer, alsook haar mok. Toen haalde ze twee borden voor zichzelf. Het ene liep over van de siroop, dus had ze haar aardappelkoekjes op een apart bord gelegd. Ze viel onbeschroomd haar ontbijt aan en propte grote stukken in haar mond.

Ik glimlachte lichtjes en ging toen weer aan het werk.

Ze nipte van haar koffie en ik hoorde haar meermaals bijten in de knapperige aardappelkoekjes. "Het was leuk om je te zien omgaan met mensen en daar ook echt van te genieten. Dat heb ik je nog nooit eerder zien doen."

"Nou, ik zie die mensen doorlopend, en ze zijn net zoals ik."

"Ja. Dat is geweldig. Ik vind het leuk om je zo ontspannen te zien."

Alleen niet met Kathleen.

"En je hebt veel geld ingezameld."

"Ik heb niet echt iets gedaan. Dat deed het bedrijf."

"Waar jij de eigenaar van bent en dat jij runt ... "

"Maar de verkopers hebben de prijzen gratis aangeboden, en andere mensen hebben daarvoor betaald."

"Waarom vind je het zo moeilijk om een compliment te accepteren?", vroeg ze met een stil gegrinnik.

Ik haalde mijn schouders op. "Ik heb gewoon niet het gevoel dat ik de enige ben die de verdienste op zich mag nemen."

Ze glimlachte en keek daarna in haar mok met koffie. "Dat vind ik zo tof aan jou. Je bent niet zelfingenomen ... in tegenstelling tot de meeste mensen."

"Ik dacht dat je andere dingen aan mij tof vond?", zei ik plagend. "Zoals mijn pik ... als ik het me goed herinner."

Ze bloosde. "Nee, dat is een deel van je waar ik van *hou*. Dat is anders."

Ik grinnikte en richtte me weer op mijn laptop. Onze relatie voelde weer normaal na onze emotionele uitbarsting van gisterenavond. Toen ik Kathleen had verteld dat ik van Cleo hield, had ik daar nog niet echt over nagedacht. Ik wilde dat Cleo zou weten wat ik voor haar voelde, omdat het blijkbaar niet duidelijk genoeg was. Ik had een strandhuis gekocht zodat we samen een schuilplaats zouden hebben. Ik zou verhuizen zodat zij haar baan zou kunnen behouden. Ik bracht elk mogelijk offer, zodat we samen zouden kunnen zijn.

Maar ze had al zoveel voor me gedaan en de offers die ik bracht, waren niets vergeleken met de hare.

"Weet je wat fijn zou zijn?"

Ik draaide me weer naar haar.

"Als we oud en moe zijn van het werken, kunnen we met pensioen gaan en in het chalet gaan wonen." Ze staarde een tijdje naar haar mok met koffie voordat ze haar kin ophief en mijn blik ontmoette.

Als haar fantasie inhield dat we tientallen jaren getrouwd zouden zijn, wist ik niet zeker waarom ze dan zou blijven werken. Ze zou nooit meer iemand hoeven te bedienen. "Zou je dat fijn vinden?"

"Ik denk het wel."

"We zouden overal heen kunnen gaan. We zouden zelfs een villa in Toscane kunnen hebben."

"En ik weet zeker dat we ooit met vakantie naar daar zullen gaan. Maar het chalet is mooi."

Het was de plek waar we verliefd op elkaar waren geworden. "We hebben nog tijd om te beslissen."

"Inderdaad."

Ik vond het enigszins belachelijk dat we het over de toekomst hadden, terwijl niemand zelfs maar wist dat we samen waren. We waren weliswaar verliefd, maar de meeste mensen hadden geen idee dat we zo'n diepe relatie hadden. "Maar ik zal altijd blijven werken. Dat zal nooit veranderen."

"Ik weet het niet. Als je ouder wordt, zal je het misschien rustiger aan willen doen."

"Mijn brein zal het nooit rustiger aan doen."

Ze haalde haar schouders op. "Je neemt nu toch ook weekenden vrij. Je brengt het hele weekend met mij door en kijkt nauwelijks op je telefoon. Je ging bijvoorbeeld zonder daarover te twijfelen een dag niet naar kantoor, zodat je met Derek naar die schoolvergadering kon gaan. Je bent niet meer dezelfde workaholic als vroeger, en volgens mij is dat een goede zaak."

Ze had gelijk ... en ik was er een stuk gelukkiger door.

Ze nipte van haar koffie en keek uit het raam.

Ik keek een tijdje naar haar en zag hoe het natuurlijke licht op haar gezicht viel en haar prachtige teint en fantastisch blauwe ogen benadrukte. "Schat?"

Ze keerde zich weer naar mij toe.

"Ik wil dat je een appartement voor me vindt."

Haar vrolijke stemming vervaagde langzaam na het horen van mijn verzoek, en haar ogen werden een beetje minder helder.

Ik kon dit niet meer. Ik kon deze mooie ochtenden niet blijven hebben wanneer die zo kort waren.

Ik kon niet weer naar een diner gaan en haar voorstellen als een onbeduidend iemand. Ik was het zat om mijn ex-vrouw te zien en tegen haar te moeten liegen over Cleo. "Mijn geduld is op."

"Ik weet het."

"Dan moet je er werk van maken. Ik wil binnen twee weken verhuizen."

Ze knikte. "Goed."

"En de woning hoeft niet perfect te zijn. Zolang ik hier maar weg ben."

Ik droeg een pak omdat ik hierna onmiddellijk naar mijn werk zou vertrekken. Ik ging naar Valeries woning en klopte aan.

Ze opende de deur meteen en was gekleed in een strakke jeans. Ze droeg hoge hakken en had een felgekleurde blouse aan.

Haar haren waren gedaan alsof ze naar een fotoshoot ging in plaats van haar zoon naar school te brengen. "Derek, ben je klaar?" Ze riep het appartement in.

Er kwam geen reactie.

Valerie draaide zich weer naar mij en zuchtte. "Hij is een beetje nerveus."

"Echt waar? Hij leek een paar dagen geleden nog opgewonden."

Ze haalde haar schouders op. "Misschien is hij niet meer zo zelfverzekerd nu het moment aangebroken is." Ze liep weer de woonkamer in. "Derek, kom nou. Je vader is hier."

Nog steeds geen reactie.

Ze zuchtte. "Als ik door hem te laat zal komen ... "

Ik liep onuitgenodigd haar woning in. "Mag ik met hem proberen te praten?"

Ze hief haar hand op en gebaarde naar de gang.

Ik vond zijn slaapkamer en trof hem zittend op zijn bed aan, met zijn benen over de rand bungelend. Hij had zijn rugzak om en was gekleed in zijn schooluniform: een marineblauwe broek met een overhemd onder zijn grijze vest. Hij schopte zoals gewoonlijk met zijn benen en hield zijn blik op de vloer gericht.

"Hoi, kleine man." Ik bleef in de deuropening staan, met mijn handen in mijn zakken.

Hij staarde naar zijn eigen benen. "Hoi, papa ... "

"Wil je niet naar school gaan?"

Hij haalde zijn schouders op.

"Ik dacht dat je ernaar uitkeek."

Hij negeerde me.

Ik liep zijn slaapkamer in en ging naast hem zitten, met mijn voeten rustend op de vloer, omdat ik een volwassen man was. Ik keek naar hem en gaf hem wat tijd om uit zichzelf met me te praten. Maar hij was niet geïnteresseerd in een gesprek. "Er is niets om bang voor te zijn."

"Jij en mam zullen er niet zijn ... "

"Nee. Maar we zullen je na school komen ophalen. We zullen er altijd voor je zijn."

"Zal jij er ook zijn?", vroeg hij hoopvol.

"Natuurlijk." Ik wilde niets van zijn eerste schooldag missen.

"Wil je met me meegaan?" Hij hief zijn kin op en keek me aan.

"Nou, ik ben al klaar met de kleuterschool."

"Ja, maar je kunt het opnieuw doen, samen met mij ", zei hij. "We doen altijd alles samen."

"Klopt. Maar als ik niet ga werken, zullen er mensen zijn die daardoor niet geholpen worden."

Hij sloeg zijn ogen neer.

"Je wilt toch dat ik de mensen beter maak?"

Hij knikte.

"Ik kan dus niet met je meegaan. En wat nog belangrijker is, als jij niet naar school gaat, zul je ook nooit mensen kunnen helpen. Je moet een opleiding krijgen. Op die manier ben ik zover gekomen."

"Ik weet nog niet wat ik wil worden als ik groot ben..."

"Nou, je hebt nog veel tijd om dat te ontdekken."

"Soms denk ik dat het cool zou zijn om astronaut te zijn ... of iets te doen dat met de ruimte te maken heeft."

"Dat is heel ambitieus. En dat zou je doen voor de mensheid. Maar zo'n baan vergt veel onderwijs en vooral veel intelligentie. Je zult dat nooit bereiken als je thuisblijft en in het weekend met mij naar het chalet gaat. Is het kwijtspelen van die kans niet enger dan naar school gaan?"

Hij haalde zijn schouders op. "Wat als niemand me aardig vindt? Wat als ik geen vrienden kan maken?"

"Iedereen zal je aardig vinden, Derek. En het is best oké om niet al te veel vrienden te hebben. Ik heb die ook niet." Ik wilde hem geen valse hoop geven dat hij het populairste kind van de klas zou zijn. Degenen met een hoger IQ hadden nogal vaak zwakkere sociale vaardigheden. "En je hebt altijd mij nog, en je moeder. Wij zullen altijd je vrienden blijven."

"Ja ... "

"Je moet het nu eenmaal doen, ook al heb je schrik. Dus kun je net zo goed dapper zijn." Ik wilde me niet zo sterk moeten houden. Ik wilde hem vasthouden en nooit meer loslaten. Maar het was mijn taak om hem sterk te maken, om hem een plaats in de wereld te laten nastreven, zonder bang te zijn. Hij besefte niet dat deze dag veel moeilijker was voor mij dan voor hem.

Hij knikte. "Goed, ik wil dapper zijn, net zoals jij."

Ik legde mijn hand op zijn schouder. "Waarom vind je mij dapper?"

"Omdat je mensen helpt ... ook al weet je dat ze misschien toch zullen sterven."

Ik zuchtte stilletjes terwijl ik naar hem keek, en verbaasde me er zoals altijd over dat Derek zoveel begreep en zo intuïtief was, dat zijn sociale intelligentie zo goed ontwikkeld was. Maar het was vooral zijn grote hart dat ontzag inboezemde. "Ja ... dat is eng."

Ik zat bij het raam aan de ene kant van de auto, terwijl Valerie bij het andere zat. Derek zat tussen ons in met zijn rugzak op schoot.

De chauffeur parkeerde de auto naast de stoeprand en opende het portier voor me.

Derek staarde naar de vloer en haalde diep adem.

Ik keek hem aan en legde een hand op zijn schouder.

Hij bleef naar de vloer kijken, alsof hij bang was om zijn blik op zijn school te richten.

"Hé." Ik kneep lichtjes in zijn schouder.

Hij keek me aan.

"Ik zal pas weggaan als jij er klaar voor bent. Wat vind je daarvan?"

Hij knikte en was nu iets minder angstig.

We stapten uit de auto en liepen het schoolterrein op. Een paar oudere kinderen liepen samen met hun vrienden naar hun klaslokaal en de rest van de kinderen die hier zouden starten, werden vergezeld door hun ouders. Valerie en ik vergezelden hem het gebouw en het grote klaslokaal in, dat kleurrijk en licht was, en vol stond met tafels en stoelen, speelgoed en een plek om te schilderen. Enkele andere kinderen stonden dicht bij hun ouders, alsof ze ook bang waren.

Ik had tot nu niet beseft hoe moeilijk dit zou worden.

Derek stond naast me, met zijn rugzak nog steeds aan. Hij keek rond naar de andere kinderen, alsof hij niet wist wat te doen of waar te beginnen.

Mijn hand lag nog steeds op zijn schouder en ik herinnerde hem op die manier aan mijn aanwezigheid.

Valerie bleef naar hem kijken, met ogen die vochtig waren van de opwellende tranen.

De juf kwam naar ons toe. "Jij bent vast Derek." Ze knielde neer en schudde hem de hand. "Ik ben mevrouw Kite. Kom, dan leggen we je rugzak in je kluisje."

Derek zweeg.

Ze glimlachte en was geduldig. "De andere kinderen zijn ook nerveus. Dat is volkomen normaal." Ze glimlachte, stond toen rechtop en keek ons aan. "Neem je tijd." Toen liep ze weg.

Ik gaf hem geen duwtje en zette hem ook niet onder druk. Ik liet hem daar staan rondkijken.

Toen kwam een jongen naar hem toe met een speelgoedraket in zijn hand. "Dat is een gave rugzak."

Derek was nog steeds niet zichzelf en het duurde even voordat hij antwoord gaf. "Bedankt ... leuk speelgoed."

"Bedankt. Ik ben Tommy." Hij was even groot en leek me een vriendelijke jongen met een lieve lach.

"Ik ben Derek."

"Wil je naast mij zitten?"

"Ja ... oké."

Tommy liep naar zijn tafel die in het midden van een van de rijen stond.

Toen draaide Derek zich naar mij toe met ogen die weer helder waren. Hij was terug enthousiast. "Oké, papa. Ik ben er klaar voor. Je kunt gaan."

Ik haalde diep adem en voelde dat mijn blik wazig werd omdat ik op het punt stond om in tranen uit te barsten. Ik kneep lichtjes in zijn schouders voordat ik losliet, en het viel me echt moeilijk om hem te laten gaan. Het was zelfs bijna onmogelijk. Het was moeilijker dan toen ik afscheid had moeten nemen omdat ik helemaal naar de nadere kant van het hele land verhuisde. Omdat ik wist dat hij al een vriend had, voelde ik me weliswaar beter, maar ergens maakte dit het ook allemaal erger, omdat ik nu besefte dat hij me niet meer nodig had. Hij zou me met elke voorbijgaand jaar wat minder nodig hebben ... totdat hij me helemaal niet meer nodig zou hebben.

Maar ik liet hem los.

En keek hem na terwijl hij wegliep.

Ik zag hem een tafel uitkiezen en terwijl hij met zijn vriend praatte, bekeken ze samen de speelgoedraket.

Ik moest mezelf dwingen om me af te wenden, mijn hand op Valeries schouder te leggen om haar de klas uit te leiden.

We waren amper in de gang toen ze begon te huilen.

Ik keek naar haar en voelde dezelfde pijn, hetzelfde gevoel van verlies als zij.

Ze bedekte haar gezicht met haar vlakke handen en ademde zwaar. "Gisteren was hij nog een baby ... "

Ik huilde niet, maar ik kon niet voorkomen dat mijn ogen vochtig werden en ik was me erg bewust van een pijn in mijn middenrif. "Ik weet het."

"Dit overvalt me."

"Mij ook."

Ze liet haar handen zakken en keek me aan, met opgezwollen ogen.

Ik keek naar haar en zag de enige persoon ter wereld die begreep wat ik op dat moment meemaakte — omdat we hem samen hadden gemaakt.

Ze zag het traanvocht in mijn ogen en haar blik werd zachter.

Ik zette een stap dichterbij en sloeg mijn armen om haar heen, hield haar vast in de gang terwijl we allebei emotioneel waren. Het was een van de weinige keren dat ik echt iets voor haar voelde, dat we een band voelden vanwege de zoon die we samen hadden gemaakt. Ik had hem aanvankelijk niet gewild, maar nu begreep ik hoe leeg mijn leven zou zijn geweest zonder hem. "Bedankt dat je hem mij hebt gegeven." Ik hield niet van haar, voelde nauwelijks genegenheid voor haar, maar als moeder van mijn kind, zou ik altijd iets voor haar voelen. Altijd.

"Ik hou zoveel van hem ... "

"Ik weet het. Ik ook."

's Middags stuurde Theresa me een sms. *Cleo is hier voor je.*

173

Ik had geen idee waarom. We hadden elkaar vandaag niet gesproken. Maar ik wilde geen vragen stellen, want het zou vreemd lijken als ik niet wist waarom mijn eigen assistent hier was. *Stuur haar naar binnen.*

De deuren zwaaiden even later open en Cleo kwam naar binnen gelopen, met een tas waar waarschijnlijk mijn lunch in zat.

Ik stond niet op van mijn stoel. Daar had ik nu de energie niet voor.

Ze keek me vol medelijden aan. "Ik dacht dat je vandaag misschien een oppepper zou kunnen gebruiken." Ze liep om het bureau heen, leunde tegen de rand en keek op me neer. "Is alles in orde?"

Ik antwoordde niet.

Ze kwam dichterbij, verraste me door op mijn schoot te gaan zitten en sloeg haar arm om mijn schouders.

Ik wikkelde mijn arm om haar taille, vlijde mijn hoofd tegen haar nek, genoot van de geur van rozen en bevoelde de diepe kromming van haar onderrug. Ik gaf niets om het eten. Dit was veel geruststellender.

Toen ze mijn nek begon te masseren, schoof haar rok omhoog door de manier waarop ze zat - haar slipje was net zichtbaar.

Ik was normaal altijd meteen in de stemming, maar vandaag was ik lusteloos.

"Het ergste is nu tenminste voorbij."

"Nee ... het is nog maar net begonnen." Ik liet mijn hoofd achterover knikken en keek haar aan. "Hoe ouder hij wordt, hoe minder hij me nodig zal hebben. Hoe minder vaak hij me papa zal noemen. Hoe minder vaak hij me zal vragen om hem te helpen met zijn bouwpakketten of met me naar het chalet zal willen gaan. Wie weet hoe hij zal zijn als tiener ... misschien wil hij me dan niet eens in de buurt hebben. En binnen minder dan tien jaar is het zover."

Ze speelde met de lokken haar op mijn achterhoofd. "Je hebt nog zeeën van tijd, Deacon."

"Ik weet het, maar het gaat zo snel voorbij."

"En er zullen veel geweldige dingen gebeuren naarmate hij ouder wordt. Op een dag hoef je niet meer alleen zijn vader te zijn. Dan zal je ook zijn vriend zijn. Net zoals jouw vader een vriend voor je was. En daar kijken veel ouders naar uit, want als ze een goed mens hebben opgevoed, willen de kinderen graag in de buurt blijven."

"Dat is waarschijnlijk zo."

"Ik weet dat het moeilijk is, maar je raakt hem niet kwijt." Ze masseerde lichtjes mijn schouder. "Hoe oud hij ook wordt, hij zal altijd je zoon blijven. Hij zal altijd je kleine jongen zijn."

Mijn chauffeur zette me af en ik ontmoette Valerie op de stoep.

Ze was nog steeds in een sombere stemming, alsof ze zich in het verloop van de dag niet beter was gaan voelen. "Ik vraag me af of het makkelijker zal zijn wanneer ik hem morgen op school achterlaat ... of overmorgen."

"Dat moet wel. Anders zou niemand een ouder willen zijn." We liepen samen de school binnen en wachten op de ophaalplek voor de ouders.

Ze vouwde haar armen samen voor haar borst en wachtte tot de bel zou gaan. "Hoe was je dag?"

"Lang."

Ze keek me aan met wroeging in haar blik. "Kon je je niet concentreren?"

Ik schudde mijn hoofd. "Het was gewoon moeilijk en ik moest constant denken aan hoe snel de tijd voorbij is gegaan ... en hoe sneller die elk jaar voorbij zal gaan. Einsteins relativiteitstheorie is op meer manieren van toepassing dan hij zich realiseerde ... "

Ze leek niet te begrijpen wat ik daarmee bedoelde, maar vroeg er niet naar. "Ik vroeg me af of ik hem vanavond rond vijf uur bij jou thuis kon afzetten. Jij kunt hem dan hem morgenochtend op school afzetten en dan haal ik hem wel op."

Het was een plotselinge verandering van gespreksonderwerp, dus keek ik haar verbaasd aan. "Tuurlijk. Waarom?"

"Ik heb een date."

"Oh ... " Ik was verbaasd dat ze er zo openhartig over was. Misschien probeerde ze me jaloers te maken aangezien ze me had gevraagd of hij de hele nacht bij mij kon blijven, alsof ze van plan was om de hele nacht de hort op te gaan. Maar als ik al iets voelde, dan was dat opluchting omdat ze verderging met haar leven. "Dat is geen probleem."

Ze keek me aan, alsof ze een reactie verwachtte. "Hij woont in het gebouw."

Dat verbaasde me niet. "Er wonen hier veel rijke mannen."

"Hij is jong en knap. Onlangs gescheiden."

"Klinkt perfect." Ik nam alles wat Valerie zei met een korrel zout. Ik wilde geloven dat ze iemand had ontmoet en dat ze echt was verdergegaan, zodat ze goed in haar vel zou zitten wanneer ik haar over Cleo zou vertellen. Maar ze manipuleerde me graag, dus kon dit evengoed een truc zijn. Ik vroeg niet wie hij was, omdat ik geen enkele van mijn buren kende. Ik bleef op mezelf, net als zij. Dat was een van de redenen waarom ik niet graag verhuisde.

"Zijn naam is Jake." Ze verstrekte ongevraagd de informatie. "Jake Patterson."

Ik zei niets, maar ik wilde een grimas trekken toen ik de naam hoorde. Ik wilde hem nog steeds op zijn gezicht slaan voor de manier waarop hij tegen Cleo had staan schreeuwen. Als hij dat ooit nog eens zou doen, zou ik echt zijn gezicht wat bij timmeren, zodat zelfs een plastisch chirurg moeite zou hebben om het te repareren. "Veel plezier."

Haar ogen vernauwden.

De bel ging en de kinderen kwamen netjes in rijen naar buiten.

Het gonsde plots van de kinderen die naar hun ouders zochten in de menigte of naar de rij bussen liepen die hen vervolgens naar huis zouden rijden. Het duurde een paar minuten voordat Derek eraan kwam met drie jongens om hem heen, allemaal pratend en lachend. Hij was niet eens naar mij op zoek.

"Het lijkt erop dat hij vrienden heeft gemaakt", zei Valerie.

"Ja ... daar lijkt het op." Mijn zoon was niet zoals ik. Hij wist hoe hij contact kon maken met mensen, iets wat ik niet kon. Het maakte me trots.

Derek nam afscheid van zijn vrienden en kwam naar ons toe. "Papa!"

Ik ademde diep in toen ik hem dat hoorde zeggen, blij dat zijn genegenheid voor mij niet was veranderd nu hij nieuwe vrienden had. Hij dumpte me niet van zodra hij iemand had gevonden die beter was. Hij was nog steeds blij me te zien.

"Mama!" Hij rende naar ons toe, en zijn rugzak zwierde van links naar rechts terwijl hij eraan kwam rennen.

Ik knielde en ving hem op, gaf hem een stevige knuffel en trok hem tegen me aan. "Hoi, kleine man. Hoe was het op school?"

"Het was geweldig! Ik was dapper, zoals je me hebt opgedragen."

"Dat is me opgevallen." Ik trok me terug en glimlachte naar hem.

"Ik heb drie vrienden gemaakt." Hij hield drie vingers omhoog. "En iedereen in mijn klas is aardig."

"Dat verbaast me niet."

Hij wendde zich tot Valerie en omhelsde haar. "Ik kan niet wachten om morgen terug naar school te gaan!"

Ze grinnikte en kuste hem op zijn voorhoofd. "Ik ben zo blij dat je een leuke dag hebt gehad."

"Kunnen we een ijsje gaan eten?", vroeg hij.

"Nee", zei ik. "Het is midden op de dag — "

"Jawel." Valerie wendde zich tot mij. "Het is een speciale gelegenheid, en we gaan het vieren."

Ik maakte er geen ruzie over. "Goed … jullie hebben gelijk."

"Ja!" Derek stak twee vuisten in de lucht. "Laten we gaan. Ik ga munt met chocola nemen." Hij pakte van ons allebei een hand vast en sleurde ons mee naar de auto. "Papa, wat ga jij nemen?"

Ik haatte ijs. "Hetzelfde."

"Mama?"

"Chocolade."

Hij zat tussen ons in met onze handen in de zijne, alsof het hem niets kon schelen of hij er dan niet cool uitzag in het bijzijn van de andere kinderen, en zei: "Cool. Ik ga een hoorntje nemen, van chocola."

CLEO

"TOMMY HEEFT ME VERTELD DAT HIJ OOK GRAAG MET RAKETTEN SPEELT!" Derek zat aan tafel en was zo opgewonden dat hij niet eens klaagde over de saaie maaltijd die Deacon had gekookt. "En zijn opa heeft gewerkt aan een van de motoren voor de Apollo-missies! Is dat niet geweldig?"

Ik lachte. "Dat is echt cool, Derek."

Hij wendde zich tot Deacon. En Leo's vader is hartchirurg.

Deacon hing aan zijn lippen en leek gefascineerd door de avonturen die zijn zoon op school had meegemaakt. "Heel cool."

"Scotty's vader ontwerpt spullen voor het leger, maar hij weet niet juist wat." Hij stak zijn vork in de broccoli en propte die daarna met tegenzin in zijn mond. "Hij zei dat zijn vader hem dat niet mag vertellen ... en ik vraag me nu af wat hij maakt. En zijn moeder is een gymcoloog."

Ik fronste een wenkbrauw. "Een wat?"

Deacon kwam op het juiste woord. "Een gynaecoloog."

"Ja", zei Derek. "Wat is dat?"

"Een dokter", legde Deacon uit.

"Wat voor soort dokter?", vroeg Derek.

Ik was benieuwd hoe Deacon op de vraag zou antwoorden.

Hij slikte eerst zijn eten door en gaf toen antwoord. "Ze verzorgt de intieme onderdelen van vrouwen."

"Ooh ... " Derek grinnikte. "Walgelijk."

"Dat is niet walgelijk", zei Deacon rustig. "Elk deel van ons lichaam is net zo belangrijk als het hart of de hersenen."

Derek bleef toch giechelen en at verder. "En Rogers moeder runt het een of andere bedrijf. Zijn andere moeder is yoga-instructrice."

"Cool", zei Deacon.

"Hoe komt het dat Roger twee moeders heeft?", vroeg Derek.

"Omdat twee vrouwen van elkaar kunnen houden en trouwen, net als twee mannen. Het is net als je moeder en ik, maar dan twee mensen van hetzelfde geslacht."

Derek knikte alsof hij het begreep en nam nog een hap. Hij vroeg gelukkig niet of Deacon ooit van Valerie had gehouden.

Ik glimlachte omdat Deacon het zo grappig uitlegde. "En wat heb je geleerd?"

"We hebben het gehad over alle dingen die we dit jaar zullen doen", zei Derek. "En we zullen op meerdere excursies gaan. Het is zo cool."

Ik was blij dat Deacons positie ervoor had gezorgd dat Derek was toegelaten, want het leek een geweldige school te zijn, een die zich richtte op alle aspecten van het onderwijs en niet alleen op schoolboeken. Het leek me een geweldige plek om Dereks ongelooflijke potentieel te ontwikkelen. "Bedankt om je dag met ons te delen. Ik ben blij dat je zoveel plezier hebt gehad."

"Ging jij graag naar school?", vroeg hij.

"Ik herinner het me eerlijk gezegd niet meer zo goed ... "

"Nou, ik zal nooit vergeten hoe geweldig het is." Hij was klaar met zijn eten en had het naar binnen geschrokt, alsof hij het zo snel mogelijk achter de rug wilde hebben. "Wat gaan we nu doen? Een film bekijken? Een spelletje spelen?"

"Je moet je klaarmaken om naar bed te gaan", zei Deacon, met zijn lege bord voor zich.

Derek kreeg bijna een beroerte. "Wat?"

"Je moet nu vroeg opstaan om naar school te gaan", zei Deacon. "Dat betekent dat je vroeg naar bed moet. Ga je dus wassen en poets je tanden."

Derek zag er verdrietig uit. "Nee ... "

Deacon keek hem streng aan. "Wat zei je daar?"

Hij boog zijn hoofd en stond op uit de stoel, zodat hij naar de badkamer in de gang kon gaan.

Deacon wendde zich weer tot mij, alsof hij zich schuldig voelde omdat hij zo streng had opgetreden tegen zijn zoon. "Ik vind het verschrikkelijk om dat te moeten doen."

"Dat is niet nodig. Het is gemakkelijk om de leuke ouder te zijn, maar jij zal een groot man van hem maken. Op een dag zal een vrouw verliefd op hem worden, en ze zal heel gelukkig zijn met een man die haar goed behandelt."

Hij glimlachte lichtjes.

"Zoals je ouders met jou hebben gedaan ... zodat ik jou kon vinden."

"Ik heb het gevoel dat Derek een betere man zal zijn dan ik ooit zou kunnen zijn."

"Wie weet", zei ik.

Hij genoot van de rest van zijn wijn terwijl hij me aankeek, en liet af en toe de wijn in het glas ronddraaien voordat hij het naar zijn lippen bracht.

"Waarom vroeg Valerie je om op hem te letten?" Ik had aangenomen dat ze Derek zou willen vertroetelen na zijn eerste schooldag, zeker aangezien Deacon me had verteld dat het voor hen beiden een emotionele dag was geweest.

"Ze heeft een date."

"Echt waar?", vroeg ik verbaasd, heel blij om dat te horen. Hoe eerder ze een man aan de haak kon slaan en een serieuze relatie zou hebben, hoe eerder ze mijn man zou vergeten. Als ze voor iemand zou vallen, zou ze mij veel makkelijker accepteren in Deacons leven. "Dat is geweldig."

"Ja. Ik hoop alleen dat het serieus is. Dat ze me niet jaloers probeert te maken of zo."

"Zelfs als ze dat doet, zullen ze misschien heel goed met elkaar kunnen opschieten."

"Misschien." Hij zette zijn lege glas neer en ging rechtop staan. Hij begon de borden af te ruimen om ze op het aanrecht te zetten zodat de huishoudster ze morgen zou kunnen afwassen. "Het is een van jouw klanten."

"Echt?", vroeg ik. "Dat is ergens wel logisch. Er wonen veel rijke mannen in het gebouw die graag een vrouw willen waarmee ze kunnen pronken." Dat was precies wat oudere mannen wilden:

een sexy, jonge vrouw zodat ze zich voor altijd jong zouden kunnen blijven voelen. "Heeft ze gezegd wie het is?"

"Ja." Hij draaide zich om, klaar om de keuken in te lopen. "Die klootzak van een Jake Patterson."

Gelukkig liep Deacon net weg zodat hij mijn gezicht niet kon zien.

En dus niet zag dat ik het bijna in mijn broek deed van angst.

Ik kon niet slapen.

Deacon lag achter me, met zijn borst tegen mijn rug aan en zijn arm over mijn buik. Hij sliep diep, en zijn ademhaling was rustig en gelijkmatig.

Ik staarde naar de tegenoverliggende muur, gekweld door de stilte.

We hadden zoals gewoonlijk gevrijd, en zijn zoenen hadden me ervan weerhouden om na te denken over mijn angsten, maar van zodra we klaar waren geweest, had de angst me weer overvallen.

Godallemachtig, dit was een groot probleem.

Dit zou misschien een eenmalige date zijn of een heel kortstondige relatie. Maar Valerie was heel mooi, net als Jake's exvrouw. Hij zou haar waarschijnlijk niet mee uit hebben gevraagd omdat ze in hetzelfde gebouw wonen ... tenzij hij echt op haar viel.

En als hij haar over mij zou vertellen, zou zij het aan Deacon doorvertellen.

En dan zou ik de klos zijn.

Verdomme, dit was erg.

Of erger nog, ze zou me kunnen verraden, aangezien ze zich al geïntimideerd voelde door mij.

Ik zou beter eerst met Deacon praten en hem vertellen wat er gebeurd was, maar dat betekende dat ik hem zou moeten vertellen dat ik met een getrouwde man naar bed was geweest - het meest vernederende dat me ooit was overkomen. Ik schaamde me daarvoor en wilde dat geheim meenemen in mijn graf.

Maar misschien zou het helemaal nooit ter sprake komen.

Jake had mijn geheim nooit aan iemand verklapt. We waren wel niet meer samen, maar hij wist dat hij mijn baan in gevaar zou brengen als hij die kennis zou delen. Hij had vrienden in het gebouw, en hij had het hen nooit verteld ... waarom zou hij het haar vertellen?

Vooral als dat haar jaloers zou kunnen maken.

Hij zou helemaal niet met haar willen praten over de vrouw met wie hij een affaire had gehad.

Het zou haar kunnen wegjagen.

Ik overtuigde mezelf ervan dat ik paranoïde was en dat er niets aan de hand was. Het maakte niet uit met wie Jake naar bed ging; er was geen reden om iemand te vertellen wat er tussen ons was gebeurd, vooral niet omdat het hem in een slecht daglicht stelde.

Het geheim was veilig.

Ik was veilig.

Ik had Matt opdracht gegeven voor Jake te zorgen, zodat ik hem niet meer hoefde te zien. Dus kruisten onze paden elkaar bijna nooit meer ... tenzij hij me zelf zou komen opzoeken. De kans dat ik hem zou ontmoeten was klein, vooral als hij samen zou zijn met Valerie.

Dus dacht ik er niet verder over na.

Toen Valeries post binnenkwam, nam ik de lift naar haar verdieping en klopte op haar deur, omdat ik wist dat ze meestal thuis was.

Maar deze keer maakte ze de deur niet open.

Ik liet mezelf binnen en droeg de post de woning in.

Ik verstijfde toen ik Valerie in de keuken zag staan, gekleed in het T-shirt van een man, en Jake met ontbloot bovenlijf achter haar. Ze luisterden naar muziek, kookten samen en waren zich niet bewust van mijn aanwezigheid.

Hij stond achter haar en leidde haar hand. "Versnipperen doe je zo."

Ik sloop een beetje naar achter, in de hoop dat ik zou kunnen wegglippen zonder dat ze me zouden opmerken. Mijn hart klopte razendsnel en ik was doodsbang om betrapt te worden. Het interesseerde me niet dat Jake met iemand anders samen was, laat staan met Valerie, maar ik wilde niet dat hij zou zien dat ik hen samen zag.

Valerie hief haar kin op en zag me staan. "Cleo?"

Ik sprong op van schrik en liet een paar enveloppen vallen. "Sorry, ik dacht dat je niet thuis was ... " Ik boog me voorover, pakte alles op en droeg het naar de dichtstbijzijnde plek waar ik het neer kon leggen. Ik sloeg mijn blik niet op, omdat ik niet wilde zien hoe Jake naar me keek en omdat ik zelf geen oogcontact wilde maken.

Valerie leek niet boos, wat niets voor haar was. "Het is in orde. Ik zat sowieso al te wachten op dat *Vogue*-magazine." Ze wendde zich tot Jake die achter haar stond en tilde een plakje komkommer op. "Wat denk je hiervan?"

Ik ging rechtop staan en keek hem aan.

Zijn blik was op mij gericht en hij voelde zich niet op zijn gemak met mij erbij, wilde niet gezien worden samen met iemand anders. "Ja ... perfect." Hij keek er niet eens naar.

Ze stopte het in zijn mond. "Ik heb het goed gedaan schat, toch?"

Schat? Had ze dat echt gezegd? "Nou, nog een fijne dag verder ... " Ik liep terug naar de voordeur, snelde zo snel mogelijk naar buiten en sloeg de deur vrijwel achter me dicht.

Toen de deur eenmaal dicht was, haalde ik diep adem, met mijn handen in mijn zij. "Oh godallemachtig ... is dat verdomme echt net gebeurd?" Ik had geen idee waarom Valerie niet tegen me had geschreeuwd, aangezien ze normaal gesproken altijd om iets kleins tegen me schreeuwde. Maar toen drong het tot me door.

Ze wilde dat ik Deacon zou vertellen wat ze aan het doen waren.

Misschien was dit allemaal een truc om haar ex jaloers te maken.

Dat betekende dat dit waarschijnlijk niet lang zou duren ... en snel voorbij zou zijn.

Wat goed was voor mij.

11

DEACON

Er werd op de deur geklopt.

Cleo kwam niet naar binnen gelopen, dus wist ik dat zij het niet was.

Toen ging de deurbel.

Dat betekende dat het Valerie was.

Ik verliet de eettafel, liep naar de voordeur en opende die zonder eerst door het kijkgaatje te kijken.

Mijn aanname was juist. "Hoi, Valerie." Ik keek naar beneden en zag Derek naast haar staan. "Hoi, kleine man. Hoe was het op school?"

"Supergeweldig." Hij kwam tegen me aan staan en omhelsde me.

Ik grinnikte en klopte hem op de schouder. "Dat is geweldig, Derek." Ik sloeg mijn blik op en keek haar aan. "Moet ik tot morgen voor je op hem letten?" Ik nam aan dat ze weer een afspraakje had, wat geweldig nieuws was voor mij. Ik hoopte dat ze verliefd zou worden, hertrouwen en mij vergeten.

"Ik moet eigenlijk iets met je bespreken." Ze was puur zakelijk en liep onuitgenodigd naar binnen. "Derek, ga naar je kamer."

"Ik ben hier net", betoogde hij.

"Derek." Ze verhief haar stem.

"Goed ... het is al goed." Derek liep de gang in met zijn rugzak. Hij trok even later de deur van zijn slaapkamer dicht.

Ik had Valerie al lang niet meer zo zien doen, dus was ik natuurlijk bezorgd. "Is alles in orde, Valerie?"

Ze plantte haar handen in haar zij en begon toen te briesen. "Ik wil niet meer dat Cleo in de buurt van onze zoon komt."

Ik staarde haar wezenloos aan en had geen idee waar haar woede vandaan kwam. Het was zo onverwacht. Ik dacht dat ze Cleo eindelijk was vergeten. Tenzij ze erachter was gekomen dat we een stel waren ... maar ik had geen idee hoe ze dat zou kunnen ontdekken, tenzij Derek het haar had verteld, maar dat zou hij nooit doen. "Waarom?" Ik maakte mezelf niet verdacht door onmiddellijk zelf conclusies te trekken.

"Omdat ze uitschot is." Ze verhief haar stem, ook al wilde ze niet dat onze zoon haar zou horen. "Ze is een echtbreekster. Ze is een heel slechte invloed en ik wil haar niet bij jou in de buurt hebben — en zeker niet bij onze zoon."

Ik begreep het nog steeds niet. "Echtbreekster? Dat slaat nergens op."

"Ze is een hoer, oké?"

Nu werd ik boos. "Praat niet zo over haar, Valerie."

"Ik kan zeggen wat ik wil, omdat ze met mijn vriendje naar bed is geweest."

Ik stopte met ademen - mijn longen gaven er de brui aan, omdat mijn lichaam plotseling geen lucht meer nodig leek te hebben. Mijn ribben zaten precies vast. Mijn hele lichaam stopte met functioneren, omdat ik niet wist hoe ik anders moest reageren. "Wat bedoel je met 'ze is met mijn vriendje naar bed geweest'?"

"Ik bedoel dat ze een affaire heeft gehad met Jake, terwijl hij getrouwd was, en dat hij daarom is gescheiden."

Nu werd het nog erger — en voelde ik me nog slechter.

Was ze met Jake Patterson naar bed geweest?

De man die tegen haar had staan schreeuwen voor het niet afleveren van zijn ... oh, verdomme.

Dat was een leugen geweest.

Ze had tegen me gelogen.

Ze had verdomme tegen me gelogen.

En hij was getrouwd geweest? Ze had niet alleen geslapen met een van haar klanten, maar ook nog eens met een die getrouwd was?

Dus ik was niet de enige uitzondering op haar regel?

Hoeveel anderen waren er geweest?

Waarom had ze me daar niets over verteld?

Valerie kruiste haar armen voor haar borst en was ziedend. "Zie je wel? Ze is een slet."

Ik kon haar niet verdedigen, omdat ik te overrompeld was.

Had ze een verhouding gehad?

Had ze achter de rug van haar eigen cliënte om stiekem een relatie met diens man gehad? Had ze geweten wanneer de vrouw het huis uit was en gebruik gemaakt van die kennis?

Zou ze echt zoiets doen?

De vrouw van wie ik hield?

"Ik heb altijd geweten dat ze een kreng was. Ik kon mijn vinger er niet op leggen, maar ik wist meteen dat ik haar niet mocht. Ze liegt tegen haar klanten en maakt huwelijken kapot. Wie weet wat ze nog meer doet? Ik wil niet dat die persoon door mijn spullen gaat, mijn post leest of mijn sleutels in haar bezit heeft."

Ik kon nog steeds niet helder denken. Ik was totaal overdonderd.

"Ik ga ervoor zorgen dat ze ontslagen wordt. Jake heeft gezegd dat ik er niets over mocht zeggen, maar het is voor iedereen die hier woont een slechte zaak dat Cleo een leugenaarster is. Ze verdienen het om te weten wat voor soort persoon hun leven regelt."

Mijn hart begon sneller te kloppen nu ik besefte dat hetgeen waar Cleo bang voor was geweest op het punt stond te gebeuren. "Doe dat niet."

"Waarom in godsnaam niet?"

"Omdat het verliezen van haar baan een heel harde straf is, als wat jij hebt gehoord al waar is. En ze is goed in haar werk."

"Wat maakt dat nou uit", snauwde ze. "Met wie heeft ze nog meer geslapen? De vrouwen in dit gebouw moeten weten dat hun huwelijken gevaar lopen."

"Valerie, kom nou."

"Ik wil haar hier weg hebben." Ze draaide zich om naar de deur.

"Valerie."

Ze draaide zich om, met haar handen in haar zij geplant en haar neusgaten wijd geopend.

"Vertel het aan niemand."

"Waarom niet?", snauwde ze.

"Doe het gewoon niet."

Ze rolde met haar ogen. "Je misplaatste genegenheid beïnvloedt je oordeel." Ze draaide zich weer om.

Ik was niet alleen kwaad. Ik was gekwetst. Als dit waar was ... kende ik Cleo niet echt. Maar ik nam haar nog steeds in bescherming, ook al was ik haar niets verschuldigd. "Valerie, alsjeblieft." Ik liep naar de deur en blokkeerde die, zodat ze niet kon vertrekken.

"Waarom niet?"

"We horen alleen maar zijn kant van het verhaal — "

"Tenzij Jake een psychopaat is en alles heeft verzonnen, zie ik niet in hoe het verhaal veel zou kunnen afwijken van wat hij heeft gezegd. Ze heeft met hem geslapen. Punt uit. Hij was getrouwd. Punt uit. Ze heeft een huwelijk kapot gemaakt. Punt uit." Ze liep weer naar de deur.

Ik greep haar arm vast en hield haar tegen. "Ik vraag het je als een gunst ... voor mij."

Haar ogen werden kleiner en haar neusgaten gingen even later wijd open staan.

"Alsjeblieft."

Ze schudde haar hoofd. "Ik kan niet geloven dat je haar verdedigt. Ik ken je principes, en dit vind je echt niet kunnen."

Als het waar was, dan zou ik het inderdaad niet goedkeuren. "Hoe lang geleden is dit gebeurd?"

"Ongeveer acht maanden geleden."

Ik kon mijn reactie niet verbergen, want dat was precies het moment waarop we elkaar hadden ontmoet. Ik had aangenomen dat dit jaren geleden was gebeurd ... maar dat was niet het geval.

"Ik vind Jake echt leuk, en ik voel me niet op mijn gemak om haar nog langer toegang te verlenen tot mijn woning na wat ze hem heeft aangedaan."

Ik zou haar gewoon moeten laten vertrekken, haar gewoon haar gang laten gaan. Dit was niet mijn zooi om op te ruimen. "Valerie, ik heb je nog nooit om iets gevraagd, maar ik vraag je om dit voor me te doen. Een eenmalige gunst, goed?"

Ze bleef snel en zwaar ademen, en naarmate de stilte voortduurde, werd dat intenser. "Oh mijn god ... je neukt haar."

"Nee."

"Je bent een leugenaar — "

"Ik ben verliefd op haar." Ik zag geen andere uitweg. Ik kon niets anders zeggen om dit op te lossen. Dit was mijn enige optie, omdat Valerie zo onvermurwbaar was. Valerie was altijd ofwel medelevend ... of wraakzuchtig.

Haar ogen werden groot toen ze hoorde wat ik had opgebiecht, alsof ze niet kon geloven wat ik net had gezegd. We waren vijf jaar getrouwd geweest, en elke keer wanneer ze me zei dat ze van me hield, reageerde ik met afstandelijke stilte. Ik had gezegd dat ik niet in staat was om zoiets te voelen. Dit sloeg dus op haar in als een bom.

"Als je iets zegt, verliest ze haar baan."

Ze perste haar lippen strak op elkaar en schudde met haar hoofd. "Wauw ... "

"Ik weet het — "

"Hoe kun je van haar houden, als je nooit van mij hield?"

Omdat het geen wedstrijd was. "Het is gewoon gebeurd ... "

"Hoe lang is dit al gaande?"

Ik wilde hier geen antwoord op geven, omdat het haar totaal niets aanging, maar ik was nu overgeleverd aan haar genade. "Een paar maanden ... "

"Dus je hebt tegen me gelogen? Ik heb je gevraagd of je met haar naar bed ging."

"En dat was de waarheid — op dat moment."

Ze perste ziedend van woede haar lippen weer stevig op elkaar. "Hoe is het mogelijk dat je haar verdedigt, na alles wat ik je net heb verteld? Je wist het echt niet, want anders zou je niet met haar samen zijn."

Daar had ze gelijk in. "Omdat ik Cleo ken, en ik zal haar het voordeel van de twijfel geven."

"Wat?", vroeg ze geschokt.

"Ik zal met haar praten voordat ik iets aanneem. Elk verhaal heeft twee kanten."

"Wauw." Ze rolde met haar ogen. "Je bent een sukkel. Natuurlijk zal ze liegen — "

"Misschien heeft Jake gelogen."

"Daar heeft hij geen reden toe. Zij wel." Ze klemde haar armen steviger bij elkaar voor haar borst. "En ze hebben een paar maanden geleden nog met elkaar geslapen."

Dit voelde als een stomp in mijn buik – hard. "Wat?"

"Hij zei dat ze een paar maanden geleden nog met elkaar naar bed zijn geweest."

Ik kon mijn gezicht niet meer in de plooi houden.

"Dat wist je ook niet." Haar ogen verschoven heen en weer terwijl ze in de mijne keek, alsof ze echt medelijden met me had. "Ik was je vrouw, de moeder van je kind, maar je hield niet van me. Maar je houdt wel van iemand die je niet eens kent ... " Ze duwde mijn arm naar beneden en deed de deur open. "Dat is echt triest, Deacon."

Ik kon me niet meer tegen haar verzetten. Ik kon haar niet meer tegenhouden.

Omdat ik er helemaal doorheen zat.

CLEO

Aan het eind van de dag, toen ik als laatste in het kantoor achterbleef, nam ik de lift naar Deacons appartement. Mijn voeten deden pijn omdat ik de hele dag op hoge hakken had gelopen, en de spieren in mijn kont waren pijnlijk omdat ik door het hele gebouw had gerend. Ik wilde gewoon een rustige avond met Deacon, lekker samen eten en genieten van een glas wijn, om daarna in zijn grote bed te slapen.

Die momenten vormden de hoogtepunten van mijn dagen.

Ik klopte aan en liet mezelf vervolgens binnen.

De meeste lampen waren uit. Deacon zat op de bank, in zijn joggingbroek en T-shirt, met zijn ellebogen op zijn dijen en zijn kin iets gekanteld in de richting van de vloer. De energie in de kamer voelde raar, alsof hij een heel slechte dag had gehad.

Ik deed de deur achter me dicht. "Wat is er aan de hand?"

Hij zweeg en bleef zitten met zijn blik op de vloer gericht.

Ik zette mijn handtas op de tafel en liep naar hem toe, om op zijn schoot te gaan zitten zoals ik in zijn kantoor had gedaan.

Maar in plaats daarvan stond hij op, liep weg en wees mijn genegenheid af.

Dat had hij nog nooit eerder gedaan. "Deacon?"

Hij liep een paar stappen bij me vandaan, draaide zich toen om, kruiste zijn armen voor zijn borst en hield zijn blik nog steeds op de vloer gericht.

"Deacon?", herhaalde ik. Toen hij niets zei, begon ik bang te worden. Ik had hem al eerder boos gezien, maar hij was nog nooit zo kwaad geweest. Mijn paranoia begon greep op me te krijgen, maar ik verzette me ertegen, omdat ik wist dat het heel onwaarschijnlijk was dat Jake iets aan Valerie zou hebben verteld. Maar hoe langer de stilte voortduurde, hoe meer zorgen ik me begon te maken. "Deacon?"

Hij hief zijn kin op en keek me eindelijk aan.

En hij leek een totaal andere man.

Nu was ik verdomme doodsbang. Ik ademde zwaar en mijn vingertoppen voelden als verdoofd.

"Ben je met Jake Patterson naar bed geweest?"

Al het gevoel in mijn ledematen verdween en alle lucht stroomde uit mijn longen. Mijn geest begon de werkelijkheid te vervormen, waardoor die aanvoelde als een heel donkere droom. Maar toen ging de duizeligheid over en besefte ik dat het echt was, dat we dit gesprek echt voerden, dat Jake me had verraden op het moment dat het hem goed uitkwam. "Kijk — "

"Beantwoord de vraag." Hij was kil, precies zoals voordat we elkaar wat beter hadden leren kennen. Hij was weer de klootzak van vroeger en deed alsof ik een vreemdeling was ... of zijn vijand. "En wees blij dat ik je überhaupt nog iets vraag."

Oh mijn god, verdomme. "Ja. Maar — "

"Was hij getrouwd?" Zijn humeur verslechterde verder, alsof hij had gehoopt op een ander antwoord.

"Ja. Maar — "

"En hij is omwille van jou gescheiden?"

Technisch gezien wel. "Min of meer — "

"Toen jullie ruzie hadden in de lobby en ik naar jullie toe kwam lopen, schreeuwde hij niet tegen je omwille van de stomerij en de post. Je hebt tegen me gelogen."

Ik keek hem recht aan, verlamd van angst.

Hij vatte mijn stilte op als een antwoord. "Jezus Christus, verdomme ... " Hij keek even weg en wreef met het vlakke van zijn hand over zijn kaak.

Ik was nog nooit zo bang geweest. "Deacon, ik wist niet dat hij getrouwd was."

Hij keek me weer aan.

"Hij heeft tegen me gelogen. Ik wist niet dat hij getrouwd was — "

"Hoe is dat in godsnaam mogelijk?" Zijn neusgaten gingen wijd open staan en zijn ogen schoten vuur. "Je kent al je klanten. Hoe is het mogelijk dat je niets afwist van de vrouw met wie hij samenwoonde?"

"Ze woont in Londen voor haar werk. Ze reist constant heen en weer — "

"En dat wist je ook niet?", snauwde hij. "Verwacht je dat ik dat geloof?"

"Ik lieg niet — "

"Net zoals je niet loog toen ik dacht dat Jake je aan het kleineren was? Toen ik naar je toe liep om hem op zijn gezicht te slaan, omdat ik dacht dat hij je geen respect toonde? Ik moet een idioot hebben geleken, Cleo."

Mijn ogen waren al vochtig geworden uit frustratie en angst. Ik mocht hem niet kwijtraken. Dat zou ik niet aankunnen.

"Ik heb verdomme nooit — " hij haalde diep adem, alsof hij zijn woede moest onderdrukken " — tegen jou gelogen. Niet één keer. Maar jij loog tegen mij — "

"We waren op dat moment nog niet samen — "

"Je hebt nog steeds tegen me gelogen. Je hebt me verteld over je ex-man, maar je hebt me niets verteld over Jake. Waarom niet?"

"Omdat ik — "

"Omdat je een affaire met hem had, en je wist dat ik je nooit zou willen als ik dat zou weten."

"Ja. Maar nogmaals, ik wist toen niet dat hij getrouwd was — "

"Ja, ik heb dat de eerste keer al gehoord. Maar dat betekent niet dat ik je geloof."

Oh god, dat deed pijn. "Ik vertel je de waarheid."

"Waarom heb je me dan niet verteld dat je een relatie hebt gehad met een andere klant? Je maakte er een groot probleem van dat wij samen waren, terwijl je dat blijkbaar al eerder had gedaan. En je hebt er gewoon niet aan gedacht om me dat te vertellen? Hoeveel andere klanten heb je al geneukt?"

De tranen begonnen op te wellen. "Dit is nou net waarom ik het je niet heb verteld. Omdat je van al die wrede veronderstellingen zou uitgaan. Het was een vergissing, en ik betreur het. Je hebt geen idee hoe graag ik zou willen dat het nooit gebeurd was. Ik heb het je niet verteld, omdat ik me schaamde ... me heel erg schaamde. Ik schaamde me omdat ik een leugenaar had geloofd. Ik schaamde me omdat ik ... " Tranen begonnen over mijn wangen te rollen. "Ik schaamde me omdat ik beter had moeten weten. Ik schaamde me omdat ik zo dom was geweest om me niet genoeg te verdiepen in een klant. Maar ik zweer op het graf van mijn ouders dat ik wist niet dat hij getrouwd was."

Hij intimideerde me met zijn blik.

"En toen ik het ontdekte, heb ik hem gedumpt. Hij scheidde van zijn vrouw in de hoop dat wij het weer zouden bijleggen, maar ik wilde niets meer met hem te maken hebben. Daarom viel hij me lastig in mijn bureau, omdat ik zijn telefoontjes niet wilde aannemen en niet op zijn sms'jes reageerde. Hij was wanhopig en wilde persé met me praten, en kwam dat verdomme doen in mijn kantoor."

Hij bleef kil en afwijzend.

"En nee, er is niemand anders. Ik had dat nog nooit eerder met een andere klant gedaan."

"Waarom heb je het überhaupt gedaan?"

"Omdat ik me ellendig voelde. Mijn man had me net gedumpt voor iemand anders, en ik was ... echt depressief." Ik sprak door mijn tranen heen en probeerde te praten tussen het happen naar adem door. "Ik was verdrietig ... en ik ... deed gewoon iets heel doms. Ik ben niet perfect, oké? Ik maakte een fout — mijn enige fout. Ik heb mijn lesje geleerd. En toen ontmoette ik jou ... en ik riskeerde het allemaal weer, omdat ik wist dat jij de ware bent — "

"Heb je enig idee hoe dom ik me voel? Om te moeten wonen in hetzelfde gebouw als de man met wie mijn meisje naar bed ging? Ik heb zo vaak samen met die klootzak in de lift gestaan. En hij wist het — en ik niet."

Ik sleepte mijn handen omlaag over mijn gezicht en veegde de tranen weg, ook al werden ze al snel vervangen door nieuwe. "Ik ... ik wilde gewoon niet over mijn verleden praten. Dat wilde ik niet — "

"Ik heb jou over de lijken in mijn kast verteld. Ik heb je verteld over mijn drankprobleem. Ik heb nooit iets voor jou verborgen gehouden — zelfs niet de dingen waar ik me het meest voor schaam. Welk excuus heb jij, Cleo? Je hebt mij gevraagd om me helemaal aan jou te geven, en dat heb ik verdomme gedaan. Jij deed niet hetzelfde. Ik heb mezelf helemaal blootgegeven, en je kwam me niet eens halverwege tegemoet."

"Een drankprobleem is niet hetzelfde als een affaire — "

"Dat heb ik nog nooit gehad, dus ... "

Ik sloot mijn ogen na het horen van zijn pijnlijke woorden. "Ik wist het echt niet ... "

Hij wreef over zijn nek en zuchtte geërgerd. "Is er nog iets wat je me moet vertellen?"

Dat was een vreemde vraag, dus opende ik mijn ogen en keek hem aan.

"Is er nog iets wat je kwijt wilt?" Zijn stem was anders dan ooit voorheen. Ze was zo harteloos, zo hard.

Ik wist niet wat ik moest zeggen.

"Zoals dat je met hem hebt geslapen, vlak voordat wij een koppel werden?" Nu sprak hij luider en schreeuwde bijna tegen me.

Ik sloot mijn ogen uit schaamte en was die hele aangelegenheid totaal vergeten. "Ik ben niet met hem naar bed geweest — "

"Hij lijkt nochtans te denken van wel."

"Hij liegt!"

"Dus dat is gewoon nooit gebeurd?"

"Nee, het is gebeurd."

Hij kruiste woedend zijn armen voor zijn borst.

"We hebben een beetje geflikflooid, maar daarna ben ik vertrokken."

Hij haalde diep adem en zijn ogen waren zo zwart als kolen.

"Maar ik had net gezegd dat ik bij je wilde zijn, en jij brak mijn hart."

"En dus neuk je de eerste de beste man die in je gedachten komt?"

"Ik ben niet met hem naar bed geweest. Ik verliet je appartement en liep de lift in, helemaal overstuur omdat je mijn hart had gebroken. De lift stopte toevallig op zijn verdieping. Ik was zo gebroken, was net zo geschokt als toen mijn man me net had verlaten en ik deed iets stoms... omdat je mijn hart had gebroken. Maar het is oneerlijk van je dat je nu boos bent, omdat jij me had afgewezen. Als jij dat niet had aangedaan, was het nooit gebeurd."

Hij schudde zijn hoofd. "Ik dacht dat het feit dat je je baan riskeerde om bij mij te zijn een bewijs was van wat je voelde. Maar je deed het ook al eens voor iemand anders, zelfs vlak nadat je je hart voor mij had geopend. Hoe moet ik me daar nu bij voelen?"

"Hij was een vergissing. Jij bent ... " Ik kon nauwelijks door mijn tranen heen praten. "De ware."

Hij toonde geen enkele emotie. Die woorden betekenden niets voor hem. "Toen Valerie me dit allemaal vertelde, wilde ik het niet geloven. Ik hoopte dat als ik met je zou praten, je me zou uitleggen dat het op de een of andere manier alleen maar geroddel was ... maar het is waar."

"Ik ben niet met een getrouwde man naar bed geweest. Ik wist het niet, oké? Dus, mijn enige misstap is dat ik naar bed ben geweest met een cliënt. En wat mij betreft heeft dat niets met jou en mij te maken." Ik moest voor hem vechten, moest strijden voor het beste wat me ooit was overkomen. "Ik heb jou nooit naar je verleden gevraagd, omdat het er niet toe doet. Wij zijn voorbestemd om samen te zijn. Wie geeft er nu iets om Jake? En je wist al heel lang dat ik gevoelens voor je had, maar ik wachtte, ik was geduldig ... omdat je het waard bent."

"Maar je loog tegen me."

Ik boog mijn hoofd.

"Je loog in mijn gezicht, Cleo. Ik kan niet samen zijn met iemand zijn die liegt."

Ik sloot mijn ogen. "Kijk niet zwart-wit naar de situatie. Beschouw het niet op een letterlijke manier. Ik ben een goed persoon en ik verdien het niet dat mijn reputatie kapot wordt gemaakt door één fout. Ik wilde bij je zijn, en niet beoordeeld worden op basis van zoiets stoms. Het is niet eerlijk. En ik wist dat je zo zou reageren — "

"Niet als je het me zelf had verteld." Hij schudde zijn hoofd lichtjes en klemde zijn kaken op elkaar. "Maar je hebt het me niet verteld. Ik moest het uitgerekend van Valerie horen. Maar als jij het me zou hebben verteld, had ik haar kunnen zeggen dat ik het al wist. Maar ik moest daar staan als een stomme sukkel, als een hert dat onbeweeglijk in de koplampen van een auto staart. Je hebt me vernederd."

"Het spijt me ... "

Hij boog zijn hoofd en zuchtte diep.

"Het spijt me, oké?", zei ik, door mijn tranen heen. "Het ... spijt me zo. Ik wilde je niet kwetsen. Het was gewoon een ingewikkelde situatie, en ik wist niet hoe ik ermee om moest gaan."

"Na al dat gedoe met Dr. Hawthorne, lijkt het nu zelfs nog dommer." Hij hief zijn hoofd op en keek me aan. "Jij maakte je zorgen dat iemand je zou vervangen terwijl jij dit voor me geheimhield."

"Dat is totaal niet hetzelfde — "

"Hoe zou jij je voelen als ik in het verleden met haar naar bed was geweest, op de universiteit, maar het je nooit had verteld? We werken nu samen."

"Ik ... "

"Zou je kwaad zijn geweest?"

"Maar ik zou me erover zetten. Ik vertrouw je."

"Waarom zou je, terwijl ik er eerst over had gelogen?"

Ik sloot mijn ogen weer. "Deacon, het spijt me. Ik hou zoveel van je, van uit de grond van mijn hart. Zoiets zal nooit meer gebeuren. Ik zou nooit meer tegen je liegen. Ik heb niets meer te verbergen."

Hij schudde zijn hoofd. "Valerie wilde je verraden, en de enige manier waarop ik haar daarvan kon weerhouden was door haar te vertellen dat ik verliefd op je ben. Dus ze weet het nu. En dat is verdomme gewoonweg geweldig."

Het deed nog meer pijn nu ik wist dat hij me nog steeds had beschermd na wat ik had gedaan. "Dank je."

Hij keek me niet aan. Hij keek weg, alsof het te moeilijk voor hem was om mijn gezicht te zien. "Ik stond voor schut, Cleo."

"Het spijt me."

"Niet zo veel als mij, verdomme." Hij zette een stap achteruit en wreef weer over zijn nek. "Verdomme, vanmorgen werd ik gelukkig wakker ... en nu is het weg."

"Het is niet weg, Deacon. We komen er wel uit."

Zijn blik ging niet naar de mijne.

"Oké?"

Nog steeds niets.

"Deacon ... " Nee, ik zou niet kunnen leven als ik hem zou kwijtraken. Ik kon niet zonder hem. Hij was mijn alles.

"Ik heb ruimte nodig."

Oh mijn god. "Deacon, alsjeblieft. Jij en Derek ... jullie zijn mijn gezin." Zij vulden de grote holte op in mijn borst. Zij hadden alle pijn van mijn verliezen weggeveegd. Ze hadden me een plek gegeven waar ik thuishoorde, waar alles in orde was. "Jullie zijn mijn gezin." Mijn zicht werd wazig door de tranen en dat maakte het moeilijk om de kilte in zijn ogen te zien.

Hij stapte achteruit en keek naar de deur. "Ga alsjeblieft weg."

Ik kon niet geloven dat dit gebeurde. Ik kon niet geloven dat ik hem kwijt was. "Ik hou van je — "

"Cleo." Toen hij zich weer naar mij toe draaide, was zijn starende blik ondoordringbaar. Hij voelde helemaal niets voor me. Hij sprak tegen me zoals hij Derek aansprak wanneer die ongehoorzaam was, alsof hij mijn onaanvaardbare gedrag bestrafte. "Ik heb je gevraagd om te vertrekken. Ga nu."

Ik kon niet gaan. Mijn voeten wilden niet in beweging komen.

"Ik wil dat Matt de eerstkomende tijd alles voor me afhandelt. Ik wil je niet zien."

Hij stak me keer op keer neer.

Toen ik niet wegging, werd hij het wachten zat. Hij draaide zich om en liep door de gang naar zijn slaapkamer. Zijn deur ging even later dicht, gevolgd door de klik van het slot.

Ik wilde niet de gang in lopen, voor het geval ik iemand zou tegenkomen - niet nu ik er zo uitzag. Maar ik had geen andere keus. Ik kon hier niet blijven. Ik verdrong mijn tranen en dwong het gesnik te stoppen zodat mijn borst niet langer op en neer zou schokken. Daarna liep ik zijn woning uit.

Het was een lange nacht.

Ik had honger en lag met buikpijn in bed, maar ik was te radeloos om in mijn koelkast te duiken. Mijn telefoon lag op het nachtkastje en het scherm lichtte om de paar minuten op. Ik pakte hem iedere keer op, in de hoop een bericht van Deacon te zien.

Maar het waren gewoon e-mails van klanten.

De tranen kwamen en gingen, welden plotseling op om dan weer op te drogen. Dat proces herhaalde zich telkens weer. Op een gegeven moment raakte ik uitgedroogd en kreeg migraine, dus moest ik een paar pillen nemen om de nacht door te komen.

Toen de ochtend aanbrak, meldde ik me ziek.

"Ik kan vandaag niet komen werken. Ik denk dat ik iets heb opgelopen." Ik loog in de telefoon en lag nog steeds onbeweeglijk in bed.

Matt was verrast omdat ik me nooit ziek meldde. "Verdomme, dan moet je behoorlijk ziek zijn."

"Je hebt geen idee ... " Tranen welden op in de hoeken van mijn ogen en rolden op de lakens.

"Kom je morgen weer werken?"

Ik zou me niet eeuwig in mijn appartement kunnen verstoppen. Ik had te veel op het programma staan. Het was al een enorme belasting voor het gehele personeel als ik slechts één dag vrijaf nam. "Ja, morgen kom ik weer." Het was niet alsof ik me er zorgen over moest maken dat ik Deacon zou tegenkomen ... aangezien hij me niet wilde zien.

"Goed. Veel beterschap."

Ik bracht mijn dag door liggend op de bank, voor de tv, in de hoop dat die dwaze programma's me zouden helpen om mijn gedachten te verzetten. Maar Deacon kwam steeds weer op in mijn gedachten ... de liefde van mijn leven.

Was ik hem net echt kwijtgeraakt?

Wat betekende *ruimte* precies?

Had hij me gedumpt?

Daar leek het wel op, aangezien hij niet meer wilde dat ik voor hem zorgde.

Gisteren nog was mijn leven perfect geweest. Ik was wakker geworden met Deacon naast me, een droomkanjer, een zachtaardige ziel, mijn wederhelft.

En nu was ik alleen.

Ik bleef naar de telefoon staren, in de hoop dat hij me zou sms'en en vragen hoe het met me ging, maar dat deed hij niet.

Ik wilde hem sms'en, maar ik wist dat ik geen antwoord zou krijgen.

Op het moment was er niets wat ik kon doen.

En niets doen ... was het moeilijkste wat ik ooit had moeten doen.

Ik ging de volgende dag weer aan het werk, maar kwam later op kantoor dan normaal, omdat ik deze keer niet stiekem bij het krieken van de dag uit Deacons appartement was geslopen. Ik liep naar mijn bureau en zag Matt en Anna daar zitten. "Goedemorgen."

Ze staarden me nerveus aan en wisselden een paar blikken uit voordat ze me weer aankeken. En ze zeiden geen woord.

Oh verdomme.

Ik stopte bij mijn bureau en zag de doos met mijn spullen staan. De foto van mijn ouders en mij lag erbovenop, alsof die erin was gegooid. Mijn blocnotes, kantoorbenodigdheden en allerhande andere spullen die mij toebehoorden zaten er ook in. Ook mijn eigen ergonomisch toetsenbord dat de pijn in mijn polsen verminderde, zat erin. Ik staarde er even naar, met mijn handen op de rand van de doos en besefte dat dit mijn ondergang was.

Ik had niet alleen Deacon verloren, maar ook het enige andere waar ik om gaf.

Nu was ik echt alles kwijt.

Ik dacht niet aan hoe dit tot stand was gekomen. Misschien had Valerie besloten om me toch te verraden. Misschien was Jake erachter gekomen dat ik een relatie had met Deacon en had hij me uit wraakzucht verklikt. Misschien was Deacon zo kwaad geworden dat hij me had verraden.

Deed het er echt toe?

Het veranderde totaal niets.

Ik was ontslagen.

Matt stond op uit zijn stoel en kwam naast me staan. "Cleo?"

Mijn handen trilden terwijl ik de doos steviger vastpakte en naar mijn spullen keek. Ik had thuis geen man of kinderen die op me wachtten. Ik had amper vrienden. Ik had alleen mijn werk, mijn passie, maar nu was dat weg. Ik had wat spaargeld, maar daar zou ik maar een paar maanden van kunnen leven, voor ik geen geld meer over zou hebben omdat mijn huur zo hoog was. Met mijn ervaring, zou ik onmiddellijk weer een nieuwe baan kunnen vinden, maar aangezien ik niet kon vragen om een aanbevelingsbrief ... was ik de klos. Ik had geen andere beroepsmatige ervaring, dus had ik geen idee hoe ik zou moeten overleven in de duurste stad ter wereld.

Ik zou moeten verhuizen.

"Cleo?"

Ik wendde me tot Matt en besefte plots dat hij net wat had gezegd. "Ja?"

"Ik wil dat je weet dat wij je niet verraden hebben aan meneer Kline."

Ik glimlachte naar hem en waardeerde hun loyaliteit. "Bedankt."

"Het is buiten ons om gebeurd", zei hij. "Anders hadden we het proberen te verdoezelen."

Dat was lief ... heel lief.

"Laten we samen wat gaan drinken na het werk." Hij legde zijn hand op mijn rug, omdat hij wist dat ik op het punt stond een inzinking te krijgen.

"Misschien over een paar dagen", fluisterde ik. "Ik ... heb even wat tijd nodig."

"Natuurlijk." Hij liet zijn hand zakken. "Het is door jou dat dit werk zo'n fantastische plek is, en het zal niet hetzelfde zijn zonder jou. Dit is een fout ... een heel grote fout."

Ik pakte de doos op en hield die tegen mijn borst aan. "Ik zie je later, Matt. Tot ziens, Anna." Ik draaide me om, klaar om te vertrekken, zodat ik op weg naar huis in mijn eentje zou kunnen huilen. New Yorkers zouden me voorbijlopen, maar doen alsof ze het niet zagen. Dat was een van de fijne dingen aan deze stad ... het kon niemand wat schelen.

"Cleo?", zei Matt.

Ik draaide me weer naar hem toe.

"Meneer Kline zit buiten in zijn auto, hij wil dat je bij hem in de auto gaat zitten."

Ik zuchtte luid en was emotioneel totaal uitgeput. Nu moest ik bij hem gaan zitten en luisteren naar hoe mijn baas me ontsloeg. Ik zag niet in waarom we überhaupt een gesprek moesten voeren. Ik was mijn baan kwijt. Wat viel er nog te bespreken? Maar ik kon niet zomaar weglopen. Hij had een risico genomen toen hij me had aangenomen. Ik was toen erg jong geweest, maar hij had me toch aangenomen. "Goed." Ik liep de lobby uit, dankbaar dat geen van mijn voormalige klanten er waren om me uit het gebouw te zien lopen met een doos met daarin al mijn persoonlijke spullen.

Ik herkende de Mercedes met verduisterde ramen van meneer Kline.

Ik liep naar het portier, haalde diep adem en ging toen naast hem op de achterbank zitten, met de doos op mijn schoot.

De chauffeur staarde recht voor zich uit en kon door zijn oordopjes ons gesprek niet volgen.

Ik staarde naar de doos, niet in staat om hem aan te kijken. "Bedankt dat u mij een kans hebt gegeven, meneer Kline. Ik heb echt genoten van mijn tijd hier." Ik was ontslagen om een legitieme reden. Ik had de regels overtreden door niet te slapen met één, maar met twee van de bewoners. Ik zou niet met hem in discussie gaan, omdat ik wist dat ik schuldig was. Ik betreurde de eerste overtreding, maar niet de tweede ... zelfs niet nu hij me had verlaten.

Meneer Kline zweeg, alsof hij niet wist hoe hij daarop moest reageren.

Ik bleef naar de doos kijken, zodat ik zijn gezicht niet hoefde te zien.

"Cleo, ik wilde dit niet doen ... als dat een verschil maakt. Je bent de beste conciërge die ik al ooit heb gehad. Ik zal je moeten vervangen, maar niemand zal zo goed zijn als jij. Maar ... ik heb geen keus."

"Ik weet het." Mijn tijd hier was voorbij, en in plaats van te zitten snikken, koos ik ervoor om wat waardigheid te tonen, om me stijlvol te gedragen in plaats van als een hoopje ellende dat in tranen uitbarstte. De gezwollen ogen en rode wangen konden wachten tot ik thuis was.

"Ik begrijp gewoon niet waarom je het hebt gedaan. Hoe kon je zo dom zijn?"

Ik zou nooit een legitiem excuus hebben om de eerste keer te rechtvaardigen. Maar voor de tweede was het antwoord gemakkelijk. Ik was verliefd.

"Je bent beter dan dat, Cleo."

Ik bleef naar de doos staren, omdat het te moeilijk voor me was om zijn blik te trotseren.

"Je hebt geen idee hoeveel moeite me dit heeft gekost." Hij zuchtte luid. "En nu zal het nog moeilijker zijn om iemand te vinden om jou te vervangen, want als ik niet de juiste persoon kan vinden, zal het gebouw plots minder aantrekkelijk worden. En met jou weg, moet de rest van het personeel rondrennen om de zaak draaiende te houden. Het is gewoon ... een verdomde nachtmerrie."

Net als mijn leven.

"Je mag geen van mijn bewoners als klant nemen vanwege ons contract, en vergis je niet, ik zal je aanklagen. En als je iemand iets vertelt over de bewoners die in mijn gebouw wonen, zal ik je daar ook voor aanklagen."

Dus het kwam er eigenlijk op neer, dat ik niet eens iemand mocht vertellen dat ik hier had gewerkt. "Goed."

Hij zuchtte weer. "Nou ... veel geluk verder."

Dit gesprek was dus helemaal niet uit medeleven geweest. Het was alleen maar om me bang te maken. "U ook, meneer Kline." Ik opende het portier, stapte uit en liep daarna met mijn doos spullen de straat op. Toen ik de hoek haalde en overstak, begonnen de tranen te rollen.

En ik snikte de hele weg naar huis.

13

DEACON

Daardoor kreeg ik Derek niet meer te zien.

Ik had haar een paar keer ge-sms't, maar geen antwoord gekregen.

Omdat Derek zich in het gebouw bevond en ik hem dus altijd te zien kon krijgen als het echt nodig was, reageerde ik er verder niet op.

Ik had trouwens sowieso een slecht humeur.

Ik was in geen tijden nog zo kwaad geweest, niet meer sinds Valerie me had verboden Derek te zien na mijn verhuis. Ik had, overmand door haar onzinnige gedrag, tegen haar geschreeuwd over de telefoon. Ik voelde me nu weer zo ... maar een miljoen keer erger.

Ik concentreerde me op mijn onderzoek en bracht de week door in het ziekenhuis waar ik mijn patiëntenzorg deed.

Ik nam altijd zelf mijn lunch mee — omdat ik het vertikte om Cleo ergens om te vragen.

Zoals ik had verzocht, regelde Matt alles voor me. Hij zorgde dat mijn boodschappen werden gedaan en mijn kleren naar de stomerij werden gebracht. Hij ging verder waar Cleo gebleven, alsof ze hem een gedetailleerde uitleg had gegeven van elke kleinigheid die ik nodig had.

Maar ik zag hem niet vaak. Hij handelde meestal alles af voordat ik thuiskwam. Ik werkte altijd tot laat, dus was dat niet zo verrassend.

Ik zat aan het bureau op de kankerafdeling, met al mijn aante-keningen om me heen verspreid, en opende de bestanden met patiëntengegevens op mijn computer.

Dr. Hawthorne trok een stoel op wieltjes bij en ging zitten, gekleed in een lichtblauwe labojas en met haar haren naar achteren getrokken. "Raad eens?" Ze legde enkele papieren voor me met laboresultaten die ze net had ontvangen. Ze deed sinds het liefdadigheidsdiner alsof er niet iets pijnlijks was gebeurd en gedroeg zich weer professioneel. Als ze me al had proberen te versieren, liet ze dat niet meer blijken.

Ik pakte de papieren en bladerde er doorheen. "Zijn deze van vandaag?"

"Van een paar uur geleden."

Ik controleerde de getallen twee keer. "Dit is geweldig ... "

"Ik weet het. De waarden bij mijn patiënten zijn ongelooflijk gedaald. Hun cholesterol is lager, wat betekent dat de behande-ling de chronische ontsteking in het lichaam doet afnemen. Ik ga nog een dosis toedienen en kijken of deze waarden nog beter worden."

Ik leefde voor zulke momenten — tijden waarin we echt een verschil maakten. Maar ik was niet zo opgewonden als ik gewoonlijk was, omdat ik zoveel aan mijn hoofd had wat mijn persoonlijke leven betrof.

Dr. Hawthorne had me de afgelopen weken blijkbaar goed genoeg leren kennen, en ze kon mijn stemmingen peilen en wist dat er iets mis was. "Is alles in orde met je, Deacon? Je lijkt een beetje ... afgeleid." Dat was waarschijnlijk overduidelijk door het uitblijven van een heftige reactie.

"Ik heb alleen ... momenteel wat veel aan mijn hoofd."

"Kan ik iets doen om te helpen?"

"Nee." Ik wenste dat ik iemand had met wie ik erover kon praten. Cleo was mijn vertrouwenspersoon geweest, maar ik kon nu niet met haar praten. Ze gunde me de ruimte waar ik om had gevraagd en ze sms'te me helemaal niet, ook al hadden we elkaar al meer dan een week niet meer gesproken. "Ik heb relatieproblemen ... "

Ze knikte langzaam. "Met Cleo?"

Ik keek haar aan, verrast door haar juiste gok.

Ze zuchtte luid. "Het spijt me echt van dat hele gedoe. Als ik het had geweten — "

"Verontschuldig je alsjeblieft niet." Ik schaamde me dat we dit gesprek hadden vanwege Cleos domheid.

"Nou, als deze problemen worden veroorzaakt door wat er die avond is gebeurd — "

"Dat is niet het geval. Ik ben recent wat dingen over haar te weten gekomen ... en ik weet niet zeker wat ik daarvan moet denken."

Ze zweeg een tijdje, niet zeker wat ze moest zeggen. "Nou, je hebt mijn nummer, voor als je ooit iemand nodig hebt om mee te praten. Ik ben geen relatiegoeroe of zo, maar ik ben een vrouw en ik deel je intellect. Misschien kan ik je wat advies geven."

"Het komt er eigenlijk op neer dat ik erachter ben gekomen dat ze tegen me heeft gelogen ... over een aantal ernstige zaken." Ik wist niet waarom ik er met haar over praatte. Ik was waarschijnlijk gewoon heel erg eenzaam. Ik wilde het niet met Tucker bespreken, omdat ik al wist wat zijn reactie zou zijn.

Ze knikte langzaam. "Ik weet alleen dat vertrouwen erg belangrijk is in een relatie. En er is iets goed fout als je het kwijt bent."

Tucker sms'te me. *Hoi, meest favoriete broer ter wereld. Ik wil je om een gunst vragen.*

Ik zat op de achterbank van de auto en was op weg naar huis van mijn werk. *Ik ben je enige broer.*

Daarom ben jij mijn favoriet.

Wat wil je? Cleo en ik waren ondertussen al bijna twee weken uit elkaar. De tijd was voorbij gevlogen, omdat ik me zo intens op het werk had gefocust. Maar de tijd was ook langzaam voorbij geschreden, omdat ik boos en verdrietig was en me ellendig voelde ... en alles daartussenin.

Mag ik dit weekend gebruik maken van je strandhuis? Hij sms'te me een emoji van een grijnzend gezicht.

Ik zou er waarschijnlijk nooit meer naartoe gaan, dus kon het me totaal niets schelen. *Ja.* Cleos geest spookte er rond, door het gelukkige weekend dat we daar hadden gehad, alleen wij met zijn tweetjes ... verliefd. Ik wist ook niet zeker of ik nog naar het chalet zou kunnen gaan, toch in ieder geval niet binnenkort. Het hoorde een speciale plek voor Derek en mij te zijn ... maar ze was daar op de een of andere manier deel van gaan uitmaken.

Prima. Mag ik langskomen om de sleutel op te halen? Of zal Cleo die komen afgeven?

Kom hem maar halen. Als ik Matt zou sturen, zou dat vragen kunnen oproepen die ik niet wilde moeten beantwoorden.

Ik ben er over dertig minuten.

Toen ik bij het gebouw aankwam, liep ik rechtstreeks naar de lift zonder een blik te werpen naar het kantoor dat vlakbij lag, omdat ik Cleo helemaal niet wilde zien. Het maakte niet uit hoe hard ze had gehuild in mijn flat. Ik was nog steeds zo kwaad dat ik niet helder kon denken. Ze had tegen me gelogen en me verdomme voor blok gezet.

Ik stapte mijn appartement binnen en had nauwelijks tijd om me om te kleden voordat Tucker al aanklopte.

"De deur is open." Ik liep naar de koelkast en pakte een biertje.

"Hoe gaat het?" Hij deed de deur achter zich dicht en zag direct dat de sleutel op tafel lag. Hij bracht hem naar zijn lippen en drukte er een zoen op. "Pria en ik hebben het er de vorige keer zo geweldig naar onze zin gehad. Ik zou je normaal gesproken vertellen waarom, maar je zou me waarschijnlijk zeggen om mijn mond te houden."

Ik liep de woonkamer binnen met een biertje in de hand, gekleed in mijn joggingbroek en een T-shirt. "Veel plezier."

"Waarom gaan jullie niet met ons mee? Het zal leuk worden."

Ik ging nergens heen met Cleo. "Misschien een andere keer." Ik liep naar de bank en ging zitten met de fles in mijn hand.

Tucker stopte de sleutel in zijn zak. "Wil je naar de wedstrijd kijken of zo?"

"Ik heb nog veel werk te doen." Het was dubbel. Ik was eenzaam, maar ik wilde niemand zien, zelfs geen familie. Ik miste Derek niet eens zo veel als normaal. Ik dacht eigenlijk nauwelijks aan hem.

Tucker bestudeerde me en leek te merken dat er iets niet in orde was. "Alles in orde, man?"

"Ja. Er is gewoon veel gaande op het werk." Ik wilde echt niet praten over de echte reden waarom ik overstuur was, dus loog ik.

Tucker ging niet weg. "Wil je erover praten?"

"Nee." Mijn reactie kwam er harder uit dan ik had bedoeld.

Tucker kruiste zijn armen voor zijn borst en zijn speelse houding was nu verdwenen. Hij was nu doodserieus. "Oké, ik begin me zorgen om je te maken."

"Waarom?", vroeg ik. "Ik zit hier toch gewoon."

"Ja, maar ... " Hij schudde zijn hoofd. "Je ziet er anders uit. Je ziet er ... vreselijk uit."

"Bedankt, klootzak." Ik nam nog een slok.

Tucker ging in de fauteuil zitten.

Ik kreunde geïrriteerd. "Tucker, ik wil er echt niet over praten."

"Waarom niet?"

"Omdat ik dat niet wil", snauwde ik. "Is dat niet reden genoeg?" Ik keek omhoog en wierp hem een kille blik toe.

Tuckers ogen schoven licht heen en weer terwijl hij me aankeek, alsof hij zich echt niet op zijn gemak voelde bij deze situatie. "Is er iets gebeurd met Cleo?"

"Nee."

"Met Derek?"

"Nee."

"Valerie — "

"Maak verdomme dat je wegkomt, Tucker." Ik stapte van de bank af en liep naar de eettafel, waar ik mijn spullen had achtergelaten.

Tucker maakte geen aanstalten om te vertrekken. Hij zei ook niets.

Ik had gehoopt dat hij gewoon zou vertrekken en me met rust zou laten. Ik haalde mijn laptop en papieren tevoorschijn en zette die naast mijn biertje.

Ik hoorde Tuckers voetstappen achter me.

Verdomme.

Hij trok de stoel aan het andere hoofd van de tafel naar achter en ging zitten. "Ik ga niet weg voordat je met me praat."

Ik zuchtte.

"Ik meen het. Ik maak me zorgen."

Ik plofte neer op de stoel, opende mijn laptop en negeerde hem.

Hij bleef daar gewoon zitten, alsof hij alle tijd van de wereld had.

Na twintig minuten, keek ik hem aan.

"Denk je dat ik bluf?"

Ik deed mijn laptop dicht. "Cleo heeft me echt kwaad gemaakt."

"Ik weet zeker dat wat ze dan ook heeft gedaan, ze goede bedoelingen had — "

"Ze heeft de een of andere klootzak in het gebouw geneukt en erover gelogen, waardoor ik nu een verdomde imbeciel lijk. Ze werd daarenboven ook nog eens jaloers op een collega van me, terwijl zij degene is met lijken in haar kast. Ze had een affaire met een getrouwde man, maar ze maakte wel een hoop drukte over dat onze relatie geheim moest blijven. Ze heeft een hele andere persoonlijkheid waar ze me niets over heeft verteld."

Tucker was zo geschokt dat hij helemaal niets zei. Zijn ogen bleven een hele tijd wijd opengesperd.

"Dus ja, ik zie er vreselijk uit, omdat ik me klote voel. Ze heeft me gevraagd om haar te vertrouwen, om het verleden achter met te laten en een relatie met haar aan te gaan. Nou, ik heb mijn deel gedaan." Ik nam nog een slokje van mijn bier en zette het flesje daarna harder dan ik wilde neer, met zo'n luide bons dat het bijna verbrijzelde.

"Jezus ... dat is veel informatie om in een paar seconden binnen te krijgen." Hij leunde voorover en wreef met zijn vingers over zijn kaaklijn. "Wanneer is dit allemaal gebeurd?"

"Ongeveer twee weken geleden."

"En je bent nog steeds woedend ... "

"Natuurlijk ben ik nog steeds woedend."

Tucker zweeg nooit langer dan een paar seconden, maar nu hield hij lang zijn mond, alsof hij niets geloofde van wat ik net had gezegd. "Dus ze heeft je bedrogen? Ik ... ik zie haar dat gewoon niet doen."

"Nee." Ik legde hem uit wat er precies gebeurd was en nu ik er voor het eerst over praatte, werd ik weer helemaal opnieuw woedend. Ik had verwacht dat mijn woede zou afnemen, dat ik geestelijk weer gezond zou worden nu we een tijdje uit elkaar waren.

"Oh man ... " Tucker zweeg weer.

"Ik voel me oerdom. Ik voel me verraden. Ik voel me ... het is alsof ik haar niet eens meer op dezelfde manier zie."

In plaats van boos te worden op Cleo, staarde hij levenloos voor zich uit. "Geloof je haar? Dat ze niet wist dat hij getrouwd was?"

Ik haalde mijn schouders op.

"En Jake heeft gezegd dat ze die ene nacht met elkaar naar bed zijn geweest, maar zij zegt van niet?"

"Ja ... volgens haar kraamt hij voor het grootste deel leugens uit. Ik ben net voor haar gevallen omdat ik dacht dat zij dat soort onzin niet zou doen. Maar ze is net als Valerie ... "

"Dat zou ik niet zeggen, man."

"Ze had genoeg tijd om me dit allemaal zelf te vertellen, en dat zou een groot verschil hebben gemaakt. Maar dat heeft ze niet gedaan. Ze heeft zichzelf niet helemaal aan me gegeven. Deze relatie is vanaf het begin eenzijdig geweest. Ik was maandenlang alleen geweest voordat wij een koppel werden ... maar zij gaat ervandoor met de een of andere klootzak van zodra ik haar afwijs?" Ik schudde mijn hoofd. "Ik dacht dat we meer hadden dan dat."

"Deacon?"

Ik staarde hem aan.

"Ik geef toe dat dit allemaal klote is, maar misschien moet je haar — "

"Toen Valerie me kwam inlichten, kon ik het niet geloven. Ik heb haar gezegd dat ik eerst met Cleo zou praten, omdat ik dacht dat ze alles zou kunnen rechtzetten. Maar het was allemaal waar."

"Maar ze heeft gezegd dat ze niet wist dat hij getrouwd was? Geloof je haar?"

"Ze loog tegen me over andere dingen. Waarom zou ik haar nu geloven?"

Hij haalde zijn schouders op. "Ja, dat is moeilijk. Ze lijkt me niet iemand die met een getrouwde man naar bed zou gaan, maar ik had ook nooit gedacht dat ze met een klant naar bed zou gaan, dus ik weet het niet ... "

Ik staarde naar de fles en zag dat die leeg was. "Ik geloof haar ... "

Tucker keek me aan. "Ja?"

Ik knikte. "Misschien is dat dom ... maar dat doe ik wel."

"En hoe zit het met die tweede keer dat ze met hem mee naar huis is geweest? Geloof je ook dat ze niet met hem naar bed is geweest?"

Ik wilde me haar niet samen met iemand anders voorstellen. Of ze elkaar nu kusten of neukten, dat was net zo pijnlijk. "Ja."

"Dus ... je vertrouwt haar."

Ik schudde mijn hoofd. "Ik weet het niet, Tucker ... ik weet het echt niet."

"Betekent dit dan dat het uit is tussen jullie?", fluisterde hij.

"Ik heb haar gezegd dat ik ruimte nodig heb."

"Maar je bent nu nog net zo woest als toen."

"Ja ... " Ik had het gevoel dat dat niet zou veranderen.

Tucker probeerde me er niet van te overtuigen om haar terug te nemen. Hij opperde niet zijn eigen mening, omdat hij begreep dat dit een explosieve situatie was. "Hoe denk je dat het met haar gaat?"

"Ik weet het echt niet."

"Wil je dat ik ga kijken hoe het met haar gaat?"

"Nee. Bemoei je er niet mee, Tucker. Dit is iets tussen ons — jij bent er niet bij betrokken." Ik wist niet eens zeker of er nog een 'ons' bestond.

Tucker zag er verdrietig uit, zelfs ontdaan. "Het spijt me echt van dit alles, Deacon. Ik besef dat je erg gekwetst bent."

Ik staarde naar de fles, niet in staat om zijn blik te ontmoeten. "Het was te vroeg voor mij om weer een relatie te hebben. Ik had langer moeten wachten ... of er helemaal niet aan mogen beginnen." Ik liet de fles los, leunde achterover tegen de rugleuning van de stoel en draaide me om naar het raam.

"Ik weet dat het niet aan mij is om dat te zeggen, maar daar ben ik het niet mee eens. Volgens mij zat ze met een geheim dat ze niet durfde te delen; en ze is daar gewoon niet goed mee omgegaan. Al het andere aan haar is echt — het is nog steeds echt."

"Als het allemaal echt was, had ze het me gewoon moeten opbiechten."

"Als ze dat zou hebben gedaan, zou dat dan iets veranderd hebben?"

Ik zou me niet op mijn gemak hebben gevoeld, maar ik zou er na een paar dagen overheen zijn gestapt. "Nee."

"Waarom zou het dan nu iets veranderen?"

14

CLEO

Er waren ondertussen drie weken voorbijgegaan.

En Deacon had geen contact met me opgenomen.

Dat was een vrij duidelijk teken dat hij me niet meer wilde.

Het deed zo veel pijn.

Ik was sinds mijn ontslag niet meer teruggegaan naar het gebouw, dus moesten alle klanten onderhand afweten van mijn ontslag. Dat betekende dat Deacon het ook wist — maar het kon hem blijkbaar niets schelen.

Dat deed het meest pijn, dat hij niet eens had gevraagd hoe het met me ging.

Het was vrijwel onmogelijk om een nieuwe baan te vinden. Ik kon geen werk vinden in de horeca, omdat het leek alsof ik geen ervaring had aangezien ik mijn vorige baan niet op mijn CV kon vermelden. Als ik het toch zou vermelden en ze mijn vorige werkgever zouden bellen, zouden ze weten dat ik ontslagen was voor een grove overtreding van de regels. Ze zouden me dan niet aannemen, dus had het geen nut.

Maar ik zou binnenkort blut zijn, zelfs wanneer ik nauwelijks iets zou eten, en omdat de vooruitzichten op werk steeds slechter werden, wist ik dat ik moest verhuizen. Ik zou nooit meer genoeg verdienen om hier te kunnen blijven wonen, dus verhuisde ik naar een appartement in Brooklyn dat ik op maandelijkse basis kon huren.

Ik wist niet zeker of ik in New York zou blijven.

Zonder universitaire opleiding en minimale werkervaring kon ik geen baan vinden met een inkomen dat hoog genoeg was om van te kunnen leven, wat betekende dat ik moest verhuizen naar een omgeving met lagere woonlasten. Ik had nog een tante die op het platteland woonde in Washington, op maar vijfenveertig minuten rijden van Seattle. Ik zou bij haar kunnen intrekken en helemaal opnieuw beginnen.

Maar ik verhuisde eerst naar Brooklyn, omdat ik zo stom was nog te hopen dat Deacon van gedachten zou veranderen.

Ik realiseerde me nu dat dat niet zou gebeuren.

Mijn appartement was eigenlijk een vijfendertig vierkante meter grote kamer, met maar één raam, een kitchenette en zithoek, maar mijn bed nam het grootste deel van die ene ruimte in beslag. Al het meubilair dat ik voor mijn appartement in Manhattan had gekocht was duur en mooi, en ik had het opgeslagen in de hoop dat ik het op een dag weer zou kunnen gebruiken.

Maar ik besefte dat ik het beter kon verkopen.

Ik zou beter alles verkopen, zodat ik zou kunnen verhuizen naar de westkust en opnieuw beginnen.

En dat voor een dertigjarige vrouw.

Soms kon ik niet geloven dat dit echt gebeurde, dat ik het perfecte leven had gehad ... maar dat dat nu verleden tijd was. Ik had een geweldige man gehad, de perfecte baan en een kleine jongen waar ik zielsveel van hield alsof het mijn eigen kind was, terwijl ik niet eens zijn stiefmoeder was. Ik was dol geweest op mijn collega's en klanten. Ik was trots geweest op mijn baan.

Maar het was alsof het nooit gebeurd was.

Nu had ik niemand ... helemaal niemand.

15

DEACON

DE BOM WAS ONDERTUSSEN BIJNA EEN MAAND GELEDEN ONTPLOFT.

Valerie deed nog steeds moeilijk door niet te reageren op mijn sms-berichten. Ze was weer teruggevallen in haar oude manier van doen, en hield Derek bij me weg als straf. Maar aangezien deze misdaad erger was dan alle andere die ik ooit had begaan, wist ik dat de straf zwaarder dan ooit zou zijn.

Maar mijn geduld raakte stilaan op.

Ik nam de lift naar haar verdieping en bonkte met mijn vuist hard op de deur.

Het getik van haar hoge hakken op de vloer was hoorbaar aan de andere kant. Ze stopte en keek door het kijkgaatje.

"We kunnen dit niet eeuwig blijven doen, Valerie." Ik had als gevolg van dit drama niets gehoord over hoe mijn zoon het had gedaan tijdens zijn eerste maand op school. Ik was niet eens mezelf, omdat ik nog steeds overstuur was, maar ik wilde deze kostbare momenten van zijn leven niet blijven missen.

Ze ontgrendelde de deur, opende die en keek me vol verachting aan.

"Ik wil Derek zien."

Ze opende de deur verder en liet me binnen.

Ik liep de woonkamer in, opgelucht dat ze geen ruzie was gaan maken in de gang waardoor de andere bewoners ons hadden kunnen horen. "Waar is hij?"

"In zijn kamer." Ze deed de voordeur dicht en keek me aan, met haar armen gekruist voor haar borst.

Ik voelde haar vijandigheid en wist dat ik moest proberen om die te laten afnemen. "Ik weet dat je boos op me bent, maar reageer het niet af op Derek."

"Ik reageer het niet op hem af. Ik reageer het op jou af."

"En dat beïnvloedt onze zoon, stop daar dus mee."

Ze schudde haar hoofd en keek me indringend aan. 'Ik kan niet geloven dat je voor een goedkope del als haar bent gevallen — voor de bediende dan nog wel. Echt?"

Ik kneep mijn ogen halfdicht. "Noem haar niet zo."

"Ik ben perfect, maar je wilde echt liever bij haar zijn?"

"Jij bent niet perfect, Valerie. Niemand is perfect."

"En jij kan het weten. Ik kan het nog steeds niet geloven. Ik ben blij dat ze weg is."

Ik wist niet dat Valerie wist dat we elkaar niet meer zagen, maar ze was nieuwsgierig, dus was ze daar waarschijnlijk op de een of andere manier achter gekomen. "Ze is geen slecht mens, Valerie. En jij hebt geen recht van spreken. Hoe vaak heb jij me bedrogen?"

"Maar ik heb er nooit over gelogen. Ik heb het je recht in je gezicht verteld."

"Ze wist niet dat hij getrouwd was, oké?"

"En dat geloof jij?", vroeg ze geschokt.

Ik hoefde daar niet eens over na te denken. "Ja."

Ze rolde met haar ogen.

"Ik geef toe dat wat ze heeft gedaan verkeerd was, maar nee, ik geloof niet dat ze liegt. Ze heeft niet gestolen van haar klanten en heeft niemand vermoord, dus is je reactie sterk overdreven. Ze is ook maar een persoon, Valerie. Een mens." Ik wist dat ik mijn eigen advies zou moeten opvolgen, besefte plots dat ik zelf ook zo agressief was geweest tegen Cleo, maar haar misstappen hadden net veel impact gehad op mij.

"Wat maakt het ook uit?" merkte ze op. "Ik hoef haar sowieso nooit meer te zien, dus het maakt niets uit."

Ik kneep mijn ogen weer halfdicht. "Ik weet niet of je haar *nooit* meer zal zien ... "

"Nou, niet in dit gebouw, tenminste."

Nu, was ik nog meer in de war. "Wat bedoel je daarmee?"

Ze probeerde mijn blik te ontmoeten, alsof ze net zo verbijsterd was door mijn vraag als ik door haar opmerking. "Weet je het niet? Nou, nu weet ik zeker dat je haar niet meer ziet ... wat fijn is."

"Wat moet ik weten?"

"Ze werd bijna een maand geleden ontslagen."

Ik staarde haar wezenloos aan, omdat ik tijd nodig had om die simpele woorden te begrijpen. Ik voelde een nieuw soort pijn, een kwelling die niet werd veroorzaakt door mijn eigen ellende ... maar door die van iemand anders. "Wat?" Ze was ontslagen en ze had me dat niet verteld?

"De eigenaar heeft haar eruit getrapt."

"Waarom?", vroeg ik. "Ik heb je gevraagd om niets te zeggen."

"En dat heb ik ook gedaan", snauwde ze.

"Wat is er verdomme gebeurd?" Het kon me niet eens iets schelen dat Derek hier was. Het kon me niets schelen dat hij me kon horen.

"Dat heeft Jake geregeld."

Mijn ogen werden groter en de woede volgde snel. "Waarom?" Waarom zou hij haar zo verraden? Ze had haar baan op het spel gezet om een relatie met hem te hebben, en dan was dat zijn reactie? Wat voor soort integriteit was dat?

Ze haalde haar schouders op. "Ik heb hem verteld dat jullie twee een relatie hadden, en toen besloot hij om het aan de eigenaar te vertellen."

Mijn hart begon razendsnel te kloppen, omdat ik nu wist dat dit allemaal mijn schuld was.

Het was verdomme mijn fout.

Ik had Valerie niet de waarheid mogen vertellen. Maar als ik dat niet had gedaan, was dit sowieso gebeurd.

Ik herinnerde me het verhitte gesprek tussen Cleo en Jake in de lobby, de manier waarop ze hem was blijven vragen om haar met rust te laten. Ze had hem laten zitten van zodra ze wist dat hij getrouwd was, en hij was achter haar aan blijven zitten. Hij was waarschijnlijk jaloers en haatdragend geworden toen hij zich had gerealiseerd dat ze samen met mij was.

Ik wilde hem op zijn gezicht slaan.

Hij was net als Valerie — maar dan een versie met een lul. "Je vriendje is een echt stuk stront. Volgens mij passen jullie perfect bij elkaar."

Haar mond viel. "Sorry?"

"Ze is haar baan kwijt door jullie twee. Jullie zijn voor elkaar geschapen." Ik draaide me om en verliet het appartement.

"Waar ga je in godsnaam heen?"

"Ik ga dit rechtzetten."

Boris Kline woonde buiten de stad op een landgoed in de Hamptons, een herenhuis aan het water.

Ik reed door de poort, parkeerde de auto en liep naar de voordeur.

Zijn butler liet me binnen en Boris ontmoette me in de ingang. "Dag Dr. Hamilton. Het is leuk om u terug te zien." Hij schudde me de hand.

Ik beantwoordde het gebaar.

"Het is alweer een tijdje geleden. Hoe gaat het met u?"

Het leek er niet op dat hij wist dat Cleo een relatie met mij had gehad, omdat hij zich helemaal niet anders gedroeg. "Het gaat ... goed met me. Kunnen we ergens onder vier ogen praten?"

"Euhm, zeker." Hij liep voor me uit naar zijn studeerkamer. "Heeft u een aantal spannende onderzoeken gedaan die u met me wilt bespreken?"

"Nee." Ik volgde hem naar zijn grote kantoor, met een raam dat uitzicht bood op het water.

Boris ging achter zijn bureau zitten. "Goed ... gaat dit over de verandering van personeel in het Trinitygebouw? Ik weet dat alles minder soepel verloopt als eerder, maar ik verzeker u dat alles snel weer als vanouds zal zijn. Het is gewoon heel moeilijk om Cleo te vervangen. Ze had veel ervaring, en het zal tijd kosten om haar vervanger op te leiden ... van zodra ik die vind."

Ik nam plaats, met de papieren in mijn hand. "Daar gaat het inderdaad om."

"Niet dat ik niet blij ben om u te zien, Dr. Hamilton, maar een telefoontje zou voldoende zijn geweest. En ik geef er de voorkeur aan dat klachten worden gemeld aan Matt. Ik ontmoet mijn klanten meestal niet bij mij thuis, maar omdat we elkaar al langer kennen, heb ik ingestemd met deze ontmoeting."

"En dat waardeer ik, Boris."

"En ik zal u altijd dankbaar blijven voor het redden van het leven van mijn vrouw."

"Hoe gaat het met haar?", vroeg ik. Ik zag haar nog steeds als mijn patiënt, ook al was het jaren geleden dat ik haar had behandeld.

"Geweldig. Nog steeds kankervrij — dankzij u."

Ze was jaren geleden een van de eerste patiënten die had meegedaan aan mijn onderzoek. Ze had kanker gehad in fase vier, maar was volledig hersteld. "Ik ben heel blij dat te horen, Boris." Ik wenste dat mijn vader, die zo'n goed mens was geweest, ook zoveel geluk had gehad.

"Nou?", vroeg hij.

Ik keek naar de papieren in mijn hand. "Ik wil dat je Cleo haar baan teruggeeft."

Hij zag er meteen stomverbaasd uit. "Kwam u helemaal hierheen om me dat te vragen?"

Ik knikte.

"Volgens mij had ze met meer dan één inwoner een intieme relatie... "

Ik ontkende het niet. Dat leek zinloos. "Ze is de beste in haar werk, en we weten allebei dat je niemand zult vinden om haar te vervangen."

"Dat kan wel zo zijn, maar ik kan het niet doen."

"Waarom niet?"

"Omdat de vrouwelijke bewoners zich niet op hun gemak zouden voelen als ze zouden weten dat de conciërge van het gebouw een overspelige relatie heeft gehad met een cliënt. Dat betekent dat ze in bed zou kunnen springen met hun echtgenoot of vriendje. Snapt u wat ik bedoel?"

"Ze wist niet dat Jake Patterson getrouwd was."

Hij haalde zijn schouders op. "Het maakt echt niet uit of ze dat wel of niet wist. Ze kende de regels toen ik haar aannam. En het is duidelijk dat ze ook met u naar bed is geweest, wat aanleiding voor u is om hiernaartoe te komen ... nog iets wat ik liever vermijd. Persoonlijke relaties maken alles ingewikkeld. Ik moest haar wel ontslaan."

"Nou, ik wil dat je een uitzondering maakt."

Hij zuchtte. "Kom nou, breng me niet in een dergelijke positie — "

"Boris."

Hij zweeg lang, en het was duidelijk dat hij geïrriteerd was omdat ik mijn macht tegen hem gebruikte. Zijn vrouw had alle andere behandelingen uitgeprobeerd, maar de omvang van haar tumor was niet verminderd. Als ik er niet was geweest, zou ze nu dood zijn. Het was verkeerd om dat tegen hem te gebruiken, maar ik kon niet anders. "Kijk ... ik zal het doen", zei hij uiteindelijk. "Maar ze mag de regels niet nog eens overtreden."

"Nee, ik wil dat je haar contract wijzigt. Maar ze mag natuurlijk geen overspelige relaties meer hebben met haar klanten."

Hij schudde zijn hoofd. "Dat blijft nog steeds gevaarlijk."

"Nou, ik heb elke bewoner in het gebouw opgezocht en heb hen gevraagd om deze petitie te ondertekenen." Ik legde de papieren op zijn bureau. "Ze verklaren stuk voor stuk dat ze hun appartement zullen verkopen en verhuizen als ze niet opnieuw wordt aangenomen — en ze hebben geen probleem met de wijziging in haar contract." Ik legde de verschillende vellen voor hem neer, zodat hij de namen van zijn bewoners kon lezen en hun handtekeningen kon zien. "Slechts twee mensen hebben niet ondertekend." Ik had niet eens de moeite genomen om met Valerie en Jake te praten. Als ik in de lift oog in oog zou komen te staan met Jake, zou ik hem waarschijnlijk doodslaan.

Hij schoof de papieren dichter naar zich toe en bestudeerde ze, alsof hij de echtheid van elke handtekening kon beoordelen.

"Het komt erop neer dat je bewoners willen dat Cleo hun leven makkelijker maakt. Het maakt hen niet uit wat ze in haar privétijd doet. Ze zijn niet geïnteresseerd in haar individuele relaties met de cliënten, noch in wat die relaties inhouden. Ze willen enkel dat de best mogelijke assistente hun leven voor hen regelt — en dat is Cleo."

Hij tilde zijn hoofd op en keek me aan, zichtbaar geïrriteerd dat ik hem op deze manier onder druk zette. "Oké, Dr. Hamilton ... u wint."

16

CLEO

Ik was al mager, maar de afgelopen maand was ik nog meer kilo's kwijtgeraakt, kilo's die ik eigenlijk nodig had. Maar de depressie onderdrukte mijn eetlust, en dus hingen mijn kleren een beetje losser om mijn lichaam, ook al verliet ik nauwelijks mijn appartement.

Ik had de banenjacht opgegeven.

Het was tijd voor mij om terug te keren naar Washington.

Het was duidelijk dat Deacon me niet terug zou nemen, dus was er hier sowieso niets meer voor mij.

Mijn telefoon ging over en de naam van meneer Kline stond op het scherm.

Ik staarde er eerst een paar seconden lang naar voordat mijn hersenen konden accepteren wat mijn ogen zagen. Ik had niet verwacht ooit nog iets van hem te horen. Maar mijn hoop werd de grond in geboord toen ik me realiseerde dat hij waarschijnlijk hulp nodig had, dat Matt en Ana misschien iets waren kwijtgeraakt, en dat hij me gewoon uit wanhoop belde.

Ik zou hem helpen. Niet omdat ik hem iets verschuldigd was, en ook niet omdat ik daartoe verplicht was.

Ik gaf gewoon om mijn ex-klanten.

Ik beantwoordde de oproep. "Hallo, meneer Kline. Kan ik iets voor u doen?" Ik wilde geen lang gesprek met hem hebben. Dan zou ik weer moeten huilen, terwijl ik eindelijk een paar dagen geen inzinking meer had gehad. Ik zou mijn oude baan, waar ik mijn bloed, zweet en tranen in had gestopt, weer helemaal opnieuw missen als ik de details van de dagelijkse gang van zaken zou moeten aanhoren.

"Je kunt je oude baan terug krijgen, Cleo." Hij zei het meteen en wond er geen doekjes om.

Maar ik kon dat antwoord niet accepteren zonder verdere uitleg. "Wat? Hoe bedoelt u?"

"Het is wat het is. Als je geïnteresseerd bent, is de baan weer van jou. Ik weet niet of je al een andere baan hebt gevonden of zelfs terug wilt komen, maar we willen je graag terug hebben, als jij dat nog steeds wilt."

Ik zat op de bank, niet in staat om te geloven wat ik net had gehoord. "Kon u niemand anders vinden?"

"Nee. We hebben Matt gepromoveerd en iemand ingehuurd om hem te vervangen."

"Dan begrijp ik het niet?" Waarom was hij zo plots van gedachten veranderd? Had een van mijn klanten geëist dat ik weer in dienst zou worden genomen? Ging het gebouw ten onder zonder mij en beseften ze hoezeer ze me nodig hadden?

"Je kunt je *vriend* Deacon Hamilton hiervoor bedanken. Hij heeft handtekeningen ingezameld van alle bewoners in het gebouw, en die dreigden om hun appartementen te verkopen en te verhuizen als ik je niet weer zou aannemen. En hij eist ook dat ik wijzigingen zal aanbrengen in de voorwaarden van je arbeidscontract, zodat jullie persoonlijke relatie niet langer een schending van je contract zal zijn. Maar geen getrouwde bewoners meer, Cleo. Dat blijft ongepast."

Ik bleef roerloos op de bank zitten en kon geen woord uitbrengen. Had Deacon dat voor mij gedaan? Was hij hiervoor verantwoordelijk? Waarom had hij niet gebeld? Waarom had hij niet ge-sms't? Het was een domme vraag, maar ik kon niet helder denken. "Waar kent hij u van?" De klanten wisten niet eens wie de eigenaar van het gebouw was, en het was voor ons verboden om zijn identiteit bekend te maken wanneer iemand daarnaar zou vragen. Deacon leek als enige een persoonlijke relatie met hem te hebben.

"Een paar jaar geleden werd mijn vrouw gediagnosticeerd met longkanker in fase vier ... " Hij werd meteen emotioneel terwijl hij het vertelde. "En hij heeft haar het leven gered."

Ik nam de metro naar Manhattan omdat een taxirit me een fortuin zou kosten, wat ik niet had, en liep naar het Trinitygebouw en stapte daar meteen de lift in. Ik zoefde naar zijn verdieping en haastte me naar de deur. Ik moest aankloppen omdat ik geen sleutel meer had.

En ik wachtte.

Ik hoorde zijn voetstappen in de gang.

Toen was er een lange pauze.

Het duurde even voordat hij de deur opendeed. Hij liep meteen daarna weg, terug de woonkamer in, met alleen zijn joggingbroek aan die laag op zijn heupen hing.

Ik liet mezelf binnen en deed de deur achter me dicht.

Hij bleef met zijn rug naar me toe staan, alsof hij me niet me wilde aankijken.

Ik had verwacht dat hij me zou omhelzen en kussen, maar die genegenheid was er niet.

Hij was net zo kil als voorheen.

"Deacon?" Waarom had hij al die moeite gedaan, als hij me niet langer wilde? Waarom zou hij tot het uiterste gaan om me te helpen, als hij niet meer van me hield?

Hij draaide zich eindelijk om en keek me aan, met donkere ogen die nog steeds koud en onverzoenlijk waren.

Ik had hem al zo lang niet meer gezien. Zijn uiterlijk was veranderd, ruiger. Zijn lichaam was in dezelfde perfecte vorm, maar hij had iets duisters over zich, alsof een constante woede in zijn gelaat was gekerfd. Ik wist niet wat ik moest zeggen, omdat dit niet ging zoals ik had verwacht. "Meneer Kline heeft me een uur geleden gebeld en heeft me mijn baan teruggegeven ... door jou."

Stilte.

"Dus ... bedankt."

Hij bleef zijn handen op zijn heupen houden en bleef op drie meter afstand van mij staan, alsof hij me niet dichter bij zich wilde. "Ik zou eerder iets gedaan hebben, maar ik kwam er gisteren pas achter."

Dat verklaarde zijn afstandelijkheid. Ik had gedacht dat het hem niets kon schelen, maar nu wist ik dat hij het niet had geweten. Ik voelde me daar weliswaar wat beter door, maar zijn kille lichaamstaal maakte me ellendig. "Ik ... waardeer het echt." Zonder hem had ik op straat moeten wonen.

Hij knikte lichtjes.

Ik bleef hem aanstaren, in de hoop dat hij nog iets zou zeggen, dat dit ergens toe zou leiden. "Ik mis je echt ... " Het was moeilijk om niet te huilen terwijl ik naar hem keek. Ik miste hem elke dag weer, maar ik had hem nooit zo veel gemist als nu ... nu hij op drie meter van me stond.

Hij hield mijn blik vast, maar zei niets.

Ik besefte plots dat er niets was veranderd. Hij wilde me nog steeds niet. Hij wilde gewoon niet dat ik mijn baan verloor.

Hij kruiste zijn armen voor zijn borst.

Ik was er weer helemaal opnieuw kapot van. Ik wist niet zeker of ik de baan zelfs nog wilde. Ik zou elke dag naar mijn werk moeten gaan en hem af en toe zien, misschien met een vrouw aan zijn arm, misschien met Dereks hand in de zijne wanneer ze samen naar buiten, naar de auto liepen. Ik zou moeten toekijken hoe hij verderging met zijn leven... zou telkens een blik op hem moeten werpen.

Tenzij hij nog steeds van plan was om te verhuizen.

Ik voelde dat ik weer misselijk werd.

Was hij al met iemand anders naar bed geweest? Was hij al verdergegaan met zijn leven? Had hij Dr. Hawthorne verteld dat hij vrijgezel was, en had ze geprobeerd hem te versieren? "Deacon, het spijt me echt van alles wat er gebeurd is. Ik weet dat ik het verpest heb. Ik weet dat ik je gekwetst heb. Maar ... ik kan geduldig zijn als je maar wilt. Ik kan het rustig aan doen, zodat je me weer kunt vertrouwen. Ik ben bereid om op jou te wachten, want ik ben nog net zo verliefd op je als een maand geleden. Ik ben met niemand anders samen geweest. Ik wil met niemand anders samen zijn. Ik wil jou ... en niemand anders."

Hij kantelde zijn kin een beetje en wendde zijn blik af.

Ik wachtte tot hij iets zou zeggen.

Maar dat deed hij niet.

De tranen welden op achter mijn ogenleden, werden langzaam groter en veranderden van twee druppels in plassen. Maar ik hield ze zo lang mogelijk verborgen. "Ik heb mijn baan echt nodig, dus bedankt. Maar ik ben toch alles verloren ... omdat ik jou kwijt ben."

DEACON

"Papa?" Derek duwde het eten op zijn bord rond met zijn vork in een poging om de worteltjes aan de ene kant van het bord te krijgen, zodat ze de rest van zijn voedsel niet zouden aanraken.

"Ja?"

"Ik mis Cleo echt ... "

Ik hield mijn blik op mijn bord gericht en negeerde zijn opmerking.

Derek draaide zich naar mij toe en keek me aan.

Ik negeerde hem.

"Wat is er met haar gebeurd?"

"Je zult haar wel zien in het gebouw, Derek. Ze is meestal beneden in de lobby."

"Maar waarom zie ik haar niet meer samen met jou?", fluisterde hij, terwijl hij mijn humeur aanvoelde.

Ik wist dat Derek dit niet zou kunnen loslaten. Hij vroeg vaak naar haar, en elke keer als ik een excuus bedacht, werd het onvermijdelijke daardoor alleen maar uitgesteld. Dit gesprek zou sowieso moeten plaatsvinden. "Wij ... zijn niet meer samen."

"Maar waarom?"

"Het is ingewikkeld, Derek."

"Maar je bent verdrietig."

Natuurlijk was ik verdrietig. Ik was er verdomme kapot van.

"En ze maakt je gelukkig, stop dus met verdrietig te zijn ... en wees gelukkig."

Ik kreeg bijna tranen in mijn ogen toen ik mijn zoon het zo hoorde omschrijven. "Zo eenvoudig is het niet ... "

"Je bent slim, papa. Je hebt altijd overal een oplossing voor. Los dit op."

Ik zuchtte omdat het pijn deed. "Ze heeft me gekwetst ... "

"Echt waar?", fluisterde hij.

Ik knikte.

"Hoe?"

"Ze ... heeft tegen me gelogen."

"Nou, ik weet zeker dat Cleo je niet met opzet heeft gekwetst, papa."

Ik zuchtte weer en voelde dat het moeilijker werd om de tranen te bedwingen. We waren al een tijdje uit elkaar, maar de breuk was nog steeds vers ... alsof het net gebeurd was. Ik miste haar. Ik miste de manier waarop ze met mijn zoon omging. Ik had er een hekel aan om te zien hoe hij haar miste en haar niet zou vergeten. "Ik weet dat ook."

"Maak het dan weer goed met haar. Je houdt toch van haar?"

Ik dacht dat dat zou zijn veranderd door haar verraad, maar dat was niet zo. Ik knikte.

"Houdt zij nog steeds van jou?"

Ik knikte weer.

"En ik hou van haar, dus ... "

Ik sleepte met het vlakke van mijn hand langzaam omlaag over mijn gezicht en nam even de tijd om de emotie weg te slikken, zodat de tranen niet zouden opwellen. "Dat weet ik."

"En ze maakt je zo gelukkig. Ik mis het om je gelukkig te zien."

"Derek, laten we over iets anders praten."

"Waarom?", fluisterde hij. "Je bent anders ... en ik vind dat niet leuk."

Ik vulde de buisjes, zette ze in de distilleerder en deed toen de rookgaskap dicht. Het zou vijfenveertig minuten duren voordat het proces was afgerond, dus trok ik mijn plastic handschoenen uit, waste mijn handen en deed mijn mondmasker af. Ik trok de kruk dichter bij de tafel en bestudeerde mijn papieren. De timer op mijn telefoon was ingesteld.

De deur ging open en Dr. Hawthorne kwam naar binnen. "Hoeveel tijd heb je nog over?"

"Ik ben er net mee begonnen."

Ze ging op de kruk naast de mijne zitten en legde haar papieren neer. Daarna besprak ze haar onderzoeksgegevens en vroeg om mijn input. Het mondde uit in een twintig minuten durend gesprek waarin we de spreadsheets bestudeerden.

Ik markeerde een paar van de kolommen en gaf haar de papieren terug. "Deze cijfers lijken te mooi om waar te zijn. Laten we het herhalen."

"Goed." Ze pakte haar papieren terug op.

Ik ging weer aan het werk.

"Deacon?"

Ik tilde mijn hoofd op en keek haar recht aan.

"Heb je vanavond zin om wat te komen eten bij mij thuis? Ik zal koken."

Ik staarde haar wezenloos aan, niet zeker waarom ze mij die vraag had gesteld. Ze had me nog nooit gevraagd om samen iets te doen, tenminste niet buiten het werk om. Maar toen drong het tot me door ... ze was me aan het versieren. Nog nooit eerder had een collega me avances gemaakt. Dit was de eerste keer.

"Ik wil niet dat je je ongemakkelijk gaat voelen. Een nee van jouw kant is volkomen acceptabel. Ik weet alleen dat ik er spijt van zal krijgen als ik het nooit zou vragen."

Ik wist niet wat ik moest zeggen. Ik kon geen woorden bedenken om uit te leggen wat haar vraag bij me losmaakte. Ik had het zes weken geleden uitgemaakt met Cleo, en hoewel de tijd was verstreken, had ik geen vooruitgang geboekt. "Ik ben niet echt naar iets op zoek ... " Ik had geen date meer gehad. Ik had geen vrouw opgepikt in de bar. Ik was gewoon alleen geweest.

"Als je het over een relatie hebt, dan vind ik dat prima. Gewoon iets fysieks is prima. Het is moeilijk voor me geweest om iemand te vinden die ik leuk vind. Als ik uitga, raak ik altijd teleurgesteld door de opties. Ik heb het gevoel dat er niemand is waar ik echt een klik mee heb. Ik weet dat het ongepast is om achter een collega aan te zitten, maar ... je bent zo briljant. Het gevoel is er gewoon."

Ik had geen bedrijfsbeleid tegen persoonlijke relaties tussen collega's, omdat het niet iets was wat ik ooit had overwogen. Het leek geen ingewikkelde situatie te zijn, omdat iedereen zo professioneel en vastbesloten was om hun werk te doen. De gedachte was nog nooit bij me opgekomen, ook al was Kathleen mooi en paste ze bij me. Ik zag haar gewoon niet zo. Ik zag niemand zo. "Ik ben samen met Cleo."

Ze fronste een wenkbrauw. "Ik dacht dat je zei dat jullie elkaar niet meer zagen?"

"Dat is ook zo ... maar ik ben nog steeds samen met haar ... " Ik kon het niet anders uitleggen. Ik had nog nooit zoveel moeite gehad om mijn gevoelens onder woorden te brengen.

Haar ogen werden zachter. "Je bedoelt dat je nog steeds verliefd op haar bent."

Ik knikte. "Ja ... dat klopt."

Tucker ging tegenover me zitten aan de tafel in de bar, en begon met me te praten terwijl hij zijn biertje vasthield. "Ik heb al eerder de ouders van een vriendin ontmoet, maar ik ben toch nerveus. Ik ben echt dol op Pria, weet je? Als ze me niet mogen ... zal het zwaar worden."

Ik knikte. "Het komt wel goed, Tucker."

"Denk je?"

"Wat is er nou op jou aan te merken?"

Hij grijnsde. "Helemaal waar."

"Je hebt een goed salaris, een vaste baan, je ziet er goed uit — je bent een geschikte partner."

Zijn glimlach vervaagde. "Nou, als je het zo allemaal opsomt ... "

Een vrouw doemde plots op uit het niets en kwam naar onze tafel. "Hoi, ik ben Rebecca." Ze stak haar hand uit.

Ik staarde haar wezenloos aan en schudde haar toen de hand.

"Ik vind je echt knap, dus wilde ik mezelf voorstellen. Hoe heet je?"

Ik bleef naar haar kijken, alsof ik geen idee had wat ik moest doen. "Ik ben niet geïnteresseerd." Mijn woorden klonken hard, zelfs in mijn eigen oren, maar ik wist niet wat ik anders moest zeggen. Het was de waarheid — ik draaide er niet omheen.

"Euhm ... oké." Ze liep weg van onze tafel.

Tucker keek me aan.

Mijn glas was leeg, dus zwaaide ik naar de serveerster en bestelde er nog een. Ze ging het meteen halen en zette het voor me neer.

Tucker bleef me aanstaren.

"Wat?"

"Ik weet dat je hebt gezegd dat ik me er niet mee mag bemoeien, maar je wijst constant elke vrouw af die probeert om je te versieren."

Ik wendde mijn blik af en nam een slokje.

"Het is prima dat je niet bij iemand anders wilt zijn. Maar als je niet samen bent met de enige persoon waar je echt bij wilt zijn, slaat het gewoon nergens op, Deacon. Waar ben je in godsnaam mee bezig?"

Ik had geen idee.

"Deacon?"

Ik keek op. "Wat?"

"Beantwoord de vraag."

"Ik nam aan dat het retorisch bedoeld was."

"Nou, dat is het niet. Geef me antwoord."

Ik haalde mijn schouders op. "Ik weet het niet, Tucker."

"Je weet het niet?", vroeg hij geschokt. "Jawel, je weet het wel. Ga terug naar Cleo."

Ik wendde mijn blik weer af.

"Je bent overduidelijk gek op haar. Er kan geen andere reden zijn waarom je telkens lekkere wijven afwijst."

Ik staarde naar mijn biertje. "Ik ben verliefd op haar."

Tucker verstijfde, alsof hij zijn oren niet kon geloven.

Ik had hem nooit verteld wat ik voor haar voelde. Ik had nog nooit te koop gelopen met mijn gevoelens.

"Waarom ben je dan niet bij haar?"

"Ik ... ik weet het niet."

Hij leunde voorover, met zijn ellebogen op de tafel. "Deacon, treuzel hier niet te lang mee. Jullie zijn ondertussen al maanden uit elkaar. Als je te lang wacht, zal ze op zoek gaan naar iemand anders."

"Ik hou van haar, maar ik ben er nog niet klaar voor om weer een relatie te hebben."

"Zeg haar dat dan."

"Wat moet ik haar dan vertellen?", vroeg ik. "Dat ik niet bij haar wil zijn? Ik denk dat dat vrij duidelijk is."

"Nee. Zeg haar dat je het rustig aan wilt doen. Dat je er nog steeds bent, maar dat je gewoon tijd nodig hebt."

Ik dronk van mijn bier.

"Vertel het haar, of ik doe het in jouw plaats. Jullie zijn al lang uit elkaar en ze zou iemand anders kunnen vinden."

"Ze heeft me verteld dat ze dat niet zal doen ... "

"Omdat ze toen op je wachtte. Maar dat was een maand geleden. Je hebt haar sindsdien niet gesproken of haar een indicatie gegeven dat er een kans is dat ze je terug kan krijgen, hoe klein dan ook. Ze kan je gedachten niet lezen, Deacon."

"Ze weet dat ik van haar hou."

"En dan?", vroeg hij.

"Dat betekent dat ik altijd van haar zal houden."

Zijn ogen werden zachter. "Ga dan naar haar toe en praat met haar. Vertel haar dit. Het zal veel beter overkomen als jij het haar zelf vertelt, dan dat ik dat doe."

"Maar — "

"Ik bluf niet, Deacon. Praat met haar — of ik doe het."

18

CLEO

18

Ik was net mijn appartement binnengelopen toen mijn telefoon ging.

Het was Deacon.

Ik droeg een tas met boodschappen in mijn armen, en toen ik zijn naam op het scherm van mijn telefoon zag, liet ik de tas pardoes vallen. Het melkbrik barstte open en de melk liep over de vloer terwijl een paar sinaasappels uit de tas rolden. Het kon me totaal niets schelen.

Ik nam erg opgewonden en heel hoopvol het telefoontje aan. "Hoi." Hoewel hij me nooit had ge-sms't of me een indicatie had gegeven dat hij van gedachten zou veranderen, was ik blijven hopen, blijven dromen. En misschien was het nu eindelijk zover.

"Cleo?" Dereks hoge stem klonk over de lijn.

Het was niet wat ik wilde, maar ik miste hem zo erg dat ik blij was om zijn stem te horen. "Derek? Jeetje ... Hoe gaat het met je, kleine man?"

"Goed. Papa staat nu onder de douche, dus heb ik zijn telefoon gepakt."

Dus hij wist niets van dit gesprek. Dat deed weer helemaal opnieuw pijn.

"Ik mis je."

Het was het liefste wat ik in heel lange tijd had gehoord. "Ik mis jou ook. Hoe gaat het op school?"

"Ik kan goed opschieten met mijn klasgenoten. En we doen echt coole projecten. We doen momenteel iets met duurzaamheid, en we hebben een moestuin op school."

Ik liep naar de bank, vergat de boodschappen en hing aan zijn lippen, net zoals een ouder. "Wauw, dat is gaaf. Zijn jullie al op excursie geweest?"

"We gaan volgende week naar een indianenreservaat!"

"Dat zal heel interessant worden."

"Ja. En toen zei mijn leraar ... "

Ik trok de deken over mijn schoot en voelde dat mijn ogen vochtig begonnen te worden van de opwellende tranen, zo geraakt was ik door zijn lieve stem. Ik miste hem elke dag, miste onze avonturen in het chalet, miste onze speciale band. Ik hield van hem als van een zoon, als van een gezinslid. En hem kwijtraken was net zo pijnlijk geweest als het kwijtraken van zijn vader.

Derek praatte me een tijdje de oren van het hoofd, maar toen hield hij de telefoon even op afstand. "Hij heeft net kraan dichtgedraaid ... ik kan beter stoppen met bellen."

Ik wilde geen afscheid nemen. Nooit meer. "Goed. Bedankt om me te bellen, Derek. Het betekent veel voor me."

"Ik weet dat jij en mijn vader niet meer samen zijn, maar ik zie dat hij je mist. Ik weet zeker dat hij van je houdt. Ik heb tegen hem gezegd dat hij je moet terugnemen, maar hij wil er eigenlijk helemaal niet over praten ... "

Ik wilde huilen, maar ik hield mijn tranen tegen zodat hij het niet zou horen. "Ik hou ook van hem ... heel veel."

"Geef mijn vader niet op, oké?", fluisterde hij.

Ik kon lang wachten, maar als hij nooit zou bijdraaien ... zou ik moeten verdergaan met mijn leven. Maar mijn hart zou altijd voor hem openstaan. "Dat zal ik nooit doen."

"Oké", fluisterde hij. "Ik moet nu echt gaan. Ik hou van je."

Deze jongen deed me wat. "Ik hou ook van jou."

Klik.

Ik ging op de bank liggen en huilde, terwijl de gemorste melk zich verder verspreidde over de vloer.

Er was niet een bepaalde gebeurtenis waardoor ik verliefd was geworden op Deacon. Het was gewoon gebeurd. Ik had een andere kant van hem gezien, en de rest was geschiedenis. Maar ik was meteen verliefd geworden op zijn zoon. Ik had hem opgehaald bij zijn moeder, samen met hem gekleurd in het vliegtuig ... en ik was verloren geweest.

De zoon kwijtraken deed net zoveel pijn als de vader kwijtraken.

Hij had me twee maanden geleden verteld dat hij ruimte nodig had.

En het waren twee sombere maanden geweest.

Ik was blij om weer terug te zijn op mijn werk, omdat ik het nodig had, maar het was niet meer hetzelfde. Matt en Anna waren lief, en de klanten waren blij om me terug te hebben ... maar het was niet hetzelfde. Ik was niet meer gelukkig — en er waren mensen die dat in de gaten hadden.

Ik had een hekel aan mijn appartement in Brooklyn. Ik probeerde er positief over te zijn, maar dat viel me moeilijk.

Ik miste echt mijn oude woning, die door iemand anders was overgenomen van zodra mijn huisbaas het te huur had gezet.

En zonder Deacon was het allemaal gewoon zinloos.

Ik ging niet uit omdat ik me ellendig voelde, niet omdat ik geloofde dat we nog een kans maakten. Ik kon gewoon niet de motivatie opbrengen om het zelfs maar te proberen, omdat ik nog zo gek op hem was. Alle andere mannen zouden toch niets voorstellen in vergelijking met Deacon. En verliefd worden? Dat zou nooit meer gebeuren. Deacon was mijn enige grote liefde ... en ik was hem kwijtgeraakt.

Ik wist niet wie me had verraden, maar ik nam aan dat het Valerie was geweest. Ze had me altijd al gehaat, en het was haar perfecte kans geweest om voor eens en altijd van me af te komen. Het kon natuurlijk ook Jake zijn, maar dat zou pas echt zielig zijn.

Maar het deed er niet meer toe.

Ik dacht er sowieso over na om naar Washington te verhuizen, omdat ik hier niet wilde blijven.

Nu ik weer een inkomen had en in mijn goedkope appartement bleef wonen, kon ik gemakkelijk wat sparen, en ik was van plan om dat te gebruiken om een nieuwe start te maken in Washington. Ik zou nu een aanbevelingsbrief kunnen krijgen en daarmee op zoek gaan naar een goede baan met hetzelfde inkomensniveau. Ik zou hier in New York kunnen blijven en een andere job zoeken, maar ik wilde niet in dezelfde stad blijven als Deacon.

Ik zou hier nooit over hem heen kunnen komen.

Ik ging achter mijn bureau zitten en staarde naar de map met aantekeningen die ik had aangelegd, maar ik las niet echt iets van mijn notities. Ik kon me niet meer concentreren, omdat ik telkens weer aan Deacon, Derek en Washington dacht. Ik probeerde me telkens opnieuw te concentreren op mijn volgende taak, maar het was altijd van korte duur.

Mijn telefoon begon te trillen toen er een sms binnenkwam. Het was van Deacon.

Ik wil met je praten.

Ik staarde naar de woorden, las ze steeds weer op het scherm van mijn telefoon - de eerste sms van hem in twee maanden. Het laatste bericht dat hij me had gestuurd, voordat de bom was ontploft, was: *Schat, kom als de weerlicht hiernaartoe.*

Alles was zo anders.

Ik had de hoop opgegeven dat we weer bij elkaar zouden komen, dus nam ik aan dat hij me wilde vragen om mijn vorige positie weer in te nemen en Matt terug te vervangen. Of misschien had hij ontdekt dat Derek me had gebeld en wilde hij daarover praten. *Waar en wanneer?*

In mijn appartement. Nu meteen.

Oké.

Ik stond op van mijn bureau, nam de lift naar zijn verdieping en maakte de lange trip door de gang naar zijn voordeur. In plaats van opgewonden te zijn om zijn gezicht te zien, voelde ik me alleen maar misselijk. Ik zag er tegenwoordig tegenop om hem te zien. Omdat ik wist dat hij het beste was wat me ooit was overkomen ... en ik hem was kwijtgeraakt ... wat gewoon te pijnlijk voor me was.

Daarom moest ik hier vertrekken.

Ik klopte op de deur.

Hij stond blijkbaar te wachten, omdat hij de deur meteen opende.

Ik keek meteen naar zijn gezicht en ik zag de baardstoppels op zijn kaken. Ze waren dik omdat hij zich al enkele dagen niet had geschoren. Zijn ogen waren net zo dreigend als altijd, alsof hij niet blij was me te zien, ook al had hij me gevraagd om te komen. Hij opende de deur verder en nodigde me uit om naar binnen te komen.

Ik liep het appartement binnen dat vroeger als mijn thuis had gevoeld. Nu was het alleen maar een plek die ik vroeger had gekend ... een herinnering. Ik hield mijn handen bij elkaar gevouwen voor mijn buik en dwong mezelf om dapper te zijn en hier met opgeheven hoofd te staan. Ik had al gehuild, al gesmeekt. Ik kon dat niet nog eens doen, omdat het toch geen verschil zou maken.

Hij deed de deur dicht en kwam voor me staan, met net als de vorige keer een meter afstand tussen ons in. Hij droeg een spijkerbroek en een T-shirt, ook al begon het buiten kouder te worden. De wandeling op straat naar mijn oude appartement was in de vrieskou altijd klote geweest, maar het was pas echt een marteling om twee metro's te moeten nemen naar mijn appartement in Brooklyn. En dan moest ik onderweg ook nog naar de winkel gaan omdat ik de boodschappen die ik voor mezelf nodig had, niet kon kopen wanneer ik inkopen deed voor de klanten, omdat het gewoon te ver was om dat allemaal te dragen. Ik kwam soms zo laat thuis dat ik me afvroeg of ik niet beter gewoon op kantoor kon blijven slapen.

Hij stak zijn handen in zijn zakken en keek naar de vloer.

Ik wilde dit zo snel mogelijk achter de rug hebben. "Kan ik iets voor je doen, meneer Hamilton?" Ik wilde hem niet meer Deacon noemen, omdat ik die naam in bed tegen hem had gefluisterd en had uitgesproken toen ik hem mijn eeuwige liefde had verklaard.

Hij tilde zijn hoofd op en keek me enigszins verbaasd aan. "Noem me niet zo."

"Goed ... " Ik begon met mijn vingers te friemelen. "Wat kan ik voor je doen, Deacon?"

Hij vouwde zijn armen samen voor zijn borst en bleef me aanstaren. De stilte bleef maar voortduren.

Ik had vroeger nooit een probleem gehad met deze lange pauzes, maar nu kon ik ze niet uitstaan. Ik had geen idee wat hij dacht. Die band van vroeger was nu verdwenen, omdat we nooit meer samen waren. Het was tegenwoordig alsof hij een vreemde voor me was, terwijl hij in het verleden nog de liefde van mijn leven was geweest.

"Ik ben nu al een tijdje alleen. Mijn werk heeft altijd het grootste deel van mijn aandacht opgeslokt en ik vond dat ook fijn. Jouw verraad heeft me erg gekwetst, en ik wilde alleen nog maar verdergaan met mijn leven. Terwijl de tijd verstreek en het seizoen veranderde, zijn mijn gevoelens hetzelfde gebleven."

Ik had alle hoop verloren ... en nu kreeg ik die weer terug.

"Ik voel me alsof het pas gisteren is gebeurd ... "

Echt? Omdat het voor mij als een eeuwigheid voelde.

"Je hebt gezegd dat je niet wist dat hij getrouwd was ... en ik geloof je. Je hebt gezegd dat je achteraf niet met hem naar bed bent gegaan ... en ik geloof je."

Mijn naam was eindelijk gezuiverd.

"De tijd en de ruimte alleen, hebben me geholpen om je beslissingen te begrijpen, en in plaats van het zwart-wit te bekijken, zoals ik altijd doe, weet ik dat ik compassie moet tonen. Ik moet onthouden dat het hier om jou gaat, en niet zomaar een willekeurig persoon. Ik mag niet vergeten dat je een mens bent die het soms moeilijk heeft, net als iedereen."

Mijn hart zou er elk moment de brui aan kunnen geven. Ik merkte niet eens dat er tranen over mijn wangen rolden, totdat er een van mijn kin afdroop en op mijn handen viel.

"En ... ik wil met niemand anders samen zijn."

Ik sloot mijn ogen en voelde de kille tranen over mijn wangen rollen.

"Ik hou van je."

Ik opende mijn ogen en hoorde de woorden waar ik maanden van had gedroomd.

"Ik hou nu nog steeds net zoveel van je als toen ik het je voor het eerst heb gezegd. En ik zal altijd van je houden."

Ik legde mijn handen op mijn wangen en op mijn neus, overweldigd door zijn bekentenis, barstend van vreugde. Ik had gedacht dat hij zich door zijn afstandelijkheid zou hebben afgevraagd of hij ooit van me had gehouden, dat hij zou twijfelen of het ooit echt was geweest. Maar dit gebeurde echt.

"Maar ... "

Ik haatte dat woord. Het waren verdomme maar vier letters, maar ze hadden dezelfde kracht als een atoombom.

"Ik moet het rustig aan doen."

Ik ademde van opluchting zo hard uit dat het klonk als een zucht. Ik liet mijn handen van mijn gezicht vallen. "Dat is prima ... wat je maar wilt ... natuurlijk." Ik was een emotioneel wrak. Als hij hier nu niet zou zijn, zou ik letterlijk in elkaar zakken op de vloer, op zijn tapijt gaan liggen en een uur lang huilen. Maar hij was hier, dus bleef ik bewegingsloos staan, hoewel ik er waarschijnlijk net zo zielig uitzag als wanneer ik op de vloer was gaan gelegen. "Dank je." Ik wilde het liefst in zijn armen vallen en voelen hoe hij me omhelsde, maar ik had geen idee wat rustig aan doen voor hem betekende, dus hield ik gewoon afstand. Ik sloot mijn ogen en veegde mijn tranen weg met mijn vingertoppen. Ik schaamde me zo voor mijn uiterlijk dat ik niet wilde zien hoe hij naar me keek, omdat ik wist dat ik er nu heel lelijk uitzag.

Toen ik mijn ogen weer opende, stond hij pal voor me.

Ik had hem niet eens gehoord.

Hij legde zijn handen op mijn wangen en kantelde mijn kin omhoog.

Het was de eerste keer in maanden dat hij me aanraakte, de eerste keer dat zijn vingertoppen mijn huid bevoelden, de eerste keer dat hij zo dichtbij was. Hij rook en voelde nog altijd hetzelfde.

Hij wreef met zijn duimen een nieuwe vloedgolf van tranen weg.

Ik wikkelde mijn vingers om zijn polsen en haalde diep adem toen ik zijn warmte, de spierbundels onder zijn huid en de spieren van zijn onderarm voelde. Hij voelde precies zoals ik het me herinnerde. "Het spijt me, maar ik kan niet stoppen met huilen." Ik haalde diep adem en probeerde mijn tranen te bedwingen, maar dat lukte me niet. "Ik dacht dat ik je kwijt was. Ik dacht ... "

"Je zou me nooit kunnen verliezen." Hij veegde mijn tranen weer weg met zijn duimen. "Want toen ik je heb gezegd dat ik van je hield, meende ik dat. Ik heb gewoon ... veel tijd nodig gehad om af te koelen." Hij drukte zijn voorhoofd tegen het mijne. "Het spijt me dat het zo lang heeft geduurd."

Ik trok zijn handen van mijn gezicht, leunde tegen zijn borstkas en besmeurde zijn katoenen T-shirt met mijn betraande gezicht. Mijn make-up maakte vlekken op zijn T-shirt, ook al had het waarschijnlijk vierhonderd dollar gekost. Ik sloeg mijn armen om zijn middel en kneep hard in zijn lichaam, niet in staat om te geloven dat dit echt gebeurde en geen droom was waar ik midden in de nacht uit wakker zou schrikken.

Hij sloeg zijn armen om mijn middel en hield me dicht tegen zich aan, met zijn hoofd in mijn nek. Hij ademde zwaar terwijl hij me omhelsde en zijn harde lichaam werd zachter, alsof hij dit net zo erg nodig had als ik. "Ik heb je gemist ... "

Ik ademde tegen zijn T-shirt aan en huilde met mijn ogen dichtgeknepen. "Ik heb jou ... zo erg gemist."

Ik nam mijn positie van assistent weer over van Matt, zonder Deacons toestemming te vragen, omdat ik aannam dat zijn reactie voor zich sprak. Mijn werk was zo leuk geweest omdat ik voor hem kon zorgen – hij was mijn favoriete klant - en ik deed echt mijn uiterste best om elke dag speciaal voor hem te maken.

Ik klopte op zijn deur, maar liet mezelf niet binnen, zoals ik vroeger altijd had gedaan. Hij had gezegd dat hij het rustig aan wilde doen, en ik begreep niet echt wat dat voor hem inhield, dus gedroeg ik me gewoon vriendschappelijk, zoals in het begin van onze vroegere relatie. Ik ondernam geen poging om hem te kussen. Ik vroeg hem niet mee uit. Ik liet hem ... gewoon de koers bepalen.

Zolang we samen waren, gaf ik niets om de details.

"Kom binnen."

Ik liet mezelf binnen en droeg een stapel post en een pakje. "Hoi."

"Hoi." Hij zat aan de eettafel, en stond net zoals hij vroeger altijd had gedaan op en kwam naar me toe.

Ik keek naar hem en was volledig in de ban van zijn knappe uiterlijk, was zo blij om te zien dat zijn ogen weer zachter werden. "Ik heb een paar dingen voor je bij. Ik heb al je rekeningen ook ... ik nam aan dat je daar geen bezwaar tegen zou hebben."

"Nee."

Ik gaf hem het pakketje. "Dit ziet er belangrijk uit, dus ik dacht dat ik het maar beter meteen naar boven kon brengen."

Hij bekeek wie de afzender was, droeg het naar de tafel en legde het neer, alsof het niet belangrijk genoeg was om het direct te openen.

Ik bleef bij de deur staan, hoewel ik liever meteen met hem tussen de lakens wilde duiken. Ik wilde niet eens seks hebben. Ik wilde alleen maar naakt naast hem liggen en voelen hoe onze lichamen met elkaar verstrengeld waren. Ik wilde terug naast hem slapen, om naar hem te kijken terwijl hij ademde. Ik ging niet uit mezelf aan zijn eettafel zitten en bleef niet spontaan rondhangen. Ik was al blij als ik af en toe een gesprek met hem kon hebben. "Laat het me weten als je nog iets nodig hebt." Ik draaide me om naar de deur.

"Mag ik je vanavond mee uit eten nemen?"

Ik verstijfde bij het horen van die vraag en mijn hart ging onmiddellijk nog sneller kloppen. Ik draaide me weer langzaam naar hem toe, verbaasd dat hij me dat had gevraagd. Hij had de gedragsregels van mijn arbeidscontract laten aanpassen, zodat ik zonder consequenties openlijk met hem kon daten, zodat ik niets meer hoefde te verbergen. Het was geweldig om hem niet meer zoals vroeger te moeten afwimpelen. "Dat lijkt me geweldig."

"Ik zal je over een paar uur komen ophalen."

Het was een lange rit naar Brooklyn tijdens het spitsuur, en tegen de tijd dat hij daar zou aankomen om vervolgens terug naar deze buurt te rijden voor het diner, om me tenslotte weer thuis af te zetten ... nou, dat leek me gewoon puur tijdverlies. "Als we nou eens gewoon rechtstreeks vanuit de lobby zouden vertrekken?"

"Werk je vanavond over?"

"Nee. Ik woon gewoon echt een eind uit de buurt."

Hij fronste een wenkbrauw.

"Ik ben naar Brooklyn verhuisd", legde ik uit.

Hij zag er nog steeds verward uit. "Waarom?"

"Nadat ik mijn baan was kwijtgeraakt, kon ik mijn appartement niet meer betalen ... "

Hij sloeg zijn ogen neer, alsof hij zich klote voelde, ook al was het niet zijn schuld.

"Het is prima. Ik ben dol op mijn nieuwe flat. Het is nu alleen een eind uit de buurt." Dat was een leugen. Ik haatte dat krot. De enige kamer met een deur was de badkamer, maar de rest was gewoon een grote open ruimte, en al mijn meubels waren in die ruimte van vijfendertig vierkante meter gepropt. Mijn oude appartement was verhuurd dus kon ik niet terug daarnaartoe verhuizen. Het zag ernaar uit dat ik nog een tijdje in Brooklyn zou moeten blijven. Leuke appartementen waren moeilijk te vinden, en het zou maanden duren voor ik iets anders vond... zelfs met mijn connecties.

Deacon staarde me aan alsof hij meer tijd nodig had om dat te verwerken. "Ik kwam er pas na een maand achter dat ze je hadden ontslagen. Als ik het had geweten ... zou ik veel eerder iets hebben ondernomen."

Ik was verbaasd geweest dat hij me niet te hulp was gekomen, want hij was nou eenmaal dat soort man. Door zijn stilzwijgen was ik gaan geloven dat hij echt woedend op me was en dat hij me nooit zou vergeven. Maar toen hij me mijn baan had terugbezorgd, was ik verward omdat het zo lang had geduurd. Nu begreep ik het. "Het is niet jouw schuld, Deacon."

"Ik ... had je niet naar Brooklyn laten verhuizen."

"Er is niets mis met Brooklyn, Deacon." Er waren daar ook mooie appartementen te huur. Ik kon me die gewoon toen niet veroorloven. Ik stond op het punt om op straat te belanden, dus nam ik wat ik kon krijgen. Het lag niet in een goede buurt, dus droeg ik altijd een ruime jas en hield mijn capuchon op als ik van de metro naar mijn appartement liep.

"Hoe ga je elke dag naar huis?"

"Ik neem de metro."

Hij zuchtte geschokt.

Ik wilde onze tijd niet verdoen door hier over te praten. "Een etentje lijkt me geweldig. Ik zal in de lobby op je wachten."

Hij had wat tijd nodig om ermee in te stemmen, omdat hij met zijn gedachten ergens anders was. "Ik breng je daarna naar huis met de auto."

"Dat hoef je niet te doen, Deacon. Echt niet."

"Ik laat de vrouw van wie ik hou niet om tien uur 's avonds de metro nemen." Hij draaide zich boos om en liep weg.

Ik had hem net terug, en ik maakte hem alweer boos.

Ik had weer geld op mijn bankrekening staan, dus ging ik op pad om snel iets te kopen om me na het werk meteen te kunnen omkleden, zodat ik niet in mijn werkkleding uit eten hoefde te gaan. Ik wilde er mooi uitzien, in de hoop dat hij terug op dezelfde manier als vroeger naar me zou kijken.

Ik vond een zwarte designerjurk in de uitverkoop en kocht een mooi bijpassend jasje. Mijn hoge hakken waren al zwart, dus zou ik die kunnen aanhouden. Gelukkig werkte ik mijn make-up altijd om de paar uur bij tijdens het werk, dus had ik die spullen bij me.

Tegen de tijd dat hij me kwam ophalen, was ik klaar om te gaan, gekleed in een korte zwarte jurk, een zwart jasje en op hoge hakken, met nieuwe make-up op. Ik was er niet op uit om seks te krijgen, maar als het daarop zou uitdraaien ... zou ik geen nee zeggen.

Ik stond op toen hij naar het kantoor kwam lopen. "Hoi."

Hij bekeek me van top tot teen, alsof hij zichzelf daar niet van kon weerhouden. Zijn blik bleef bij mijn benen hangen, vervolgens op het strakke jasje dat mijn middel omhulde en tenslotte op mijn decolleté. Hij staarde me sprakeloos aan en schraapte na enige tijd zijn keel. Toen knikte hij naar de ingang, waar zijn chauffeur stond te wachten.

Goed.

Ik liep naast hem en mijn hoge hakken maakten een tikkend geluid op de vloer terwijl mijn hart tekeerging als een racewagen.

We gingen op de achterbank van de auto zitten en reden weg.

Hij keek bijna voortdurend uit het raam, maar wierp af en toe ook een blik op mij, vooral op mijn benen.

We kwamen aan bij het restaurant en liepen naar binnen. Hij trok de stoel voor me naar achter, bestelde een fles wijn voor ons en hield daarna het menu voor zich, hoewel zijn blik vaak op mij was gericht.

Ik was de afgelopen maanden best veel afgevallen, en was nu mager. Mijn kont was waarschijnlijk niet meer zo mooi. Dat kon ook niet anders nadat ik al die tijd niet genoeg had gegeten om die spieren in vorm te houden. Maar ik had geen trek gehad ... tot nu.

Omdat ik nu weer gelukkig was.

Ik zat hier samen met Deacon en was echt uitgehongerd.

Deacon bleef naar me kijken. "Wat ga je nemen?"

"Alles."

Hij glimlachte lichtjes.

Ik maakte geen grapje. Ik had zo'n honger dat ik de biefstuk zou nemen. Ik legde het menu neer.

"Welk voorgerecht wil je?"

"Dat is me eender."

"Goed."

Toen de serveerster kwam, bestelde Deacon een voorgerecht en een hoofdgerecht.

"Ik neem de New York strip", zei ik. "Half doorbakken. Met de aardappelen. En kan ik daar een soep bij krijgen?" Ik gaf haar het menu terug zodat ze weg kon gaan.

Er stond een mandje met brood op tafel, dus nam ik een sneetje.

Deacon bleef me aankijken. "Ik ben blij dat je jezelf verwent."

"Ja. Ik ben uitgehongerd omdat ik — " Ik had hem niet verteld dat ik te platzak was geweest om regelmatig te kunnen eten, te depressief om eetlust te hebben en dat hem kwijtraken zelfs mijn gezondheid en mijn gezond verstand had aangetast. Het had gevoeld alsof mijn lichaam veranderde, niet alleen in fysiek opzicht, maar ook op een biologische manier. Het was zo fijn om echt uit eten te gaan, om iets te kunnen eten wat ik me niet kon veroorloven, zelfs als ik de hele tijd zou hebben gewerkt. Ik wilde Deacon niet voor zijn geld, maar het maakte verdomme wel een enorm verschil. "Ik heb gewoon honger."

Hij pakte zijn glas wijn op en nam een slokje.

Ik bemerkte dat zijn uiterlijk niet was veranderd, dat hij niet meer of minder bewoog. Zijn eetpatroon was waarschijnlijk hetzelfde gebleven, en hij had zeker en vast wel gegeten, of hij nu honger had gehad of niet. Eten was voor hem als een medicijn innemen, dus was er geen reden geweest om zijn routine te veranderen.

Ik smeerde boter op het brood en at het hele stuk op. Mijn maag begon te rommelen van zodra hij voelde dat het lijden voorbij was. Daarna dronk ik wat van de wijn en was zoals altijd heel tevreden met zijn keuze.

Deacon zweeg, zoals gewoonlijk.

Ik voelde me meteen op mijn gemak bij hem, maar onze relatie was anders. Hij sprak zich niet meer zo vaak uit als vroeger. Hij was ingetogener, observeerde me maar hield zijn gedachten privé. Omdat Deacons hersenen anders functioneerden dan die van de meeste mensen, duurde het lang om iets van hem gedaan te krijgen ... heel lang. Het zou me niet verbazen als het zes maanden zou duren voordat we weer terug waren op het punt van voor onze breuk.

"Ik wil dat je weet dat ik met niemand anders samen ben geweest sinds onze breuk." Hij zei het terloops, zonder inleiding, alsof het in zijn hoofd spookte, maar hij geen idee had gehad hoe hij het gesprek moest aanpakken.

Ik verstijfde bij het horen van die woorden en wenste dat ik mijn reactie voor mezelf kon houden, maar dat was onmogelijk. Mijn ogen waren gericht op de mand met brood die tussen ons in stond, want ik kon op dat moment niet naar hem kijken. De meest verschrikkelijke beelden waren in mijn donkerste momenten plots opgekomen in mijn gedachten, beelden van mooie vrouwen gekleed in zijn T-shirt, wandelend door de gang waarin ik altijd had gelopen, slapend in het bed dat mijn thuis was geweest. Ik stelde me vaak dat rode slipje op de vloer voor, en dacht dan aan hoe hij met zijn lul in een vrouw zat die niets om hem gaf. Het had me vaker dan ik kon tellen aan het huilen gemaakt. Toen hij me niet had teruggenomen, had ik aangenomen dat hij was verdergegaan met zijn leven, en die gedachte was zo verontrustend geweest dat ik mezelf had moeten dwingen om er niet aan te denken. Anders zou ik weer in dat zwarte gat van angst zijn weggezakt.

Deacon wachtte tot ik zou reageren op zijn opmerking.

Ik wist niet wat ik moest zeggen. We bevonden ons in een restaurant, dus kon ik niet doen wat ik echt wilde doen ... dat was in tranen uitbarsten. Ik schraapte mijn keel, hield de tranen binnen en reageerde. "Ik ook niet ... " En dat was een vaststaand gegeven. Waarom zou ik bij iemand anders willen zijn nadat ik hem had gehad? Deacon was er één uit de duizenden. Ik was gewoon een gezicht in de menigte.

Deacons intensiteit veranderde niet.

Ik kon hem nog steeds niet aankijken.

"Cleo?"

"Hmm?" Ik richtte mijn blik op het raam.

"Kijk me aan."

"Deacon, alsjeblieft ... " Ik hield mijn stem laag en beteugelde de emotie diep in me.

"Waarom ben je overstuur?", fluisterde hij.

De serveerster kwam naar de tafel en plaatste het voorgerecht tussen ons in, waarna ze weer wegliep.

Ik was naar buiten blijven kijken, naar de straat en deed mijn best om bedaard te lijken.

Zijn vraag bleef in de lucht hangen.

"Omdat ik dat niet had verwacht ... " Ik kon nog steeds niet naar hem kijken uit angst voor de volgende openbaring. Ik zou dan op de vloer willen gaan liggen en overgeven. "Toen je niet bij me terugkwam, nam ik gewoon aan dat ... " Het was net als met mijn scheiding, toen ik me mijn man voorstelde samen met de vrouw die hij boven mij had verkozen. Maar dan wel een miljoen keer erger. "Ik weet dat ik het verknald heb, maar ik denk niet dat je begrijpt hoeveel ik van je hou ... " Ik hield van hem op een voor mij geheel nieuwe manier. Zelfs toen ik wist dat ik hem kwijt was, had ik nog altijd alles voor Deacon over, wat nooit het geval was geweest met mijn ex. Mijn liefde was totaal onbaatzuchtig. Ik vroeg me af of mijn huwelijk stand zou hebben gehouden als dat ook het geval was geweest met mijn man. Ik zou zonder blikken of blozen alles opgeven voor Deacon, maar niet voor mijn ex-echtgenoot.

"Ik kan hetzelfde over jou zeggen."

Ik draaide mijn hoofd en keek hem aan.

"Ik zat nog steeds in onze relatie ... ook al waren we niet samen. Ik was net zo toegewijd als altijd. Ik was net zo verliefd als voorheen. Maar ik was ook verbitterd, boos en rancuneus. Dus had ik wat ruimte nodig om stoom af te kunnen blazen. Vrouwen wilden me, ik kreeg aanbiedingen ... maar ik was niet geïnteresseerd. Het heeft me alleen maar laten beseffen hoe diep mijn gevoelens zijn en dat ze nooit zullen veranderen — of we nu samen zijn of niet."

Het was het liefste wat hij al ooit tegen me had gezegd. Een dun laagje vocht bedekte mijn ogen.

Hij leunde iets naar voren en schoof zijn hand naar het midden van de tafel, alsof hij die aan mij aanbood. "Ik heb spijt van mijn egoïsme. Ik had er voor je moeten zijn, in plaats van alleen aan mezelf te denken."

"Je had het volste recht om overstuur te zijn, Deacon."

"Ja. Maar je had me nodig... en ik was er niet voor je."

Mijn ogen werden vochtiger, omdat hij geen idee had hoe erg ik leed.

"Ik was gekwetst, omdat je het me niet zelf had verteld, omdat jij mij niet net zo vertrouwde als ik jou. Maar als ik de tijd had genomen om niet alleen maar aan mezelf te denken, zou ik me gerealiseerd hebben wat jij moest meemaken, dat alles een vergissing was geweest en dat je gewoon verder wilde gaan. Je wilde niet dat het je zou definiëren. Je wilde dat ik de echte jij zou zien, en dat was niet de echte jij."

Verdomme, nu zou ik elk moment in huilen uitbarsten.

"Ik had er voor je moeten zijn ... en dat spijt me."

"Het is oké ... " Ik schoof mijn hand naar het midden van de tafel.

"Depressie is echt iets biologisch, en het schaadt ons beoordelingsvermogen, onze besluitvorming en ons vermogen om logisch met situaties om te gaan. Ik weet dat beter dan wie dan ook, maar toch toonde ik geen begrip, omdat ik zoveel van je verwachtte. Maar het was niet eerlijk om je zo te beoordelen enkel omdat ik meer van je verwachtte, niet minder." Hij kneep met zijn hand lichtjes in de mijne. "Je bent het slachtoffer geworden van een giftige relatie. Jake is net als Valerie: een leugenaar, een manipulator, een klootzak. Je kunt me evengoed veroordelen voor het feit dat ik samen was met Valerie, maar dat heb je nooit gedaan. Hoe kan ik jou dan veroordelen?"

Hij vergaf me en bevrijdde me van een grote last, waardoor ik me meteen een stuk lichter voelde.

"Je kunt me alles vertellen, en ik zal het begrijpen. Ik wil dat het vanaf nu zo zal zijn ... dat je met me kan praten. Omdat ik het van jou wil horen — en van niemand anders. Wij zijn de enige twee mensen in deze relatie, en ik zal alles geloven wat je me impliciet vertelt. Als iemand anders langskomt en dat tegenspreekt, zal ik die negeren, omdat ik jou vertrouw. Maar ... ik wil niet nog eens zoiets meemaken."

"Oké, Deacon."

"Is er nog iets wat je me wilt vertellen?"

Ik schudde mijn hoofd. "Dat was mijn enige geheim." Ik had niets anders te verbergen. Mijn leven was nogal saai geweest sinds ik mijn ouders was verloren. Ik was heel lang alleen geweest. Mijn enige stommiteit was me al zuur opgebroken — en die fout zou ik nooit meer maken.

"Goed." Hij bleef zijn hand in de mijne houden en aanvaardde mijn antwoord als een vaststaand feit. Hij staarde me aan over de tafel heen, met een zachte blik in zijn ogen, en wreef lichtjes met zijn vingers over de mijne. Hij keek me weer net zoals vroeger aan ... alsof ik het enige in de wereld was dat ertoe deed.

Ik at alles op — inclusief een brownie met een bolletje ijs erbovenop.

Deacon vroeg om de rekening en schoof onmiddellijk zijn kredietkaart in het mapje, zonder ook maar een blik te werpen op het bedrag.

Ik werkte mijn dessert naar binnen zonder enige schaamte te tonen.

"Mag ik je iets over Jake vragen?"

Ik wilde niet over hem praten, maar ik realiseerde me dat we over alles moesten kunnen praten, mijn ex-man incluis, en dat het dus vreemd zou zijn om Jake onbespreekbaar te maken, alleen maar omdat ik me schaamde voor wat er was gebeurd. "Tuurlijk."

"Hoe kwam je erachter dat hij getrouwd was?"

Ik aarzelde voordat ik nog een hap nam, omdat ik niet op deze details wilde ingaan aangezien ik ervan overtuigd was dat Deacon die niet wilde horen. Maar ik wilde ook niet liegen. "We waren samen in zijn woning toen zijn vrouw thuiskwam. We waren in de slaapkamer en toen ik haar hoorde, vroeg ik hem wie zomaar bij hem kwam binnenvallen. Toen vertelde hij het ... "

Deacons gezichtsuitdrukking veranderde niet. "En wat is er daarna gebeurd?"

"Ik heb me in de kast verstopt ... en hoorde hoe ze seks hadden."

Hij schudde zijn hoofd lichtjes. "Jezus."

"Ik voelde me heel erg gekwetst en vernederd door de hele aangelegenheid. Hij probeerde het te rechtvaardigen door te zeggen dat ze nauwelijks samen waren vanwege hun carrières en dat hij haar sowieso wilde verlaten. Maar ik walgde zo erg van de hele situatie, dat ik hem op slag haatte. Hij vroeg meteen de scheiding aan en toonde me de papieren als bewijs in een poging me terug te krijgen, maar ik zei hem dat het voorbij was."

"Hoe ging zijn vrouw ermee om?"

"Hij zei dat ze sowieso al een ongelukkig huwelijk hadden gehad, en dat ze dus in goede verstandhouding uit elkaar waren gegaan."

"Ik bedoelde met zijn ontrouw."

Ik haalde mijn schouders op. "Hij zei dat ze er geen probleem mee had, maar ik geloof niets meer van wat hij zegt." Ik at mijn dessert helemaal op en legde mijn lepel neer. Ik wilde gewoon naar huis en het hier nooit meer over hebben.

Maar Deacon was er nog niet klaar mee. "Hoelang duurde deze relatie?"

Ik sloeg me er doorheen. "Een paar maanden."

Hij knikte lichtjes.

"Ik hield niet van hem, als dat je volgende vraag is."

Hij wendde zijn blik af, alsof hij die vraag inderdaad had willen stellen.

"Mijn man had me net verlaten en was onmiddellijk inge-trokken bij die vrouw die hij had ontmoet op het werk, en Jake flirtte met me ... het kon me eigenlijk gewoon niets schelen." Ik staarde naar het gesmolten ijs op mijn bord. "Ik had zoveel schuldgevoelens omdat mijn man mij van alles de schuld had gegeven. Hij zei dat ik te veel werkte, niet genoeg sexy dingen voor hem deed, mijn deel van het huishoudelijk werk in het appartement achterwege liet ... een hele waslijst. Mijn zelfver-trouwen lag aan gruzelementen. Ik wist dat ik de regels schond door met Jake te rotzooien, maar ik haatte mezelf al zo erg dat ik gewoon ... Het deed er niet meer toe." Ik haatte het om na te denken over het verleden, omdat ik me dan altijd weer klote voelde, maar ik begreep waarom Deacon nieuwsgierig was; en hij had in het verleden nooit de kans gehad om ernaar te vragen. "Nadat ik Jake had gedumpt, had ik de hoop opgegeven een goede man te vinden. Het waren volgens mij allemaal klootzakken die in verschillende smaken voorkwamen. Toen ontmoette ik jou ... " Ik keek op. "En ik wist dat jij anders was. Ik begreep meteen dat je een echte man was, en toen we een koppel werden, had ik het gevoel dat ik eindelijk kreeg wat ik verdiende. Ik had de kikkers gekust en leergeld betaald, mijn hart was net als bij iedereen gebroken, maar dit was eindelijk het sprookjeseinde waarvan ik als meisje al had gedroomd."

Hij tilde zijn hoofd op en keek me aan.

"Ik wil met je trouwen. Ik wil mijn leven met jou doorbrengen." Ik stortte mijn hart bij hem uit. "Ik wil een moeder zijn voor je zoon. Ik wil meer baby's met je maken. Als je me morgen zou vragen om met je te trouwen, zou ik ja zeggen. Dit is het einde van de rit voor mij. Ik kan niet met iemand anders samen zijn, niet na jou." Als we dit niet zouden kunnen laten werken, zou ik gewoon voor altijd alleen blijven. Hoe kon je een grote liefde hebben als de onze, en daarna samen zijn met iemand anders? Het was gewoon niet mogelijk.

Zijn vingertoppen rustten op de steel van het glas terwijl hij mijn blik vasthield. "Ik heb gezegd dat ik het rustig aan wil doen ... "

"Ik weet het", zei ik snel. "Ik verwacht helemaal niets, Deacon. Ik wil dat je weet dat ik van je hou op een manier zoals ik nog nooit van iemand anders heb gehouden, of in de toekomst ooit van iemand zal houden. Of we nu nooit trouwen, of we nu naar een onbewoond eiland verhuizen, of je me nu vertelt dat je geen kinderen meer wilt hebben ... ik ga nergens heen. Zolang ik bij jou ben, maakt het me niet uit hoe onze toekomst eruit-ziet. Maar ik ga niet liegen en zeggen dat ik die dingen niet wil ... want dat doe ik wel."

"Ik ook", fluisterde hij. "Ooit."

19

DEACON

We gingen op de achterbank van de auto zitten. "Geef Jerry je adres."

Ze zat naast me en werd meteen onzeker na mijn woorden. "Deacon, ik vind het echt niet erg om — "

"Waarom ga je met me in discussie?" Ik was niet het soort man dat altijd zijn zin moest krijgen, maar hierover viel niet te onderhandelen. Zelfs toen ze alleen nog maar mijn assistente was geweest en in een veilige buurt woonde, vond ik het niet leuk dat ze in haar eentje naar huis liep. Zij betekende alles voor me, en ik was niet van plan om naar huis te gaan en onder de douche te springen, terwijl zij helemaal alleen de metro naar Brooklyn nam — om bijna tien uur 's avonds. Ik zou me pas kunnen ontspannen van zodra ik een sms van haar kreeg dat alles in orde was.

Ze zweeg, sloot haar mond en wendde haar blik af. Toen gaf ze de chauffeur het adres door.

We reden de weg op en begonnen aan de rit. Aangezien er geen verkeer was op dit late uur, duurde de rit slechts twintig minuten. Maar tijdens de spitsuren zou het minstens twee keer zo lang duren.

Ze hield haar blik uit het raam gericht en bleef zwijgen.

Ik verontschuldigde me er niet voor dat ik tegen haar had gesnauwd. Haar verzoek was onrealistisch, en dat wist ze, vooral omdat ik haar altijd naar huis had gebracht. Of ze nu verdomme in Brooklyn woonde of in New Jersey, ik zou haar thuisbrengen.

We kwamen aan in Brooklyn en reden door een paar straten die me niet aanstonden. Ik nam aan dat we alleen op weg waren naar een betere buurt, maar de bestuurder parkeerde de auto naast de stoeprand, waar een paar louche figuren samen op een bankje bij het park zaten. Wat verderop in de straat ging een autoalarm af, en een man liep aan de andere kant van de straat, met een hoodie over zijn hoofd getrokken en met zijn schouders zwaaiend, in een poging om er bedreigend uit te zien.

Ik haalde diep adem en was ondertussen woedend. Niet op haar, maar op mezelf.

Dit was allemaal mijn schuld.

Als ik gewoon mijn kop uit het zand had gehaald, had ik geweten wat er met haar was gebeurd en had ik dit kunnen voorkomen. Ik had met Boris kunnen praten vlak nadat ze ontslagen was. Ik had haar rekeningen kunnen betalen totdat ze haar volgende salaris had ontvangen.

Maar nee, ik had me gedragen als een egoïstische klootzak die nog steeds niet begreep hoe de gevoelens, standpunten en waarden van andere mensen werkten. Ik had me verstopt toen ze me nodig had, terwijl zij van mij hield en ik van haar.

Er waren al een paar dingen in mijn leven waar ik spijt van had — en nu had ik gewoon nog eentje toegevoegd aan de lijst.

Ze schraapte haar keel en opende het portier, zonder oogcontact met me te maken.

Nu wist ik waarom ze zo strijdlustig was geweest. Ze wilde niet dat ik zou zien waar ze woonde. Ze had gezegd dat ze haar appartement best leuk vond, maar dat was onzin geweest. Het werd tegenwoordig al veel vroeger donker, maar zij liep in haar eentje na het werk door deze straat? Een mooie vrouw met een heen en weer wiegende kont en niemand om haar te beschermen? Ze had niet gewild dat ik dit wist, omdat ze wist dat het me zou kwetsen.

Ze had gelijk.

Ik stapte uit de auto en begeleidde haar naar haar deur.

Ze maakte geen ruzie, omdat het vergeefse moeite zou zijn.

We liepen een vervallen gebouw binnen terwijl luide muziek uit een appartement schalde, alsof er een dansfeest plaatsvond op een dinsdagavond. Daarna liepen we langs een ander appartement waar een echtelijke ruzie gaande was, met brekende borden en een schreeuwende vrouw.

Cleo hield halt aan haar appartement en ontgrendelde de deur. "Bedankt voor het etentje — "

Ik liep haar appartement in en deed de deur achter me dicht. Ik wilde geen gesprek met haar voeren in die gang. Toen ik binnen was, realiseerde ik me dat het maar een kamer was. Haar slaapkamer was een bed tegen de muur met de tv aan de andere kant. Haar kleren hingen in een open kast en de keuken was slechts een hoek met een eenpits gasstel en een magnetron. Ik veronderstelde dat de gesloten deur leidde naar een badkamer.

Er zaten scheuren in de muur, het rook er muf en het tapijt zat vol vlekken, alsof het in twintig jaar niet vervangen was. Ik had mensen nooit veroordeeld omdat ze een leven leidden dat zo anders was dan het mijne. Ik had mezelf nooit beter gevonden, ook al was ik een miljardair die zichzelf naar de top had gewerkt.

Maar dit krot was onacceptabel.

Ik wilde het hoofd afwenden toen ik het zag, omdat ik wist dat ze hier al minstens een maand woonde, terwijl ik verdomme als een koning in een luxeappartement had geslapen. Zij was ook gewend aan de fijnere dingen in het leven. Haar vorige appartement was luxueus geweest en lag in een heel goede buurt. Dit was een grote stap achteruit voor haar, en ze moest misselijk zijn geworden toen ze Tribeca had moeten verlaten om hier te komen wonen. Toen ze me had verteld dat ze in Brooklyn woonde, had ik aangenomen dat het nog steeds in een fatsoenlijke buurt was.

Maar verdomme, ik had het bij het verkeerde eind gehad.

Ik keek rond, wendde me weer tot haar en voelde me misselijk nu ik zag in welke omstandigheden ze moest leven. Ze leek een varken in een stal, met al haar spullen samengepropt in een eenpersoonskamer. Ze had geen bankstel of salontafel, zelfs geen eettafel. Er was nauwelijks genoeg ruimte voor het bed. Ik wilde weglopen om wat ademruimte te krijgen, maar ik kon letterlijk nergens naartoe.

Ze keek met een strak gezicht voor zich uit, alsof ze bang was voor mijn reactie. "Het is niet zo slecht — "

"Pak je spullen bij elkaar." Haar appartement was nog niet eens het ergste. Het waren de louche figuren die rondhingen in de buurt, de kerels die wisten dat ze hier alleen woonde, dat ze elke avond in haar eentje naar huis kwam en nooit gezelschap had. Ze was een makkelijk doelwit voor een overval ... of erger.

"Deacon — "

"Verdomme, ik ben niet in de stemming." Ik sprak met op elkaar geklemde kaken en balde mijn handen tot vuisten. "Doe gewoon wat ik zeg." Ik zou niet meer kunnen slapen nu ik wist waar ze woonde. Als ze zou weigeren om met me mee te gaan, dan zou ik hier ook moeten blijven slapen, omdat ik mijn meisje hier niet alleen kon achterlaten.

Ze maakte geen aanstalten om haar koffers te pakken. "Het is niet voor eeuwig. Ik wacht tot er een appartement vrijkomt. Ik zal wel iets vinden."

"Hoe zit het met je oude woning?"

"Die is alweer verhuurd." Ze kruiste haar armen voor haar borst. "Ik heb gezocht in die buurt, maar er is momenteel niets beschikbaar. Ik zou natuurlijk een woning kunnen zoeken die wat verder uit de buurt ligt, maar ik heb liever iets wat dichterbij is en ik wil niet twee keer moeten verhuizen."

Hier blijven wonen was geen oplossing.

"Deacon, het is in orde. Echt. Ik ben een grote meid — "

"Zelfs als je de sterkste vrouw op aarde was, zou het geen enkel verschil maken. Zelfs als je een pistool had, zou het niets uitmaken. Ook een alarm zou niets veranderen. Je gaat nu je koffer pakken en je gaat met mij mee. Nu meteen."

Ze glimlachte, maar op een verdrietige manier. "Ik waardeer dat, maar je hoeft niet voor me te zorgen. Dit is niet jouw schuld, en voel je er dus niet schuldig over — "

"Het is wel mijn schuld. Maar zelfs als dat niet zo was, zou dat niets veranderen."

"Deacon, ik werd ontslagen omdat ik de regels heb overtreden — "

"Hou je mond."

Ze sloot haar mond, maar haar ogen schoten vuur van woede.

"Ik hou van je. En daarom ben je mijn verantwoordelijkheid. Het is mijn taak om voor je te zorgen. Ik ben naar Boris gegaan en maakte gebruik van mijn positie om hem zover te krijgen je die baan terug te geven, want samen of apart, ik zal altijd voor je zorgen."

Haar ogen werden zachter.

"Zeg dus niet die shit over hoe je voor jezelf kunt zorgen en dat je niet mijn probleem bent. Ik zal je altijd beschermen. Ik zal altijd voor je zorgen. Ik laat de liefde van mijn leven, mijn toekomstige vrouw, hier niet alleen achter. Ik wil het je niet nog eens moeten vragen. Pak je tassen in zodat we kunnen vertrekken." Ik wendde me af, en was zo boos dat ik mezelf niet onder controle had. Ik moest wegkijken en even de tijd nemen om te kalmeren.

"Deacon ... je hebt gezegd dat je het rustig aan wilde doen. Bij jou intrekken — "

"Cleo." Ik verhief mijn stem niet. Ik sprak haar op deze manier aan, op dezelfde toon die ik ook bij Derek gebruikte wanneer ik hem wilde waarschuwen dat de hel zou losbarsten als hij niet gehoorzaamde.

Deze keer luisterde ze.

We spraken geen woord tijdens de rit naar huis.

Ik was echt woest.

Ze had daar verdomme al die tijd gewoond.

Ik kon mezelf wel in het gezicht slaan en mijn eigen neus breken.

We stapten uit en ik droeg een paar van haar tassen, terwijl zij de rest droeg. De lobby lag er verlaten bij omdat het al laat was, dus zag niemand ons de lift in stappen naar mijn verdieping, met haar spullen in onze armen.

Niet dat we het geheim moesten houden.

Ik ontgrendelde de deur en we liepen naar binnen.

Ze zette snel haar tassen op de bank, omdat die zwaar voor haar waren, zeker omdat ze nog steeds haar hoge hakken aan had. Ze ging ernaast zitten en legde haar hand op een grote vuilniszak die moest dienstdoen als tas. Ze leek een pleegkind, dat van tehuis naar tehuis ging.

Het was al laat en ik moest morgenochtend gaan werken, maar ik zou waarschijnlijk een paar uur later vertrekken dan gewoonlijk, omdat ik wist dat ik me toch niet zou kunnen concentreren als ik niet genoeg nachtrust had gehad. Mijn hersenen functioneerden dan lang niet zo efficiënt.

Ze wilde me niet aankijken. "Nou ... bedankt."

Ik deed het niet eens voor haar — alleen voor mezelf. "Je kunt een van de logeerkamers gebruiken."

Ze zag er niet teleurgesteld uit en had blijkbaar niet verwacht dat ze bij mij in mijn slaapkamer zou kunnen slapen.

Ik had geen idee hoelang ze bij me zou logeren, en ik wilde niet meteen overgaan naar dat niveau van intimiteit. Een paar maanden geleden zou ik er niets om hebben gegeven als ze bij zou intrekken ... en nooit meer zou verhuizen. Maar dat was momenteel te veel van het goede, en te snel.

Ze stond weer op, droeg haar spullen de gang in en koos de slaapkamer uit die tegenover die van Derek lag. Die had een eigen badkamer, zodat ze die niet zou hoeven te delen met Derek als hij er was. Ze zette haar vuilniszakken op het dressoir.

Ik volgde haar naar binnen en legde haar spullen in de lege kast.

De slaapkamer was niet alleen groter dan heel haar appartement in Brooklyn, maar ook schoon en bovenal veilig.

Ze keek rond, maar ik kon niet afleiden of ze nadacht of emotioneel werd. Ze leek helemaal niets te voelen. Ze deed haar hoge hakken uit en liet ze achter op de vloer, voordat ze zich tot mij wendde. "De kamer is mooi ... "

Ik kon zien dat er iets niet in orde was. Ik kon haar energie voelen en was gewaar dat ze niet haar gebruikelijke zelf was. Maar ik begreep niet wat er gaande was, waarom haar stemming zo abrupt was omgeslagen. Was ze boos op me omdat ik haar had gedwongen mee te komen? Was ze me dankbaar? Ik wist het echt niet. "Wat is er?" Ik kon het haar gewoon vragen omdat ik wist dat ze zou antwoorden.

Ze keek weg, met haar armen voor haar borst gekruist. "Ik wil er niet over praten."

Dat was een antwoord dat ik nog nooit eerder van haar had gekregen. "Waarom niet?"

Ze haalde haar schouders op. "Het is al laat. Je kunt beter gaan slapen." Ze draaide zich om naar haar bagage en pakte de spullen eruit die ze nodig had om zich klaar te maken om naar bed te gaan, zoals haar tandenborstel en tandpasta.

Ik kon niet weggaan, niet zonder antwoord op mijn vraag.
"Cleo."

Ze draaide zich weer om, maar met een behoedzame blik in
haar ogen, alsof ze zich schaamde. "Ik ... ik ben al heel lang
alleen. Sinds mijn ouders zijn gestorven heb ik altijd op mezelf
moeten rekenen. Ik heb niemand die ik kan bellen als ik in de
problemen raak. Ik zorg altijd voor andere mensen ... en
niemand zorgt ooit voor mij." Haar ogen werden een beetje
vochtig. "Ik heb nooit beseft hoe erg me dat stoorde, tot nu. Ik
heb jou ... en het is zo fijn om iemand te hebben ... die er altijd
voor me zal zijn."

Toen ik de volgende ochtend wakker werd, was ze weg.

Niets verried dat ze er was geweest. Ze had niet eens een kop
koffie voor zichzelf klaargemaakt.

Ik maakte me klaar, vertrok naar mijn werk en bezag gister-
avond als een verschrikkelijke herinnering die ik wilde vergeten. We hadden een geweldige tijd gehad tijdens het diner,
hadden meteen weer die band gevoeld, maar toen ik in haar
appartement in Brooklyn stond, voelde het alsof ik met een
mes in de buik was gestoken.

Ik voelde me als een stuk stront, omdat ik dat had laten
gebeuren.

Wat voor man was ik?

Ik had maar een korte werkdag op kantoor omdat ik zo laat
was gaan werken, en ik probeerde om de verloren tijd in te
halen door me te haasten en wat langer te blijven. Tijdens de
autorit terug naar huis, sms'te Tucker me. *Heb je met haar
gepraat?*

De vraag irriteerde, want dat ging hem totaal niets aan, maar ik wist dat hij het beste met me voorhad. *Ja.*

En?

We zijn terug samen.

Godzijdank. Jezus, dat heeft veel te lang geduurd. Waarom ben je zo slim, maar tegelijkertijd zo traag?

Als je nog steeds gebruik wilt maken van mijn strandhuis, stel ik voor dat je op je woorden let.

LOL. Waarom gaan jullie niet gewoon met ons mee? Dat zou leuk zijn.

Dat is een heel slecht idee. We doen het rustig aan.

Wat betekent dat?

Dat betekent dat we het rustig aan doen.

Dus jullie neuken niet???

Ik negeerde de vraag.

Je hebt al twee maanden geen seks meer gehad maar je blijft celibatair?

Ik miste de seks, vooral toen ik Cleo in die strakke zwarte jurk had gezien, met haar ongelooflijk sexy tieten. Ik had de afgelopen twee maanden zeker de aandrang voelen opkomen, maar omdat mijn humeur zo slecht was geweest, had ik niet meer dezelfde seksuele honger gehad als vroeger. Voordat Cleo en ik het hadden uitgemaakt, had ik er niet genoeg van kunnen krijgen en had ik haar doorlopend willen neuken. Maar na de breuk, was ik verschrompeld en had ik mijn appetijt verloren. Meerder vrouwen probeerden me te versieren, maar ik had niet langer dezelfde vleselijke aandrang gevoeld om te neuken

... omdat er maar één vrouw was die ik wilde. *Het zal gebeuren op het moment dat het hoort te gebeuren.*

Man, je zou een Tibetaanse monnik kunnen zijn met dat soort zelfbeheersing.

Ik nam niet de moeite om mijn gevoelens aan hem uit te leggen, vooral niet via een sms.

Man, ik ben blij voor je. Cleo is voor jou de ware.

Ik had haar zo erg gemist, en nu ze weer terug in mijn leven was, voelde ik me meteen beter. Het was niet perfect, vooral niet na het incident in Brooklyn, maar het was een drastische verbetering vergeleken met mijn vroegere eenzame bestaan. Ik wist dat ik haar net zoveel had gekwetst als zij mij ... en we waren er allebei kapot van.

Maar we zouden elkaar weer helen.

Toen ik thuiskwam, was Cleo er niet.

Ik controleerde haar slaapkamer en zag dat die leeg was.

Ik was pas om zeven uur thuisgekomen, dus was ik verbaasd dat ze er nog steeds niet was. Ik douchte en begon daarna met het bereiden van het avondeten, een maaltijd voor twee. Ik liet haar eten in de pan staan zodat het warm zou blijven en ging aan de eettafel zitten met het plan nog wat te werken op mijn laptop.

Toen het half acht was, begon ik me zorgen te maken. Ik sms'te haar. *Ben je beneden?*

Ja. Ik zit aan mijn bureau.

Het eten is klaar, voor als je honger hebt.

Ik kom later naar boven.

Ik kon voelen dat er iets vreemds aan de hand was, maar het was moeilijk om complexe situaties te ontrafelen via een tekstbericht, dus liet ik het rusten.

Ze kwam pas na negenen thuis. "Hoi." Ze droeg haar grote tas onder haar arm, met haar laptop daarin.

"Hoi."

Ze verdween door de gang uit het zicht.

Ik ging naar de keuken, warmde haar eten op en schepte het voor haar op een bord.

Maar ze kwam haar kamer niet meer uit.

Ik liep naar haar slaapkamerdeur en klopte aan.

"Het is open."

Ik opende de deur en zag haar op de bank zitten, met een half opgegeten mueslireep naast zich. Haar benen waren gekruist en ze was haar papieren aan het bestuderen, alsof ze zich voorbereidde op morgen.

Ik had haar verteld dat het eten klaar was, dus snapte ik niet waarom ze bewerkte junk vol chemische producten at. "Ik zei toch dat het eten klaarstaat."

"Ik weet het, Deacon. Maar het gaat prima met me. Echt."

Ik staarde haar totaal verbijsterd aan. "Ik begrijp niet wat hier gebeurt."

"Je hoeft niet voor me te koken of mij te betrekken in jouw levensstijl." Ze keek niet op van de papieren en bleef doorwerken.

Ik staarde haar indringend aan en was geïrriteerd.

Ze keek me uiteindelijk aan. "Ik wil je gewoon niet voor de voeten lopen. Ik wil dat je niet eens merkt dat ik hier ben."

Ik fronste een wenkbrauw.

"Je hebt gezegd dat je het rustig aan wil doen, maar nu wonen we samen. Ik wil je gewoon wat ruimte geven en je niet overweldigen, zodat dit niet meteen een serieuze relatie wordt nadat we elkaar al maanden niet meer hebben gezien."

"Dus trippel je rond als een muis?", vroeg ik geschokt.

Ze zuchtte stilletjes.

Ik ging op de bank zitten, gooide de mueslireep op de vloer en liet mijn ellebogen op mijn dijen rusten terwijl ik recht voor me uit keek. "Cleo, ik wil dat je je hier welkom voelt. Maak koffie voor jezelf, eet samen met me, kom naar huis als je er klaar voor bent. Toen ik zei dat ik het rustig aan wil doen, bedoelde ik dat ik niet te snel terug wilde keren naar de relatie van vroeger, aangezien we daar nog niet klaar voor zijn. Dat is alles. Ik bedoelde niet dat ik ruimte nodig heb. Ik heb genoeg ruimte van je gekregen — ik wil er niet nog meer."

Ze ademde stilletjes terwijl ze naast me zat.

Na een minuut stond ik op en draaide me naar haar toe.

Haar blik was naar beneden gericht, op haar handen die samengevouwen op haar map lagen. "Ik heb je net terug. Ik wil niets doen om dat op het spel te zetten ... "

"Dat zal niet opnieuw gebeuren." Ik ging met mijn hand naar de hare en verstrengelde mijn vingers met de hare. "Ik kan het me gemakkelijk veroorloven om je in een mooi hotel onder te brengen, als ik dat zou willen. Maar ik wil dat je hier bent — bij mij." Nu ik die woning in Brooklyn had gezien, wilde ik haar dicht bij me hebben, ergens waar ik een oogje op haar kon houden. We hadden een paar moeilijke maanden achter de rug, meer voor haar dan voor mij, en ik wilde gewoon dat ze zich zou kunnen ontspannen. Ik wilde dat ze zich veilig zou voelen, dat ze niet hoefde te stressen over geld en dat ze zich geen zorgen hoefde te maken dat ze me zou provoceren.

Ze draaide zich eindelijk naar mij toe, met een kwetsbare, maar heldere blik in haar ogen, zo duidelijk als woorden op een vel papier. Ze keek naar mijn lippen, sloeg haar blik toen op en keek me recht in de ogen. "Ik wil ook geen ruimte. Ik mis je ... " Ze kneep lichtjes in mijn hand.

Ik miste haar meer dan ik ooit onder woorden zou kunnen brengen. Het viel mij moeilijk om de pijn te diagnosticeren die ik de laatste paar maanden had gevoeld, om te begrijpen wat er gaande was. Ik was een professional op het gebied van het verzamelen van gegevens en het interpreteren van die data, maar als het ging om mijn eigen emoties, waren ze gewoon willekeurige gegevens in een grafiek — zonder enig verband. Ik wist alleen dat ik constant verdrietig was zonder haar, en dat ik niet met andere mensen samen wilde zijn, ook al had ik daar het recht toe. Ik kwam niet eens in de verleiding. Dat was liefde ... althans, dat vermoedde ik. "Kom dan bij me zitten aan de eettafel. En eet een echte maaltijd."

"Ik mis je kookkunsten."

Ik trok de map van haar schoot, legde die aan de andere kant van de bank en stond toen recht. Ik stak mijn hand naar haar uit. "En ik mis het om voor jou te koken."

Ik wandelde uiterst langzaam door de gang omdat ik ondertussen mijn papieren bestudeerde. Ik liep een paar meter, stopte om te lezen en liep dan weer verder.

"Hoi, Deacon."

Ik keek op en zag Dr. Hawthorne naar me toe komen vanuit de tegenovergestelde richting. "Ik ben de titraties die ik vanmorgen heb gedaan aan het bestuderen."

"En?"

Ik liet de papieren zakken en zuchtte. "Twijfelachtig."

"Nou, misschien zal je de volgende keer meer geluk hebben."

"Ja ... misschien. Ga je naar je lab?"

"Ik ben eigenlijk op weg naar Steve. Hij heeft me gevraagd om zijn resultaten samen te bekijken."

"Goed. Ik hoop dat jullie meer geluk hebben dan ik." Ik begon weer verder te lopen.

Ze draaide haar lichaam net toen ik langs haar begon te lopen. "Je lijkt opgewekter te zijn."

Het was een observatie, dus wist ik niet hoe ik moest reageren. Ik bleef stilstaan en keek naar haar.

"Heb je het bijgelegd met Cleo?"

Zag ik er zo anders uit? Hoe konden mensen dat soort dingen zien, terwijl ik dat niet eens zelf kon? Ik wist wat ik van binnen voelde, maar hoe kon zij dat nou zien? Mijn hele lichaam was opgehouden met pijn te lijden en mijn hartslag voelde niet meer traag aan. Mijn leven was plots weer veel beter geworden nu ik Cleo terug in mijn leven had, zelfs al was het op een andere manier. Ik voelde geen druk, omdat ik duidelijk had gemaakt dat ik wilde dat we samen waren, alleen op mijn tempo. Ik had haar vergeven en zij had mij vergeven. Maar het zou nog enige tijd duren om terug te bereiken wat we vroeger hadden.

Maar ik wilde dat terug ... heel erg graag.

Ik miste het om zo gelukkig te zijn. Het was toen alsof ik een cocktail van antidepressiva had ingenomen met een enorm goeie whisky, waardoor ik was gaan zweven en op mijn wolk was blijven zitten, een gevoel dronkenschap dat nooit afnam. Ik was verslaafd geraakt aan dat geluk, en dat werd echt duidelijk van zodra het effect uitgewerkt was.

Ik wilde het terug.

Kathleen bleef me aanstaren, met een licht gefronste wenkbrauw omdat de stilte zo lang bleef voortduren. "Vergeet dat ik dat heb gevraagd." Ze glimlachte. "Fijne dag, Deacon."

Ik ontwaakte uit mijn gemijmer en dacht terug aan de chalet. "Ja, ik heb haar terug."

Ze knikte lichtjes. "Ik ben blij voor je. Het is al een tijdje geleden dat ik je in zo'n goed humeur heb gezien." Ze liep weer verder door de gang.

Ik tilde mijn papieren hoger op en ging weer aan het werk, vergat het gesprek alweer van zodra het voorbij was.

Ik werkte aan de eettafel en net toen ik wilde opstaan om te starten met de bereidingen van het avondeten sms'te Valerie me.

Ik ga vanavond uit. Kun jij op Derek letten?

Ik zei nooit nee. Ik was blij dat ik mijn zoon regelmatig bij me kon hebben, zelfs als ik alleen was met Cleo. Ze sliep momenteel in de logeerkamer aan de andere kant van de gang, recht tegenover die van Derek, dus zou hij misschien wat vragen stellen, maar ik was niet van plan daardoor het verzoek van Valerie af te wijzen. *Ja.*

Ik kom hem zo brengen.

Ik ging naar de keuken en bereidde het eten voor drie personen, in plaats van twee.

De deurbel weerklonk een paar minuten later.

Ik opende de deur en begroette Derek. "Hoi, kleine man."

Hij omhelsde me ter hoogte van mijn middel. "Hoi, papa." Hij liep verder de woonkamer in met zijn rugzak om. Hij voelde zich hier thuis, omdat hij er nu gewend aan was om in mijn appartement te zijn.

Ik draaide me om naar Valerie, die gekleed was in een gebreide jurk met lange mouwen en kniehoge laarzen. Haar make-up was zwaar en haar haardos groots. Ze zou vanavond zeker indruk op iemand maken. "Ik zal hem morgenochtend naar school brengen."

"Prima." Ze wierp over mijn schouder een blik op Derek, omdat ze met die laarzen aan nog groter was dan normaal. Ze was nog steeds pedant, alsof haar ongenoegen nog steeds niet verdwenen was.

"Ga je nog steeds met Jake om?"

Ze kneep haar ogen halfdicht na het horen van de vraag. "Wat kan jou dat schelen?"

Omdat ik die verdomde klootzak haatte. Hij had al mijn respect verloren toen hij Cleo op zo'n achterbakse manier had verraden. Een man die zijn macht over een onschuldig persoon misbruikte, was helemaal geen man. Ik maakte me een beetje zorgen over Valerie, omdat zij Dereks moeder was, dus voelde ik me een beetje verplicht om haar te beschermen. "Ik mag hem niet."

Ze kruiste haar armen voor haar borst. "Wat ironisch. Ik mag Cleo ook niet."

"Maar ik heb een geldige reden om Jake niet te mogen. Je kunt een beter iemand vinden, Valerie.

"Beter dan een jonge, sexy, miljardair?", vroeg ze geschokt. "Die bovendien stapelgek op me is?"

Was hij wel zo gek op haar, aangezien hij Cleo had verklikt? Dat was kleinzielig en duidelijk een daad uit jaloezie. "Hij heeft haar verraden door jou te vertellen wat er tussen hen is gebeurd."

"Verraden? Geliefden praten nou eenmaal over oude vlammen. Dat was geen verraad."

"Hij had haar niet bij naam hoeven te noemen. En hij had haar zeker niet hoeven te verraden."

Ze haalde haar schouders op. "Ik denk dat hij dit gebouw een dienst heeft bewezen."

"Nou, ze is terug, dus het was maar van korte duur."

"Wat?", snauwde ze, terwijl ze haar armen langs haar lichaam liet vallen. "Waarom? Hoe is dat in godsnaam kunnen gebeuren?"

"Omdat dit gebouw zonder haar niet functioneerde, en dat weet je." Matt had me mijn spullen niet op tijd gebracht. Mijn post kwam altijd dagen te laat, boodschappen werden soms om negen uur 's avonds afgeleverd. Met Cleo weg was in het honderd gelopen. Ik had alleen maar aangenomen dat Matt gewoon niet zo capabel was als Cleo, maar achteraf gezien, begreep ik nu wat er echt had gespeeld.

Ze schudde haar hoofd. "Ze is met twee mannen in het gebouw naar bed geweest, en ze krijgt haar baan terug? Wat voor plek is dit? Een bordeel?"

Ik kneep mijn ogen halfdicht na het horen van de insinuatie. "Wees voorzichtig, Valerie." Ik wilde geen ruzie maken met mijn ex in het bijzijn van Derek, maar ik zou niet toestaan dat ze de vloer aanveegde met Cleo, niet zonder iets terug te zeggen.

"Nou, misschien zou de eigenaar er anders over denken als hij wist met welke andere klant ze nog heeft geneukt — "

"Hij weet het al."

Ze fronste haar wenkbrauwen.

"Omdat ik het hem zelf heb verteld."

Nu zag ze er echt woedend uit.

"Ik heb ervoor gezorgd dat ze haar baan terug heeft, Valerie. Jij en Jake kunnen eender wat proberen om van haar af te komen, maar Boris is jou en Jake nog liever kwijt dan dat hij alle andere bewoners verliest."

Haar mond was opengevallen door de schok. "Jij moeders— "

Ik deed de deur voor haar neus dicht.

Derek zat op de bank, met zijn huiswerk op schoot. "Waarom noemde mam je net moeder?"

Hij was veel te jong om de waarheid te weten. "Ik denk dat ze wilde zeggen dat ik niet weet wat moeders denken.'"

Het sloeg nergens op, maar Derek trapte erin.

Toen ik naar mijn kleine jongen keek, dacht ik niet meer aan Valerie. Hij was het licht van mijn leven, de persoon die mijn slechte humeur kon laten omslaan met alleen een glimlach. "Wat heb je daar?"

"Huiswerk."

"Heb je hulp nodig?"

"Nee."

"Waarom zie je er dan zo mistroostig uit?"

"Mistroostig?", vroeg hij.

"Het betekent stil en verdrietig."

"Oh. Ik denk dat ik me een beetje verveel. Dit is zo gemakkelijk." Hij hield zijn vermenigvuldigingstafels omhoog. "En hier staat een fout." Hij omcirkelde het woord dat verkeerd gespeld was in het document. "En toen zei mijn juf dat dit verkeerd was, maar ik heb het drie keer gecontroleerd en ik ben er vrij zeker van dat zij het mis heeft."

Ik nam de papieren, bestudeerde ze en voelde onmiddellijk een soort trots die ik nog nooit eerder had gevoeld. "Je hebt gelijk, Derek."

"Ik heb het haar gezegd, maar ze gelooft me niet."

Ik lachte. "Omdat ze niet wil toegeven dat een vijfjarige slimmer is dan haar." Ik sloeg mijn arm om zijn schouders en kuste hem op zijn hoofd. "Ik ben zo trots op je."

"Waarom?", vroeg hij.

Mijn hand rustte op zijn achterhoofd en ik keek in zijn onschuldige gezicht. "Dat ben ik gewoon."

"Waarom eten we nooit pizza?", vroeg Derek, terwijl hij naar de gesauteerde kool en groenten met versneden kipfilet keek.

"Eet nu maar gewoon, Derek."

"Mama geeft me heel vaak pizza."

Mijn antwoord vloog uit mijn mond als braaksel. "Nou, je moeder is een kreng."

Derek keek me aan met gefronste wenkbrauwen.

Verdomme. "Ik bedoel ... ze benadert het ouderschap op een andere manier."

"Wat is een kreng?", vroeg hij.

Oh verdomme.

"Ik heb dat woord nog nooit gehoord ... "

"Het betekent niets. Vergeet gewoon dat ik het gezegd heb."

"Ben jij een kreng?"

Soms. "Derek, zeg dat woord niet nog eens, oké?"

"Maar ik wil net meer woorden leren — "

"Het is een slecht woord, oké? Herhaal het gewoon niet."

"Oké." Derek at weer door.

Er werd aangeklopt.

Derek draaide zich om op zijn stoel om naar de deur te kunnen kijken. "Wie is daar?"

Cleo kwam meteen daarna naar binnen gelopen, met haar zware tas met daarin haar laptop en papieren. Ze liep verder het appartement in terwijl ze rommelde in haar tas, en ze had ons nog niet opgemerkt.

Dereks ogen werden heel groot, alsof hij niet kon geloven dat ze er was. "Oh wauw! Cleo!" Hij sprong van zijn stoel af en sprintte naar haar toe.

Cleo draaide zich om en zag dat hij op haar afstevende. Het leek of ze in shock was. Ze had niet geweten dat hij hier zou zijn, omdat we elkaar vandaag nog niet hadden gesproken. Ze liet haar tas op het tapijt vallen, zonder zich zorgen te maken om de laptop, en knielde net op tijd neer om hem te kunnen omarmen. "Derek ... " Ze omhelsde hem stevig en trok hem tegen haar borst aan, net zoals ik altijd deed. Ze legde een hand op zijn achterhoofd en in haar ogen welden onmiddellijk tranen op. "Ik heb je zo gemist."

"Ik heb jou ook gemist." Zijn armen waren om haar nek geslagen en hij hield haar op die manier een tijdje vast.

Ik bleef zitten, en ook mijn eigen ogen begonnen vochtig te worden bij het zien van hun hereniging. Het was alsof Derek een andere versie van mezelf was. Zij voelde hetzelfde als ik, huilde dezelfde tranen, voelde dezelfde overweldigende liefde voor die kleine jongen.

Toen hij zich lostrok, keek hij naar haar gezicht en zag haar tranen over haar wangen rollen. "Waarom huil je, Cleo?"

Ze snikte voordat ze glimlachte. "Ik ben gewoon erg blij je te zien." Ze trok hem weer tegen haar borst aan en omhelsde hem opnieuw. "Ik heb elke dag dat ik je niet heb gezien aan je gedacht." Ze kuste hem op zijn voorhoofd en liet hem toen los.

"Betekent dit dat je terug bent?" Hij draaide zich om naar mij, op zoek naar een bevestiging.

Ik knikte. "Ja."

Hij draaide zich weer om naar Cleo. "Jippie!" Hij sprong weer in haar armen. "Dat betekent dat we weer naar het chalet kunnen gaan, en naar de film. Ik kan je mijn vrienden voorstellen, we kunnen naar het strandhuis gaan ... " Hij ratelde maar door.

Maar ze hing aan zijn lippen. "Ik kan niet wachten om al die dingen met je te doen, lieverd." Ze legde haar vlakke handen op zijn wangen en liet hem toen weer los. "Ik heb een heel zware dag gehad op het werk, maar als ik naar jou kijk, vergeet ik alles." Ze zuchtte luid terwijl ze naar zijn gezicht keek. "Ik hou van je ... "

"Ik hou ook van jou, Cleo." Hij liep terug naar de tafel en kroop weer op zijn stoel om verder te eten.

Ik liep als volgende naar haar toe en bukte me om haar te helpen de tas op te pakken die ze had laten vallen. "Ik hoop dat je laptop niet kapot is."

Ze haalde haar schouders op. "Ik heb van alles een back-up, dus het kan me niets schelen."

Ik tilde de tas op, legde die op de bank en draaide me toen naar haar toe.

Haar wangen waren nat en haar ogen gezwollen, net zoals toen we elkaar vorige week voor het eerst weer hadden gesproken. Ik had nog nooit iemand zo vaak zien huilen, en dat had ik helemaal niet van haar verwacht omdat ze meestal zo pragmatisch was. Ik legde mijn handen op haar wangen, veegde de tranen weg met de kussentjes van mijn duimen en voelde dat het traanvocht bleef kleven aan mijn eeltige huid.

Ze glimlachte terwijl ze naar me omhoogkeek, haar make-up helemaal doorgelopen en emotioneel volledig uit haar lood geslagen. "Hij overrompelde me ... ik had niet verwacht hem vandaag terug te zien."

"Zou je reactie anders zijn geweest als je had geweten dat hij hier was?"

Ze dacht even na over de vraag en schudde toen haar hoofd. "Nee ... waarschijnlijk niet."

Er waren veel redenen waarom ik verliefd op haar was geworden, maar de manier waarop ze echt van Derek hield had altijd enorm doorgewogen. Het was niet gespeeld, om mijn genegenheid te krijgen. Het was echt. Ik kon het nu van haar gezicht lezen, in de manier waarop ze emotioneel werd toen ze hem eindelijk terugzag. Het was precies dezelfde reactie die ik had getoond toen ze hem naar New York bracht voor mijn verjaardag. "Hij heeft de hele tijd naar je gevraagd."

"Dat weet ik."

"Dat weet je?"

"Nou ... hij heeft me gebeld."

Ik fronste een wenkbrauw.

"Op een avond, toen je onder de douche stond, heeft hij me gebeld met jouw telefoon."

Ik voelde me dwaas omdat een kind me te slim af was geweest, maar toch glimlachte ik. "Waarom verrast me dat niet?"

"We hebben een tijdje gepraat. Hij vroeg me om jou niet op te geven."

Mijn glimlach vervaagde. "Wanneer is dit gebeurd?"

"Een paar dagen voordat je met me wilde praten. Hij zei dat je verdrietig was ... dat je niet meer dezelfde was."

Het leek erop dat iedereen dat was opgevallen, van mijn vijfjarige zoon tot mijn collega's. "Hij is een slimme jongen."

"Ja, dat klopt."

Ik sloeg mijn armen om haar middel en trok haar tegen me aan voor een knuffel, zodat ze tegen mijn borst kon aanleunen om wat stoom af te blazen na een lange dag van zorgen voor iedereen behalve zichzelf. Haar gezicht rustte tegen mijn kin en ik kneep lichtjes in haar onderrug. De omhelzing duurde eventjes omdat het zo comfortabel was, zo goed voelde. De aanraking was bevredigend en vervulde alle emotionele verlangens – genegenheid, liefde, intimiteit - die ik al zo lang koesterde.

Het was moeilijk om haar weer los te laten.

Haar ogen hadden de tijd gehad om op te drogen en nu lag er een zachte glimlach op haar lippen. Haar make-up was nog steeds helemaal uitgesmeerd maar op de een of andere manier maakte het haar nog mooier dan ooit voorheen.

Ik wilde mijn hand naar haar nek laten glijden, mijn vingers door haar zachte haar halen en haar kussen. Maar dan zou ik niet meer kunnen stoppen, en het was gewoon niet het juiste moment met Derek aan tafel.

Dus deed ik dat niet. "Heb je honger?"

Ze was een beetje teleurgesteld, alsof ze mijn gedachten kon lezen en wist dat ik haar wilde kussen, maar ervan afzag. "Ja, wat staat er op het menu?"

Derek schreeuwde vanaf de eettafel. "Afval."

Cleo begon meteen te grinniken. "Dat klinkt niet goed."

Ik rolde met mijn ogen. "Derek."

"Wat?", vroeg hij. "Zo ziet het eruit." Ik liep mee naar de tafel en trok een stoel voor haar naar achter. Ik ging naar de keuken, schepte een bord vol en zette het toen voor haar neer.

"Zie je?", vroeg Derek. "Het lijkt op dat spul dat je ziet liggen als je de vuilnisbak opent."

Cleo probeerde om serieus te blijven, maar ze had er moeite mee om haar glimlach te verbergen. "Ik vind nochtans niet dat het er zo slecht uitziet."

"Ja ... oké." Derek rolde met zijn ogen. "Dat zeg je alleen maar omdat je een kreng bent."

Cleo barstte in lachen uit, alsof ze wist dat Derek dat onmogelijk letterlijk kon menen, en dat hij waarschijnlijk niet eens besefte wat dat woord juist betekende.

Mijn ogen schoten vuur terwijl ik Derek recht aankeek.

Hij grinnikte toen hij zag dat Cleo zat te lachen.

"Derek." Ik waarschuwde hem met de intonatie van mijn stem, was niet bang om hem terecht te wijzen, ook al had ik daar echt een hekel aan. "Wat heb ik je net gezegd?"

"Wat?", vroeg Derek. "Cleo vindt het grappig."

Cleo stopte meteen met lachen, alsof ze wist dat ze het moeilijker voor me maakte.

"Omdat je niet begrijpt hoe je dat woord moet gebruiken", snauwde ik.

"Misschien zou ik dat wel weten als je me zou vertellen wat het juist betekent", kaatste hij terug.

Ik stond meteen op. "Ga naar je kamer."

Hij zuchtte en boog zijn hoofd. "Papa — "

"Ga naar je kamer, of ik draag je er zelf naartoe." Ik wees naar de gang terwijl ik hem indringend aankeek.

"Goed ... " Hij sprong van de stoel en begon weg te lopen.

"En als je dat woord nog eens zegt, verkoop ik het chalet."

"Wat?" Hij draaide zich om. "Papa — "

"Wil je ervoor zorgen dat het niet zover komt? Maak je klaar om naar bed te gaan, en kom pas morgenochtend weer uit die slaapkamer."

Hij draaide zich om en liep weg, met afhangende schouders en slepende voeten. Het geluid van zijn voetstappen vervaagde en ik hoorde uiteindelijk de badkamerdeur dichtgaan.

Cleo nam geen hap. Ze keek me aan. "Het spijt me. Toen ik hoorde wat hij zei, kon ik mijn lach gewoon niet inhouden — "

"Verontschuldig je niet. Je hebt niets verkeerds gedaan."

"Nou ... waar kwam dat ineens vandaan?"

Ik voelde me een beetje schuldig, want ik was degene geweest die dat woord op een zeer ongepaste manier in zijn bijzijn had gebruikt. "Valerie bracht hem een poosje geleden hiernaartoe en ze maakte me kwaad. En toen bleef Derek maar vragen om pizza, omdat zij hem altijd pizza geeft ... dus noemde ik haar een kreng."

Ze lachte weer, maar bedekte snel haar mond met haar hand om het geluid te onderdrukken.

"Ik zei hem dat woord niet te herhalen, maar ... hij hield zich niet in."

Ze liet haar hand zakken, maar er lag nog steeds een glimlach op haar lippen. "Hij is zo slim dat ik soms vergeet dat hij nog maar een kind is ... "

"Ja." Ik betrapte mezelf erop dat ik tegen hem praatte als tegen een volwassene, vanwege zijn niveau van volwassenheid, maar hij blijft een kleine jongen die graag alle aandacht krijgt door een slecht en kwetsend woord te herhalen. "Ik wil gewoon niet dat hij naar school gaat en zijn leraar een kreng gaat noemen ... "

"Maar het zou best grappig zijn als hij het tegen Valerie zou zeggen ... "

Valerie was echt een kreng, maar ik voelde me heel schuldig dat ik hem dat soort gedrag voorspiegelde, dat ik een vrouw - zijn moeder dan nog wel – zo noemde. Op een dag zou hij de denigrerende aard van het woord begrijpen en zou hij zich herinneren dat ik het had gebruikt. Ik wilde niet dat soort man zijn — en wilde zeker niet mijn zoon zo zou worden.

Ze leek mijn stemming aan te voelen. "Je kunt niet altijd perfect zijn, Deacon.

"Ja, maar kinderen bootsen ons na; ze leren niet echt van wat je zegt dat ze moeten doen. Ik wil niet dat hij denkt dat het in orde is om zo over een vrouw te praten, ook al is het terecht."

"Derek zal opgroeien tot een goede man. Dit ene incident zal daar niets aan veranderen." Ze nam een hap. "En ik zal het je nooit vergeven als je het chalet verkoopt." Ze richtte haar vork op me.

Ik glimlachte lichtjes. "Dat zal ik nooit doen."

"Goed."

Ik zou de plek waar ik het aller gelukkigst was nooit kunnen verkopen.

Ze at alles op, en genoot in tegenstelling tot mijn zoon van mijn maaltijd. Ze schonk ook wat wijn in voor zichzelf uit de fles die ik op tafel had gezet. "Hoe was je dag?"

"Goed. En de jouwe?"

"Druk. Hoe gaat het met je onderzoek?"

Daar had ik het al lang niet meer met haar over gehad. "Mijn klinische studies zijn heel succesvol."

"Dat is geweldig. Prima nieuws."

"Maar er gaat ook veel mis. Sommige van mijn patiënten herstellen, en anderen niet ... en ik kan maar niet achterhalen waarom."

"Geneeskunde kent grenzen, Deacon. En je zou dat mysterie niet als een last op je schouders mogen voelen."

Ik was geen spiritueel man. Dat was ik ook nooit geweest. Ik geloofde dat elk probleem een oplossing had — je moest die alleen vinden. "Ik denk dat er een remedie is voor kanker, een manier om alle soorten kanker uit het lichaam te verwijderen, maar dat we die oplossing nog niet hebben gevonden. Het is waarschijnlijk niet zo eenvoudig dat een enkel medicijn of behandeling de oplossing is. Kanker gedraagt zich bij elke patiënt anders, wat het ingewikkeld maakt, maar als we elk afzonderlijk scenario kunnen begrijpen, kunnen we veel oplossingen bieden ... voor veel verschillende scenario's."

"Het was niet mijn bedoeling om het te minimaliseren — "

"Dat snap ik, Cleo."

"Ik denk alleen dat je niet alle verantwoordelijkheid op je moet nemen."

Ik was een van de weinige mensen op aarde met de juiste vaardigheden om het te doen, en als ik harder en sneller had gewerkt, had ik mijn vader misschien kunnen redden. "Maar een paar mensen zijn in staat om het te doen, en ik ben daar een van. Ik moet mijn best blijven doen, en als ik de oplossing niet vind tijdens mijn leven zal iemand anders mijn werk oppakken en zullen al die gegevens van onschatbare waarde zijn." Ik nam mezelf serieus, niet uit arrogantie, maar omdat ik het mijn verantwoordelijkheid vond om mijn briljante geest goed te gebruiken — voor de mensheid.

Ze keek me vol genegenheid aan, alsof ze ontzag had voor mij en mijn levensdoel. "Doe gewoon zo goed mogelijk je best tijdens de tijd die je hebt. Maar neem niet de last van de wereld op je schouders. Ik ken geen betere man dan jij. Een ouder zijn is de moeilijkste baan ter wereld, omdat daar geen handleiding voor bestaat. Je bent een geweldige vader, dus denk nooit slecht over jezelf."

Ze prees me op een manier zoals andere mensen dat niet deden. Ze was geen fanaticus zoals andere mensen soms konden zijn, gecharmeerd door mijn successen en mijn rijkdom. Zij was onder de indruk van mijn persoonlijkheid, van de dingen die ik zei, hoe ik in het leven stond. Het herinnerde me aan wat ik voelde voor Derek: de intense trots over zijn onbeduidende prestaties ... en dat allemaal uit liefde. En zij zag mij op dezelfde manier.

Ze liet het gespreksonderwerp rusten. "Wat is er trouwens met Valerie gebeurd?"

Ze had zich zoals altijd als een kreng gedragen. "Ze gaat nog steeds met Jake uit. Ik heb haar gezegd dat ik hem niet mag."

"Nou, ik denk niet dat het eerlijk is om haar te vertellen hem niet meer te zien aangezien hij haar niets heeft aangedaan."

"Maar hij is een stuk stront. Ik wil niet dat de moeder van mijn kind haar tijd verspilt aan een stuk stront."

Ze knikte lichtjes.

"Ik heb haar verteld dat je hier terug werkte, en ze was er niet blij mee."

"Dat verbaast me niets ... "

"Ik ben haar gedoe gewoon beu. Ik word altijd boos als ik langer dan een paar minuten met haar praat."

"Dat is omdat ze een giftig persoon is."

Ze was zo giftig als een chemisch wapen.

"Denk je dat ze een probleem voor ons zal vormen?"

Dat maakte me niets uit. "Het kan me niets schelen. Er zal niets veranderen."

"Denk je niet dat ze Derek bij je zal weghouden als je niet stopt met mij te zien of zo?"

Dat zou wel heel kleinzielig zijn, maar ik zag haar dat eigenlijk wel doen. Hoewel, het onwaarschijnlijk was. "Het komt haar te goed uit om Derek hier te droppen op haar weg naar buiten." Ik was haar gratis oppasdienst. Ik kon hem elk moment zien. Als ze een weekendje weg wilde, kon ze hem gewoon bij mij afleveren.

"Dat is waar."

"Ik maak me er geen zorgen over."

"Dus ... je hebt haar verteld dat we terug samen zijn?"

"Niet echt. Maar wel indirect."

"Wat heb je dan gezegd?"

"Ik heb haar verteld dat ik ervoor heb gezorgd dat je je baan terug hebt." Ik zou dat niet gedaan hebben, als ik niet van haar zou houden.

Ze schudde haar hoofd. "Ik denk niet dat dat zo expliciet is als jij denkt. Maar ze zal er uiteindelijk wel achter komen."

Ik was klaar met eten en was Valerie alweer vergeten van zodra haar naam niet meer werd genoemd. Het was fijn dat ze maar een paar etages hoger woonde, omdat Derek zo dichtbij was, maar dat betekende dat zij ook constant in de buurt was. Elke keer dat ze me kwaad maakte, probeerde ik me te concentreren op het positieve in plaats van het negatieve ... en dacht ik aan mijn zoon die weer in mijn leven was.

"Hoe doet hij het op school?"

"Goed. Hij verveelt zich alleen een beetje."

"Hij is zelfs te slim voor een school voor gevorderden — dat verbaast me niets."

Ik had geprobeerd om hem te laten instromen in een hogere klas, maar de directeur had me gezegd dat de kleuterschool te belangrijk voor hem was om over te slaan, dat het een vitaal jaar was voor de ontwikkeling van kinderen. Het was de basisklas, waarin ze alle leerlingen bestudeerden om hun behoeften te bepalen. "Na dit schooljaar zullen ze hem in een klas zetten die meer geschikt is."

"Dat is geweldig. Ik vraag me af in welke."

"Zeker in het derde leerjaar."

Ze glimlachte. "Dat is geweldig. Je hoort vaker over kinderen die een klas overslaan ... maar niet meerdere tegelijk."

Ik had meerdere overgeslagen, meerdere keren. De leraren hadden niet geweten wat ze met me aan moesten, omdat ik zo'n uitzonderlijk geval was. Ik was niet slim naar algemene normen. Ik was uitzonderlijk hoogbegaafd. Daar was geen protocol voor. Als gevolg daarvan was ik vaak veranderd van klas. Door Derek vanaf het begin naar een privéschool voor gevorderden te laten gaan, zou zijn schooltijd veel gemakkelijker verlopen.

Ze bleef van haar wijn nippen, met haar blik op mij gericht. Ze wendde af en toe haar blik af, en dat leek ze met opzet te doen, alsof ze probeerde om me niet te veel aan te staren. Er was een onzichtbare scheidslijn tussen ons, en ze bleef daar ver bij uit de buurt, alsof ze bang was om me op eender welk moment af te schrikken.

Ze werd niet snel bang, maar ik besefte dat zij getraumatiseerd was door mijn afstandelijkheid, dat ze zo gekwetst was geweest dat ze doodsbang was om dat weer te ervaren. Ik wenste dat ik terug in de tijd zou kunnen gaan en heel veel dingen anders zou kunnen doen.

"Hoe is je leven de afgelopen twee maanden geweest?" Ze had geen contact met me gehad en had me nauwelijks gezien, dus had ze geen idee wat mijn dagelijkse activiteiten waren geweest. Ze had vroeger van alles deel uitgemaakt, zelfs toen we nog geen koppel waren. Ze had mijn schema gekend, omdat ze mijn post had afgeleverd en mijn boodschappen voor me had gedaan.

"Ik heb meestal gewerkt."

"Dus je was in het lab?"

Ik knikte. "Ik zag Derek niet veel omdat Valerie boos op me was."

"Omdat je haar over mij had verteld?"

Ik knikte. "Dus werkte ik weer zo hard als vroeger, zoals toen ik hier net was komen wonen. Het was blijkbaar duidelijk dat ik me vreselijk voelde, aangezien collega's er commentaar op leverden. En toen we weer bij elkaar kwamen, merkten ze de verandering opnieuw op."

"Die mensen kennen je waarschijnlijk vrij goed, omdat ze zoveel tijd met je doorbrengen."

Ik dacht aan alles wat er met Kathleen was gebeurd. Ik dacht dat het beter was om dat niet te vertellen aan Cleo, zodat er geen gespannen atmosfeer zou zijn bij hun volgende ontmoeting. Maar als ik het haar niet zou vertellen, zou ik me een leugenaar voelen, dan zou ik precies hetzelfde doen wat ik haar had gevraagd om niet te doen ... wat pas echt hypocriet zou zijn. "Een tijdje geleden ... vroeg Dr. Hawthorne me mee uit."

Ze stond op het punt om haar glas op te tillen, maar haar vingers lieten krachteloos de steel los, alsof die kennis een beetje verontrustend voor haar was. Ze wendde haar blik af en leek zich op slag ongemakkelijk te voelen, ook al had ik haar verteld dat ik met niemand samen was geweest. Ze stak haar vingers in haar haren, alsof ze ermee moest friemelen zodat ze iets te doen had met haar vingers. "Dat verbaast me niets."

"Ik heb natuurlijk nee gezegd."

Ze wilde me nog steeds niet aankijken.

"En ik heb haar verteld dat ik dat niet kon doen omdat ik verliefd op jou was ... ook al waren we niet meer samen."

Ze haalde diep adem, maar hield haar blik nog steeds op het tafelblad gericht.

"Ik wil je niet van streek maken. Ik wilde je het alleen vertellen omdat ik me een bedrieger zou voelen als ik het voor mezelf hield."

"Ik begrijp het, Deacon. Ik was er al van uitgegaan dat het was gebeurd."

Ze had mijn collega juist ingeschat, dus was haar emotionele gedoe tijdens het liefdadigheidsdiner niet helemaal belachelijk geweest. Hoewel we die hele situatie hadden kunnen vermijden als ze onze relatie niet voor de wereld verborgen had willen houden.

"Toen je me vertelde dat je met niemand samen was geweest, moest ik meteen aan haar denken ... en ik was opgelucht." Nu de pleister van de huid was gerukt, kon ze eindelijk de moed opbrengen om me weer aan te kijken.

"Na mijn scheiding wilde ik graag weer gaan daten. De kettingen van de monogamie zaten niet langer om mijn polsen. Ik vond elke vrouw die ik in een bar zag sexy. Ik was niet kieskeurig. Telkens als een vrouw me probeerde te versieren, ging ik daar in mee. Ik was een man in mijn beste jaren: geil en hunkerend naar seks. Maar toen stopten die verlangens plotseling." Ik merkte dat ze een beetje ineen was gekrompen door mijn verhaal, maar ze had me niet gevraagd om te stoppen.

"Dat was maanden voordat wij een koppel werden. Ik voelde me gewoon niet langer aangetrokken tot andere vrouwen. Ik frequenteerde weliswaar bars met Tucker, maar ik ging altijd alleen naar huis, ondanks de vele aanbiedingen. En toen kwamen wij bij elkaar ... en dat soort monogamie was beter dan alle vrijblijvende seks die ik had gehad. En het was overduidelijk beter dan wat ik met Valerie had gehad. Van zodra er een einde kwam aan onze monogamie ... veranderde er niets. Ik wilde niet weer terugkeren naar mijn vroegere leven. Na wat wij hadden gehad, was al het andere niet meer dan een grote afknapper. Het is als wanneer je zou willen overstappen van hd-tv naar standaard. Je kunt die stap terug gewoon niet maken ... " Ik wist dat het niet romantisch was om de vrouw waar ik van hield te vergelijken met de kwaliteit van een televisiescherm, maar ik kon geen beter voorbeeld bedenken.

"De meeste mannen vinden vrijblijvende seks spannend, maar voor mij werd het saai toen ik eenmaal had gehad wat wij samen hadden — die ongelooflijke gepassioneerde, krachtige, diepe ... band. Wat ik wil zeggen is dat jij Dr. Hawthorne omschrijft als een sexy vrouw, maar ik zie haar eerlijk gezegd niet zo. Omdat ik er na jou niet meer toe in staat ben om een vrouw zo te zien." Cleo was de enige vrouw bij wie mijn lul stijf werd, de enige die me in de juiste stemming kon brengen, de enige voor wie ik seksuele gevoelens had. Dat was me nog nooit eerder overkomen, zelfs niet tijdens mijn kortstondige affaires. Ik was als een pinguïn die een partner voor het leven had uitgekozen.

Ze haalde diep adem en haar ogen werden een beetje vochtig na het horen van mijn woorden, alsof het heel veel voor haar betekende.

"We zijn als pinguïns, de kardinaalachtigen, zeepaardjes ... "

Haar ogen waren nog steeds zacht, maar ze fronste haar wenkbrauwen lichtjes.

"Dieren die een koppel vormen voor het leven", legde ik uit.

"Wauw ... " Ze haalde nog een keer diep adem en keek me aan, met haar ogen nog steeds vochtig. "Het lijkt erop dat je de rest van je leven met mij wilt doorbrengen ... "

Ik was niet van plan om een diamanten ring te kopen en haar ten huwelijk te vragen. Hoewel dat voor veel mensen een traditionele daad was, kwam dat niet op in mijn gedachten, misschien omdat ik niet op die manier dacht. Het huwelijk was geen natuurverschijnsel. Het was een juridische handeling die door de maatschappij was gecreëerd. Maar monogamie was een natuurlijk gegeven, en als die monogamie eeuwig zou duren, vond ik dat prima. "Ja ... dat wil ik."

20

CLEO

IK WAS OPGELUCHT DAT IK NIET TERUG HOEFDE TE KEREN NAAR MIJN FLAT IN BROOKLYN. Ik had een bedrijf ingehuurd om mijn meubels uit het appartement te halen en die op te slaan, samen met de rest van mijn spullen.

Ik gaf het niet toe, zelfs niet aan mezelf, maar ik had me daar nooit veilig gevoeld. Ik was slank en aantrekkelijk, dus was het altijd een beetje eng geweest om 's avonds in mijn eentje naar huis te wandelen. Het zou anders zijn geweest als ik dagelijks voor het donker kon thuiskomen. Maar ik maakte lange dagen, dus liep ik altijd 's avonds laat over de stoep, nadat ik eerst twee metro's had genomen.

De wandeling naar mijn oude appartement in Manhattan was een makkie geweest, omdat er altijd mensen op straat waren - zakenlieden en gezinnen - en het was een leuke buurt. Maar ik was zo blut en zo wanhopig op zoek geweest naar een betaalbare plek om te wonen, dat ik niet echt door had gehad waar ik terecht was gekomen.

Deacon had al mijn problemen opgelost.

Zijn woning voelde meteen aan als thuis, zelfs nog meer dan vroeger, ook al sliep ik in een logeerslaapkamer. Alleen al het feit dat ik wist dat hij in de woning was, stelde me gerust. Zijn aanwezigheid was zo sterk dat ik die zelfs door de solide deuren heen kon voelen. Ik wilde samen met hem in bed liggen, en ik wist dat het ooit zou gebeuren ... ik moest gewoon geduld hebben.

Ik verliet mijn kantoor en liep naar de lift om naar boven te gaan. De liftdeur stond net op het punt om dicht te gaan, dus gebruikte ik mijn hand om de deur te blokkeren zodat ik naar binnen kon glippen.

Maar nu wenste ik dat ik dat niet had gedaan.

Want Jake stond daar, in pak met stropdas.

Ik wilde weer naar buiten stappen, maar de situatie was al ongemakkelijk genoeg. Het zou waarschijnlijk alleen maar erger worden als ik de lift zou verlaten. Ik zou hem sowieso ooit tegenkomen. Dat was onvermijdelijk. Dus voegde ik me bij hem in de lift en staarde recht voor me uit, met de contracten die ik net in ontvangst had genomen voor een klant in mijn hand. Ze waren belangrijk, dus wilde ik ze meteen afleveren.

Maar het duurde verdomme een eeuwigheid om naar de zeventiende verdieping te gaan.

Jake keek me aan. "Dus je neukt Deacon Hamilton." Zijn stem klonk beschuldigend, alsof hij vond dat ik tegen hem had gelogen.

Momenteel niet. Maar ik wenste dat het wel zo was. Ik hield mijn blik op de deur gericht.

Jake liet het niet los. "Ik had het lef om mijn vrouw te vertellen wat er gebeurd was, maar jij had niet het lef om me te vertellen dat je met hem omging?"

Ik begon mijn geduld te verliezen — te snel. Ik wendde me tot hem en ontmoette zijn blik met venijn in mijn ogen. "Je hebt het recht niet om het over lef te hebben, omdat je er zelf geen hebt. Door jouw schuld werd ik ontslagen, enkel en alleen omdat ik was verdergegaan met mijn leven, samen met iemand anders." Hij had zijn mond moeten houden in plaats van zich te gedragen als een kind dat zijn zin niet had gekregen. Het was zo kleinzielig. "Dat is echt zielig. De man die ik nu heb, is machtiger dan jij ooit zult zijn." De deuren van de lift gleden open en ik stapte uit, ook al had ik geen idee of dit de juiste verdieping was. "En ik neuk Deacon Hamilton niet. Ik ben *verliefd* op Deacon Hamilton." Ik draaide me om zodat ik naar zijn gezicht kon kijken.

En hij zag er zeker boos uit.

Ik ging na het werk naar Deacons appartement en genoot van het feit dat ik niet in de kou naar het metrostation en mijn oude appartement hoefde te lopen. Als ik klaar was met werken, hoefde ik gewoon met de lift naar zijn verdieping te gaan — meer niet.

Ik at zoals altijd samen met Deacon. Hij maakte iets te eten voor ons beiden, en het was zoals altijd heerlijk. Ik deed na het eten de afwas, hoewel ik dat in mijn eigen appartement nooit had gedaan. Ik stapelde vroeger altijd de borden op elkaar, tot er zich schimmel op begon te vormen. Maar ik wilde mijn deel van het huishouden doen en mijn steentje bijdragen in zijn woning, zeker nu hij zo gul was om me hier te laten logeren.

Hij kwam achter me staan en zette de twee wijnglazen in de gootsteen. Daarna leunde hij tegen het aanrecht aan en keek me aan, met zijn armen samengevouwen voor zijn borst. "Ik had geen idee dat jij kan afwassen."

Ik draaide me naar hem toe en wierp hem een zure blik toe.

Hij grijnsde — en zag er verdomd knap uit.

"Ik had daar gewoon geen tijd voor."

"En die heb je nu wel?"

"De tijd dat ik onderweg was van mijn werk naar mijn woning is teruggebracht van veertig minuten naar twee. En ik hoef ook niet te koken, dus dat bespaart me veel tijd."

"Mis je je bevroren burrito's?", zei hij plagerig.

Ik wierp hem nog een zure blik toe. "Nee. Maar ze zijn niet zo slecht als je denkt."

"Als je zou weten wat erin zit, zou je daar anders over denken ... "

"Ik blijf dol op burrito's, wat er ook gebeurt. Ik ben een burritomeisje"

Hij grinnikte en gaf me een speelse tik op mijn kont. "Burritomeisje ... Dat is snoezig, schat."

Ik ging verder met afwassen, maar ik ademde wel diep in toen ik dat koosnaampje hoorde. Het was zo lang geleden dat hij die koosnaam had gebruikt. Hij had het zo vaak gezegd in mijn dromen, maar daar was ik me altijd slechter door gaan voelen, omdat ik huilend wakker werd in het midden van de nacht. Nu had hij het spontaan gezegd, alsof hij er niet eens over na had hoeven te denken.

Ik had nog altijd een hekel aan Dr. Hawthorne, ook al had ze niets gedaan wat ik niet zou doen. Haar enige misdaad was dat ze mijn man wilde, en ik kon haar dat niet kwalijk nemen.

Maar ze was nou eenmaal een seksbom met een briljante geest, dus had ik een hekel aan haar. Maar hij was van mij — en hij zou haar nooit schat noemen — dus kon het me niets schelen.

Ik was klaar met afwassen, waste vervolgens mijn handen en droogde ze af met de linnen vaatdoek. "Dat was niet zo erg."

"Je hebt het vrij goed gedaan — voor je eerste keer."

Ik bleef voor de gootsteen staan, keek hem aan en wilde dat dit moment voor altijd zou blijven voortduren. Het voelde goed, alsof we dit al jaren deden, alsof we niet net maandenlang uit elkaar waren geweest. Ik kon me makkelijk een toekomst met hem voorstellen, waarin ik elke avond de afwas deed, Derek zag opgroeien en gewoon Deacons echtgenote was. Zijn geld was niets vergeleken met zijn glimlach. Zijn knappe uiterlijk was niets vergeleken met de goedheid van zijn hart. Ik voelde me de gelukkigste vrouw op aarde met hem aan mijn zij, met hem bij me in deze koude en wrede wereld.

Hij leek mijn stemmingswisseling te hebben opgemerkt, want hij spiegelde mijn gezichtsuitdrukking.

Ik rechtte mijn rug omdat ik een beetje voorovergebogen aan de gootsteen had gestaan, en ik keek naar hem, wensend dat er woorden waren om mijn geluk te beschrijven. Maar zelfs een deeltje van hem kunnen hebben, was beter dan al mijn vorige minnaars samen. Ik vertelde hem niet over Jake, omdat ik het voorval direct vergeten was van zodra ik was thuisgekomen. Niets van wat er buiten dit appartement gebeurde, buiten ons twee om, deed er nog toe.

Hij liet zijn armen zakken, stak een hand in mijn haar en raakte met zijn vingertoppen mijn wangen lichtjes aan terwijl hij de lokken uit mijn gezicht veegde. Zijn aanraking voelde warm op mijn nek, oor en huid.

Ik drukte mijn wang meteen wat meer tegen zijn handpalm aan en sloot mijn ogen, omdat ik dit soort aanrakingen en de bijhorende emoties had gemist. Zijn knuffels waren genoeg om mijn pijn te verzachten, maar ik miste de fysieke intimiteit die we ooit hadden gedeeld, de passie, de hunkering tussen onze twee lichamen.

Hij keek naar mijn reactie en zijn ogen werden donker terwijl hij dat deed, zijn blik werd heet als een vuur waar net nog een blok hout op was gegooid. Hij stak zijn vingers dieper in mijn haar, kwam dichter bij me staan en drukte zijn borst tegen de mijne, met zijn arm om mijn middel geslagen.

Toen ik mijn ogen weer opende, waren zijn lippen vlak bij de mijne, op maar een paar centimeter afstand. Ik keek hem snel aan en zag hem naar me kijken op de manier zoals hij dat vroeger had gedaan: alsof hij leefde voor deze momenten waarop we verbonden waren, zonder te hoeven praten, wanneer hij hetzelfde voelde op hetzelfde moment, zonder het uit te hoeven spreken.

Ik sloeg mijn armen om zijn nek en trok hem tegen me aan, niet in staat om te wachten totdat hij me uit zichzelf zou kussen - te gretig, te wanhopig. Ik drukte mijn lippen op de zijne en zijn mond accepteerde de mijne, alsof hij er klaar voor was geweest sinds onze laatste kus.

Ik kuste hem langzaam, ademde hard in zijn mond en voelde al die sensaties meteen weer terug opborrelen. Ik hunkerde nog meer naar hem dan vroeger, en ik wilde hem helemaal, hier en nu. Mijn vingertoppen groefden in zijn haar, wikkelden zich om de korte lokken en mijn ademhaling veranderde in gehijg.

Zijn kus paste bij de mijne: traag en doelgericht, me teder tongend. Voor een man die geen contact kon maken met andere mensen, wist hij heel goed hoe hij een vrouw moest kussen. Hij was de beste kusser die ik ooit had gehad, en hij wist hoe hij de kus langzaam en sexy moest maken, maar evengoed snel en gepassioneerd.

Toen hij zich terugtrok, was zijn ademhaling hoorbaar en hij keek me aan.

Ik keek in zijn ogen en trof er hardheid en bezitterigheid in aan, alsof hij me voorover wilde buigen zodat hij me ruw kon nemen. "Verdomme." Hij drukte mijn rug tegen het aanrecht en kuste me weer, deze keer harder en dominant. Met een hand pakte hij mijn knie vast en tilde die omhoog, zodat mijn enkel om zijn middel kon worden gehaakt en hij met zijn harde staaf tegen me aan zou kunnen schuren, alsof ik die stijve pik anders zou kunnen missen.

Ik liet mijn hoofd achterovervallen en mijn greep op zijn haar verslapte, terwijl ik hem mijn hals liet kussen, mijn sleutelbeen liet bijten en aan mijn huid liet zuigen totdat er een blauwe plek achterbleef. Hij ademde in mijn oor en pakte mijn haar stevig vast in de wetenschap dat ik graag zijn verlangende gehijg hoorde.

Ik had nog mijn kokerrok aan, omdat ik me niet had omgekleed nadat ik thuis was gekomen van mijn werk.

Hij opende de rits aan de achterkant van mijn rok en liet hem rond mijn voeten vallen, terwijl mijn blouse nog steeds mijn bovenlichaam bedekte. Hij trok mijn slipje ver genoeg omlaag zodat de zwaartekracht de rest kon doen. Daarna duwde hij zijn joggingbroek omlaag, en die viel samen met zijn boxershort aan zijn voeten neer.

Oh man, wat had ik die pik gemist.

Hij tilde mijn been weer omhoog en hield me stevig op mijn plek tegen het aanrecht. Door mijn hoge hakken hoefde hij gewoon een beetje door zijn knieën te zakken, zijn lul in me te duwen en daarna weer rechtop te staan in zijn volle lengte. Zijn pik paste precies goed in me.

"Oh mijn god ... " Ik ademde tegen zijn mond terwijl ik genoot van de dikte van zijn lul, zijn lengte en die grote eikel die altijd pijn deed op zijn weg naar binnen. Ik klampte me aan hem vast en ademde terwijl ik weer moest wennen aan zijn lul die ik al zo lang niet meer in me had gevoeld. Zonder zijn lul was mijn schede strak en droog geworden. Nu moest hij me terug uitrekken, me losser maken, zodat mijn schede zich weer zou aanpassen aan de omvang van zijn lul.

Hij had nog maar nauwelijks in me gestoten toen hij al klaarkwam, kreunend tegen mijn mond, met zijn ogen op de mijne gericht.

Ik pakte zijn heupen stevig vast en trok hem zo diep mogelijk in me, dol op de zwaarte van zijn zaad en het feit dat hij in geen tijden nog had geneukt en het amper een paar seconden had kunnen uithouden ... omdat ik de laatste was geweest.

Hij verstijfde terwijl zijn lul in me zat, ademde zwaar en verwerkte de climax die hem had verrast. Hij stak zijn hand weer in mijn haar en kuste me, terwijl zijn half stijve lul weer in een paar minuten op volle sterkte was. Toen was hij nog stijver dan daarnet, keihard - alsof hij niet pas een paar minuten geleden was klaargekomen.

Het kon me niets schelen dat hij me zo snel had volgespoten. Het was sexy om het bewijs van zijn celibaat te zien.

Hij begon weer in me te stoten, neukte me goed en hard, met zijn blik gefocust op de mijne.

Het was zo lekker dat ik ook meteen explodeerde en het uitschreeuwde in zijn gezicht terwijl ik met mijn nagels de huid van zijn nek openkrabde. "Ja ... schat."

We eindigden in de slaapkamer, met onze kleren verspreid over de vloer van de keuken en de gang. De lichten in het appartement waren uit, de lampen van Manhattan schenen helder en we lagen samen op zijn kingsize bed.

Het bed waarin ik vroeger elke nacht had geslapen.

Onze reünie in de keuken was voor ons beiden een fysieke ontlading geweest, een uitbarsting van emotioneel verlangen dat ons had doen neuken als konijnen in het voorjaar. Hij had zijn orgasme niet lang kunnen tegenhouden, omdat het een eeuwigheid geleden was geweest dat hij me had geneukt.

Maar toen we eenmaal in de slaapkamer terecht waren gekomen, hadden we mooi en traag gevreeën, met zijn zware lichaam boven op het mijne, zijn kussen waren doelbewust en ongehaast en zijn diepe ademhaling onregelmatig. Hij pakte mijn haar stevig vast en zijn ogen waren gefocust op de mijne terwijl hij genoot en zich voor het eerst in maanden helemaal aan me overgaf.

Ik nam zijn gezicht in mijn handen en kuste hem, met mijn knieën tegen zijn smalle heupen, terwijl hij steeds weer in me stootte. Toen hij me terug had genomen, was dat emotioneel net zo heftig geweest als toen hij me had verlaten. Ik wist dat ik van hem hield toen ik hem kwijtraakte, maar ik besefte het pas echt toen ik hem eindelijk terug had. Er was niemand anders op aarde voor mij, niemand anders dan Deacon Hamilton.

Hij kuste me terwijl hij me volspoot, terwijl zijn kloppende pik diep in me een lading sperma stortte.

Ik kneep in hem met mijn dijen, omdat het zo goed voelde om dit weer te kunnen doen, om deze fysieke band, deze krachtige liefde tussen onze zielen, opnieuw te mogen voelen. Het maakte me beter en heelde alle wonden die zijn afwijzing had veroorzaakt.

Het was een lange nacht geweest en het zou van onmenselijk krachten getuigen om nog door te gaan. Ik sloeg mijn benen om zijn middel en omhelsde hem terwijl ik hem tegen mijn borst aantrok. Ik wilde hem niet meer loslaten, wilde het sterke geklop van zijn hart, de geur van zijn haar en de manier waarop hij voelde nu hij weer van mij was koesteren. Ik drukte mijn voorhoofd tegen het zijne.

Hij bleef boven op me liggen, met zijn blik naar beneden gericht op mijn lippen, en met zijn slapper wordende lul nog steeds in me.

"Ik hou van je ..." Ik sloot mijn ogen terwijl ik het zei, en voelde dat die woorden uit mijn hart kwamen en niet enkel uit mijn mond. Mijn armen waren om zijn nek geslagen en ik voelde me een beetje als een kind dat knuffelde met een teddybeer.

Hij trok zich een beetje terug om me op het voorhoofd te kussen en zijn lippen bleven daar een tijdje rusten. "Ik hou ook van jou." Hij rolde van me af, draaide zich op zijn rug en zijn lichaam werd onmiddellijk zachter van zodra zijn spieren zich ontspanden. Zijn hand lag op zijn borst en hij sloot zijn ogen, alsof hij fysiek en emotioneel uitgeput was.

Ik staarde naar hem en vond hem de mooiste man die ik ooit had gezien.

Ik viel niet alleen op zijn knappe uiterlijk, zijn harde kaaklijn, die koffiekleurige

ogen en dat keiharde lichaam. Ik was aangetrokken tot wat er onderhuids zat, zoals zijn goede hart, zijn meelevende ziel en de oneindige reeks goede kwaliteiten die hem zo perfect maakten.

En nu was hij van mij.

Hij zou altijd van mij blijven.

Als we dit konden doorstaan, konden we alles doorstaan, en ik wist dat zijn gevoelens nooit zomaar zouden veranderen. Hij zou niet op een dag wakker worden en genoeg van me hebben. Hij zou geen vrouw op straat ontmoeten en zich realiseren dat hij haar boven mij verkoos. Het ergste was voorbij, en vanaf nu zou het gemakkelijk worden.

Ik moest er gewoon van genieten ... en mijn hart laten genezen.

Deacon viel meteen in slaap en zijn ademhaling veranderde binnen enkele minuten.

Het was zo lang geleden dat ik met hem naar bed was geweest, maar het voelde meteen goed, alsof er geen tijd was verstreken.

Ik wilde hier tot morgenochtend blijven liggen. Ik wilde mijn spullen vanuit mijn slaapkamer verhuizen naar zijn kast. Ik wilde terugkeren naar wat we vroeger waren geweest en doen alsof er niets was gebeurd.

Maar dat zou misschien te snel zijn.

Hoe graag ik ook in zijn bed wilde blijven liggen, ik wist dat ik moest weggaan. Ik wilde hem niet te veel verstikken, niet nadat hij had gezegd dat hij het rustig aan wilde doen. Dus trok ik de lakens omlaag en gleed langzaam uit bed, zodat hij niet wakker zou worden. Mijn kleren lagen in de keuken, dus liep ik poedelnaakt op mijn tenen zijn slaapkamer uit de gang in.

"Wat ben je aan het doen?" Zijn diepe stem klonk helder, alsof hij klaarwakker was en nog niet echt de kans had gehad om in een diepe slaap te vallen, omdat ik hem zo snel had gestoord.

Ik draaide me om en zag hem rechtop zitten in bed, met zijn haar warrig en zijn ogen half dicht geknepen met een beschuldigende blik.

Hij ging weer liggen en klopte met zijn hand op de lege plek naast hem.

Ik liep weer naar het bed en ging op de rand zitten. "Ik dacht alleen dat je — "

Hij greep me bij de onderarm en trok me in bed. "Kom verdomme hier liggen."

Ik liet me in bed trekken. Ik bood totaal geen weerstand omdat ik sowieso niet had willen weggaan. Ik wilde alleen dat hij zich op zijn gemak zou voelen. Ik had alleen het juiste willen doen zodat deze relatie in de goede richting zou blijven gaan.

Hij sloeg zijn gespierde arm om mijn middel, trok me tegen zijn borst en drukte zijn gezicht in mijn nek, met zijn neus in mijn haar. Hij trok de lakens over ons heen, trok me een beetje dichterbij en zweeg.

Ik legde mijn arm over de zijne heen op mijn buik en ik voelde dat ik heel langzaam een brede glimlach op mijn lippen kreeg. Dit was wat ik het liefst van alles wilde, meer dan seks. Ik wilde dit ... ons samenzijn. Ik wilde dit terug ... precies dit.

Het voelde als thuiskomen.

Hij voelde zich thuis.

Valerie was tussen ons gekomen, iets waar ik al bang voor was geweest.

En ze had me volledig kapotgemaakt.

Maar ik was ervan overtuigd dat Deacon en ik het zouden kunnen oplossen, dat ik het gezin waarvan ik altijd had gedroomd alsnog zou kunnen hebben ... ik moest er gewoon in blijven geloven.

Bestel het nu!

Printed in Poland
by Amazon Fulfillment
Poland Sp. z o.o., Wrocław

25583997R00190